도전, 열정 그리고 동행

여성들이 만드는 따뜻한 세상

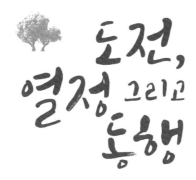

도전, 열정 그리고 동행

여성들이 만드는 따뜻한 세상

이배용 외

푸른사상
PRUNSASANG

이 도서의 국립중앙도서관 출판예정도서목록(CIP)은 서지정보유통지원시스템 홈페이지(http://seoji.nl.go.kr)와
국가자료공동목록시스템(http://www.nl.go.kr/kolisnet)에서 이용하실 수 있습니다.(CIP제어번호: CIP2015030150)

좋은 인연들이 모여 만드는
아름답고 선한 길

올해는 광복 70년을 맞는 역사적인 해이다. 35년 만에 일제의 압제에서 벗어나 해방을 맞이하게 된 것은 후손들을 위해 온몸을 바쳐 길을 열어준 선조들의 희생과 열정 덕분이다. 역사는 길이고 릴레이이고 동행이다. 광복 70년을 맞이하여 우리 여성들이 동행의 길을 더 넓게 펼쳤다. 특별히 뜻깊은 올해가 다 가기 전에 후세들에게 희망의 길을 알리고 싶은 소망으로 의미 있는 책을 세상에 내놓게 되어 기쁨이 크다.

우리 각 분야의 전문가로서 활약해온 여성들의 모임 '동행포럼'이 2012년에 시작하여 3년째를 맞아 회원 19명이 후배들에게 전하고 싶고 함께 나누고 싶은 이야기를 엮어서 한 권의 책을 만들었다.

그동안 매월 정기 모임을 갖고 각자의 전문 분야에 대한 내용을 함께 나누면서 상호 존중과 배려, 섬김의 중요성을 깨닫고 소통과 화합의 가치를 배우는 기회를 가져왔다. 때로는 역사 유적의 현장을 찾아 선조들의 지혜와 열정 그리고 창의성을 배우고 느꼈고, 또 문화를 공유하며 함께하는 따뜻한 시간을 마련하고 소박한 꿈을 나누면서 행복해하기도 했다.

회원 한 사람 한 사람이 역사, 교육, 문학, 과학, 건축, 의학, 금융, 경제, 정치계 등 다양한 분야에서 각자 쌓아온 나름대로의 여정을 축복이라고 생각하면서 우리나라의 더욱 풍요로운 미래를 만들어갈 후배들과 성공의 가치를 공유하고 싶었다. 이 책을 통해 만나게 될 후배들에게는 선배들의 경험과 지혜를 통해서 자신의 시야를 넓혀나갈 수 있기를 기대한다. 자신이 걸어온 길을, 자신의 꿈을, 자신의 삶의 이야기를 솔직히 터놓고 드러내준 필자들께 감사하고 이 책이 나올 수 있도록 원고 수집에 정성을 기울여준 편집위원들,

특히 우리 모임의 총무로 수고를 아끼지 않은 오숙영 님께 감사한다.

또한 이 책의 출판을 흔쾌히 수락해주신 푸른사상사 한봉숙 대표님과, 정성과 애정으로 책을 만들어준 직원들에게 진심으로 감사를 드린다. 훌륭한 출판사와의 인연을 만들어준 구명숙 교수님께도 감사를 전한다. 아울러 좋은 인연들이 모여 아름답고 선한 길을 만들어가는 데 희망과 보람으로 남게 되기를 소망하는 바이다.

2015년 10월

동행포럼 회장 이 배 용

차례

제1부

학문과 교육의 길

역사와 동행한
길

이 배 용

한국학중앙연구원 원장

■ ■ □

이화여자대학교 사학과를 졸업하고 같은 대학원에서 석사, 서강대학교 대학원에서 박사학위를 받았다. 이화여대 총장과 대통령 직속 국가브랜드위원회 위원장을 역임했다. 저서로 『한국 근대 광업침탈사 연구』 『한국 역사 속의 여성들』 『Women in Korean History』 등이 있다. 사우스플로리다대학교에서 글로벌 리더십상(2010), 김활란 여성지도자상(2011), 올해의 21세기 경영인대상(2015) 등을 수상했다. 현재 한국학중앙연구원 원장이다.

소녀, 역사에 빠지다

그동안 살아온 여정을 돌이켜보면 우여곡절도 많지만 그래도 한결같이 소녀 시절의 꿈을 가지고 길을 걸어올 수 있었던 것에 감사한다. 특히 역사를 공부할 수 있었던 것은 큰 축복이었다. 역사 속에 교훈도 지혜도 스승도 있기 때문이다.

나는 서울 토박이로 2남 5녀의 7남매 중에서 넷째, 딸로는 셋째로 태어났다. 7남매의 딱 중간에 끼었으니 위로는 오빠와 언니 둘, 아래로는 여동생 둘과 남동생을 두고 형제들의 입장을 골고루 헤아리면서 사회성을 키우며 자랐다. 때로는 중재 역할을 하기도 하고 때로는 양보만 하다 밀리기만 했다. 이를 눈여겨보신 할머니께서 어머니께 특별히 이르셨다. 저 아이는 야단치지 말고 기를 살려 키우라고.

아들 선호 사상이 만연된 당시 상황에서 딸이라고 차별할 만한데도 할머니는 유난히 셋째 손녀딸을 아껴주셨다. 그러한 각별한 사랑에 보답이라도 하듯 나 역시 할머니를 잘 따랐다. 다른 형제들과는 달리 저녁마다 할머니 방에 가서 재롱을 부렸다. 특히 초등학교 2학년 즈음부터 내가 읽은 동화책 위인전을 다 외워 할머니께 재미있게 이야기 보따리를 풀어놓았다. 그러니까 할머니가 옛날이야기를 해주신 것이 아니라 내가 밤마다 이야기를 해드린 것이다. 그러면 할머니께서는 재미있다고 칭찬하시면서 총명한 손녀딸을 동네방네 자랑하고 다니셨다. 칭찬은 고래도 춤추게 한다고 나는 더욱 신나서 이야기를 더욱 재미있게 개발하고 반복하였다. 그러다 보니 어느덧 나 나름대로 이야기하는 데 프로가 된 것이다.

이 저력은 6학년 때 국사 시간에 그대로 발휘되었다. 선생님께서는 "너는 연대도 잘 외우고 이야기도 잘하니 꼭 역사 선생님이 되라"고 말씀하셨고 그것이 내 꿈이 되었다. 그때 이미 나에게는 장래 걸어나가야 할 하나의 길이 정해진 것이다. 잘한다는 칭찬을 들으니 더욱 열심히 하게 되고, 중고등학교를 거치면서도 역사에 대한 흥미는 남달라서 대학에 진학할 때는 고민할 것도 없이 사학과를 지망하였다.

대학교에 들어가서 과대표 역할을 하면서 특별히 내게 소중한 경험이 된 것은 역사 유적 답사였다. 답사지를 선정하면 숙소 정하는 것부터 시작하여 전체 일정을 짜는 것이 과대표의 역할이었다. 가는 곳마다 미리 연락하면서 계획을 짜다 보니 누구보다도 현지 사정에 밝아야 했다. 자연히 역사가 책 속에만이 아니라 문화 현장에 있다는 데 눈을 떴고 어떻게 스토리를 엮어야 하는지 노하우가 쌓였다. 창의적인 아이디어가 샘솟았고, 문화 유적을 보는 안목이 커나갔다.

4년 내내 학과를 통솔하면서 리더십도 키워졌다. 대학을 졸업하고 진로를 결정하는 데도 그리 고민이 필요하지 않았다. 나의 진로는 일찌감치 초등학교 때에 역사 선생님이 되겠다는 것으로 정해졌기 때문이다. 자연스럽게 대학원에 진학하였는데 앞으로의 연구 주제를 정하는 일이 최우선이었다. 처음에는 다산을 비롯하여 실학을 연구하고 싶었는데, 지도교수이신 이광린 선생님께서 그동안 역사 연구는 주로 조선시대를 중심으로 이루어졌을 뿐 근대사 연구는 아직 안 되었기 때문에 앞으로 차세대 역사학자는 계획적으로 근대사를 탐구해야 한다고 일러주셨다.

　　주제를 찾는 데 도움을 받으라고 가르쳐주신 곳이 서대문의 한국연구원이었다. 개화기의 신문 등 원본 자료가 많으니 그 속에서 문제의식을 찾아보라 하셨다. 수업이 없는 날은 매일같이 가서 구한말에 발행된 『황성신문』 『대한매일신보』의 원본을 읽었다. 그때 유독 눈에 띄는 것이 '운산금광'이라는 단어였다. 그에 대해 더 자세히 파고드니 우리나라가 일본에 경제 주권을 어떻게 빼앗기게 되었는지 단서가 잡히기 시작했다.

　　당시 열강들이 금본위제로 가기 위해 지하자원에 눈독을 들이는 과정에서 한국엔 양질의 금이 많이 매장되어 있다는 정보를 입수하고는 광산 탐사와 아울러 이권 획득에 너도 나도 덤벼들었다. 그중 가장 유명한 광산이 미국이 최초로 개발권을 획득한 운산금광이었다. 소위 '노다지' 금광으로 알려진 곳이다. 전통적인 방식으로 채굴하던 광산에 서양의 근대식 설비가 갖추어지니 금이 쏟아져 나온다는 소문이 퍼졌다. 운산금광과 주변의 주민들이 마구 모여들자 금광을 지키던 미국인 경비들이 더 이상 접근하지 말라는 표현으로 노터치, 노터치를 연발했다. 그러니 영어를 못 알아듣는 주민들이 "아, 금이 막 쏟아져 나오는 것이 노다지로구나" 했던 것이 바로 노다지란 말의 유래가 된 것이다.

　　이렇게 해서 나는 "미국의 운산금광 채굴권 획득에 대하여"라는 주제로 석사학위 논문을 썼고, 당시 역사학계에서 이 논문에 큰 관심을 보였다. 후에 박사학위 논문을 쓸 때는 미국의 사례를 기점으로 광산 이권을 획득한 모든 열강으로 관심을 확대하였고 그 결과물은 『한국 근대 광업침탈사 연구』(일조각, 1989)로 간행되었다.

맏며느리 역할과
직장 생활을 병행하며

1971년 석사학위를 받고 대학원을 졸업하자 지도교수님이 당부하셨다. 공부도 좋지만 혼기를 놓치면 안 되니 결혼한 다음에 공부를 계속하라는 얘기였다. 아버지 역시 딸이 다섯인데 하나가 결혼이 늦으면 연쇄적으로 다들 노처녀가 될까 봐 걱정이 많으셨다. 당시는 스물여섯 살만 지나면 노처녀라고 해서, 아무리 훌륭한 규수라도 신붓감으로서 가치(?)가 떨어지는 시절이었다. 나도 결혼한 언니들의 예를 거울 삼아 스물여섯에는 꼭 결혼해야 한다는 목표를 세웠다. 그렇게 마음을 먹으니 배우자가 될 만한 상대가 눈에 들어오기 시작하였다.

나의 결혼 조건은 그렇게 거창하지 않았다. 첫째, 박력 있는 사람보다 마음이 착한 사람. 그래도 착한 사람이 이해심이 많을 테니까. 둘째, 키가 큰 사람. 내가 키가 작으니 2세를 위해서. 셋째, 내가 하고 싶은 일에 간섭하지 않는 사람. 나는 꼭 공부를 더해서 역사 선생님이 되어야 하니까. 다행히 하나님이 나의 바람을 들어주셔서 조건과 그리 다르지 않은 배우자를 만났다.

남편은 큰집의 6남매 중 장남에, 손위로 누님이 네 분이었다. 맏며느리 역할은 만만하지 않았다. 무엇보다도 결혼하기 1년 전에 시아버님이 돌아가셔서 내가 결혼했을 때는 아직 3년상이 끝나지 않은 상황이었다. 시댁은 전형적인 유교 집안이라 상청에 궤연을 모시고 아침저녁으로 상식을 올리고 초하루 보름 삭망의 예를 다해야 했다. 특히 해 돋자마자 아침을 올려드리고 해 지기 전에 저녁상을 영위(영연)에 올리기를 매일같이 해야 하니 직장을 나가는 처지에 간단한 일이 아니었다. 더욱이 임신까지 한 다음에는 만삭의 몸으로 아침저녁 절하기가 쉽지 않았다.

그래도 다행인 것은 친정도 똑같이 서울 토박이에다 전통적인 유교 집안이라 상례 관습이 다르지 않아 적응하는 데 그다지 어렵지 않았다는 점이다. 중학교 2학년 때 할머니께서 돌아가셨을 때도 마루에 상청을 모시고 부모님들이 정성스럽게 똑같은 예를 하시는 모습을 보고 자랐기 때문이다.

새색시의 시집살이에는 크고 작은 애환이 따르기 마련이었지만, 그래도 남편이 옆에서 중간 역할을 적절히 잘해주었고 시댁 식구들도 점잖으신 분들이라 박사학위 공부하면서 직장 다니고 집안 살림하느라 일은 많았어도 내가 리더십을 키우는 데 큰 공부가 되었다.

역사에서 배운
나라 사랑

교수로서 꾸준히 역사를 연구하고 교육하면서 내가 발견한 것은 애국심이었다. 학문의 세계를 통해 민족과 국가와 조상들을 발견한 것이다. 우리 민족이 이제까지 겪어온 역사의 여정, 오늘이 있기까지 희생과 열정을 쏟아부은 조상들의 헌신, 어려운 시절이 닥쳐도 좌절하지 않고 절망하지 않고 꾸준히 내일을 향한 도전정신을 실천한 희망의 릴레이를 통해 긍정의 힘을 배웠다.

동양 격언에 물을 마실 때는 우물을 판 사람의 공로를 잊으면 안된다는 말이 있다. 역사에 공헌한 우리 선조들의 애국심과 열정이 있었기에 오늘이 가능한 것이다. 민족의 자긍심과 자존심을 지킨 세종대왕, 임진왜란 때 이순신 장군의 애국심, 일제 식민지의 극복, 하면 된다, 할 수 있다, 해야만 한다는 독립의 일념 아래 오늘의 대한민국이 펼쳐질 수 있었다는 숭고한 의식이 나에게 나라 사랑의 사명을 주었다. 이 시대의 우리에게는 다음에 후손들에게 어떤 세상을 넘겨주어야 하는가에 대한 치열한 고민과 열정이 필요하다.

이제 통일이 우리 앞에 시대적 과제로 다가왔다. 올해로 광복 70주년과 동시에 분단 70주년이 되었다. 긴 역사 동안 공동체로 살아왔던 민족이 둘로 갈라진 지 어언 70년이 된 것이다. 이질성이 더 확산되기 전에 통일을 적극적으로 준비해야 할 것이다. 그러나 통일은 목적의 끝이 아니라 또 하나의 시작이기 때문에 당위론적인 통일론보다 철저한 현실을 바탕으로 한 대비가 필요하다.

무엇보다도 선덕여왕의 삼국통일의 지혜와 교훈에서 볼 수 있듯이 "무기보다 무서운 것은 분열이다"라는 인식에는 오늘날에도 시사하는 바가 많다. 대한민국의 정체성을 확고히 하고 애국심으로 화합할 때 우리가 성취한 역사를 북한 동포에게 나누어주고 포용할 수 있다. 후손들에게 바르게 사는 나라, 서로가 존중하고 화합하는 따뜻한 나라, 신뢰받고 품격 있는 나라를 만들어 넘겨주어야 하는 사명이 우리에게 있다.

세계적 여성 리더를
키우기 위해

이화가 설립된 지 120년 만인 2006년 8월, 이화여대 13대 총장에 취임했다. 꼭 총장이 되어야겠다는 일념으로 성취한 자리는 아니다. 단지 여화여중, 이화여고를 졸업하고 이화여대에 재학한 데 이어 교수로 재직하면서 역사를 전공한 덕분에, 이화 역사 집필에 참여하게 되었고 그 과정에서 누구보다 이화의 성과를 잘 알게 되었다. 폭넓은 보직 경험으로 과거와 현재에 대한 인식을 통해 미래에 나아갈 길을 바라보는 시야와 안목이 트이면서 자연스럽게 선택받은 결과라 하겠다.

나는 한국사를 전공했기 때문에 해외 유학파가 아니다. 그러나 앞으로의 세대들은 세계에 눈을 뜨고 세계로 진출해야 하는 시대에 와 있음을 역사의 흐름 속에서 누구보다도 절감하였다. 그래서 취임하자마자 국제교류처를 신설하고 세계 각지에 20개의 거점 캠퍼스를 조성하여 우리 학생들이 세계 학생들과 어깨를 나란히 하며 세계적 리더로 성장할 수 있도록 보다 넓은 길을 열어가는 데 주력하였다. 세계 총장 포럼도 열고, 여대가 점점 인기가 없어지고 소멸되어가는 위기를 극복하기 위해 세계 여자대학 총장 세미나도 주최하였다.

그들은 한결같이 여대가 여성을 시대의 주류로 키울 수 있다는 데 의견을 같이했다. 21세기는 female(여성), feeling(감성), fiction(상상력)의 3F 시대라 흔히 일컫는다. 여성의 감수성, 섬세함, 부드러운 터치가 필요한 시대다. 여대는 이러한 여성의 장점을 살려 무엇이든지 할 수 있다는 자심감과 용기를 북돋우며 키운다.

　나는 이화여대 총장으로 재임하면서 항상 학생들에게 '주전자' 정신을 강조하였다. 첫째, 주인의식을 갖자. 어느 때, 어느 위치에 있든 주인정신을 갖고 책임 있는 자세로 임하자는 것이다. 둘째, 전문성을 키우자. 실력이 없으면 아무리 목소리가 커도 인정받을 수 없다. 자기 개성과 기량에 맞는 실력을 닦아 프로 정신을 갖자는 것이다. 셋째, 자긍심을 갖자. 어느 소속이나 기관에 있든 그 나름대로의 긍지를 가져야 한다는 것이다. 자기가 몸담은 기관을 하찮게 생각하면 자신도 당당할 수가 없다. 당당한 자신감 속에 겸손함을 갖추면 누구에게나 신뢰받을 수 있다.

　나는 자긍심의 궁극적인 목표는 애국심이라고 생각한다. 세계를 무대로 뛸 때 우리는 대한민국의 마크를 달고 나간다. 스포츠만 그런 것이 아니다. 나라 사랑이 자기를 당당하게 하고 돋보이게 한다. 그래서 주인정신, 전문성, 자긍심의 앞 글자를 따서 주전자 정신이라고 부른 것이다. 아울러 주전자에는 단물이 담겨 있다. 이 물을 목마른 이웃들에게 나누어줄 수 있어야 한다. 나눔과 섬김과 헌신의 정신이 참으로 주전자에 담긴 물의 의미를 크게 만들 수 있다. 그리고 주전자의 물을 나만 마시는 것이 아니라 뒤따라오는 내일의 후배들을 위해 부어 내려주는 사명감이 있어야 한다.

　또한 학생들에게 가장 한국적인 것이 세계적이라는 인식을 심어주기 위해 직접 특강도 하고 유네스코 세계문화유산으로 등재된 종묘, 창덕궁, 경복궁, 동구릉 등을 답사하면서 우리 것을 올바로 이해하는 가운데 자긍심을 키워주기 위해 노력하였다. 법고창신의 정신으로 우리의 전통문화 속에 담긴 의미를 미래를 향한 새로운 창의력으로 개발하는 데도 많은 영감을 주었다. 이러한 소문이 이화 서머스쿨에 참가한 하버드 학생들에게도 알려져 그들의 간곡한 요청으로 경복궁을 답사하며 직접 해설해주었는데 모두가 공감하고 감동을 받는 추억이 되었다.

이화여대 총장 시절 전국사립대학총장협의회 회장과 200개 4년제 국공립 사립대학 협의체인 한국대학교육협의회 15대 회장을 여성으로서는 최초로 역임하면서 인성교육을 강화하는 초중등학교 교장, 교육감, 교사, 학부형들이 참여하는 교육협력위원회를 구성하고 지성과 취업도 중요하지만 가장 중요한 본질인 심성이 바른 인격체를 형성하자는 데 뜻을 모았다.

대학 입시에서도 시험지 한 장으로 당락이 결정되는 것보다 고등학교 과정 내내의 성취와 노력 의지, 자기 설계의 주체성을 중요시하는 입학사정관제도를 전국 대학에 확산시켰던 점은 지금도 보람으로 느끼고 있다.

대한민국의
품격을 높이자

2010년 7월 말, 이화여대 총장으로서 임기를 마치고 그해 9월 국가브랜드위원장을 맡게 되었다. 국가 브랜드란 국가의 품격이다. 국제적 신뢰와 존중과 호감을 얻는 방법 중 하나가 그동안 관리하지 못했던 국가의 브랜드를 높이는 길이다. 전임 1대 위원장이 경제로 국가 브랜드를 높이는 데 주력했다면 2대 위원장으로 취임한 나는 문화를 내세웠다. 세계인의 주머니를 열기 전에 마음부터 열게 하자는 목표를 세우고 우리의 문화적 저력을 세계에 알리는 데 주력하였다.

오랜 역사 속에서 이루어진 우리의 우수한 문화자원에 대해 그동안 잘 알지 못해 보석을 돌로 보고 지나쳤던 일이 얼마나 허다했는가. 세계가 인정하는 유네스코 세계문화유산인 종묘, 석굴암, 불국사, 창덕궁, 후원, 왕릉 40기 등을 제대로 아는 국민이 얼마나 되겠는가! 그래서 일본은 알아서 속속들이 파괴했고, 우리는 몰라서 스스로 지키지 못하는 우를 범하지 않는가.

공교육에서 국영수에만 주력하다 보니 기초적인 역사 교육이 부실했고, 교실 수업에만 집착하다 보니 다양한 창의성을 키울 수 있는 문화 현장 교육이 외면당했다. 생활 속에 역사가 있고 내가 사는 동네 안에 우리의 소중한 문화가 있음에 무심했다. 역사를 잊은 민족에게는 미래가 없다 하였다. 어느 민족에게든 어느 기관에게든 누구에게든 뿌리가 있고 역사가 있다. 그동안 걸어온 길을 외면하고서는 현재에 당면한 과제를 풀어갈 수도 없고 내일의 길을 열어갈 수도 없다. 역사의 교훈과 지혜를 소중히 깨달을 때 탄탄한 미래의 희망을 열어갈 수 있는 것이다.

그래서 우선 우리 문화를 세계에 알리는 데 주력하였다. 우리나라가 20세기 일제 식민지 시기를 극복하고 전쟁의 폐허로부터 부활하여 국민소득 80달러에서 3만 달러로 도입하기까지의 눈부신 성취도 한국인 특유의 교육열로 이룩한 기적이다. 그래서 한국의 교육열의 근원인 서원을 유네스코 문화유산으로 등재하는 데 전력을 기울였다. 600여 개 서원 중 유네스코 문화유산 자격의 기준인 완전성, 진정성에 부합하는 아홉 개 서원을 선정하여 현재까지 등재 추진에 앞장서고 있다. 서원 중 제일 먼저 세워진 영주 풍기의 소수서원, 안동의 도산서원, 하회마을의 병산 서원, 경주 양동마을의 옥산서원, 대구 달성의 도동서원, 함양의 남계서 원, 장성의 필암서원, 정읍의 무성서원, 논산의 돈암서원이 대상이다. 충 청도, 전라도, 경상도 일대에 걸쳐 있다 보니 추진하는 과정에서 지역 간 에 화합하고 생기와 열정이 살아나 지금 현재까지 각 서원의 유림과 지 방자치단체가 똘똘 뭉쳐서 대한민국 문화의 대표주자로서 서로 경쟁력 을 높이고 있다.

한편 천 년 이상의 역사를 이어 내려온 불교 문화유산의 유네스코 등재도 함께 추진하였다. 영주 부석사, 안동 봉정사, 양산 통도사, 승주 선암사, 해남 대흥사, 공주 마곡사, 보은 법주사의 일곱 개 사찰을 연속 해서 유산으로 등재하기 위한 추진 작업이 진행되고 있다. 지금도 자랑 스러운 문화유산의 유네스코 등재를 위해 열정을 기울이고 있다.

국가브랜드위원장 시절 또 하나 심혈을 기울였던 사업은 국제사 회에 기여하는 나라로서 해외 봉사단을 구성하여 해외 각국에 파견한 것 이다. 대통령의 직접 참여하에 꾸려진 통합 봉사단에는 'World Friends Korea'라는 명칭이 붙었고 대학생, 기업, 공무원들이 함께했다. 원조받던 나라에서 원조를 주는 나라가 되어, 나눔의 봉사로 세상을 따뜻하게 만 드는 데 범국민적 참여를 독려한 것이다. 진정한 나눔의 봉사에는 시들 어가는 나무도 다시 생명력을 살아나게 하는 아름다운 힘이 있다.

그러한 경험은 국가브랜드위원장 직을 마치고 이어서 국내 최대 해외봉사단인 코피온 총재를 맡았을 때 더욱 감동으로 발전하였다. 대학생들의 순수하고 자발적인 봉사의 열정에서 대한민국의 희망을 보았다. 그들은 아프리카 지역이고 아시아 지역이고 해외 봉사를 다녀와서 봉사를 하러 갔다기보다 봉사를 받고 왔다고 토로하였다. 국내에서는 무심하게 지나쳤던 것이 모두 감사의 마음으로 변하는 뜨거운 체험을 했다는 것이다. 바로 이 마음들이 적극적 세계 평화의 과정이라고 확신한다.

아직은 우리 국가 브랜드가 세계 순위에서 많이 뒤처져 있다. 국가브랜드위원회를 설치하고 국가적으로 관리하여 조금은 올라가긴 했어도 아직 세계로부터 신뢰와 호감을 받으려면 해야 될 과제가 산적해 있다. 하드파워인 경제력이나 기술력은 그래도 10위권에 드는데 소프트파워인 문화, 국민성, 관광은 한참 순위가 밀려 있다. 외국인 위원들에게 그 이유를 물으면 그들의 한결같은 대답이 한국인들은 첫째로 속마음과 달리 미소가 없고 표현이 무뚝뚝하다는 것이다. 그래서 불친절해 보이고 나라가 어두워 보인다 했다.

둘째는 자기 문화를 스스로 너무 모른다는 것이다. 오랜 역사의 전통과 유수한 문화가 있는데도 알려고 하지 않고 알지도 못한다는 것이다. 1995년 한국에서 처음 유네스코 문화유산으로 등재된 종묘를 보러 왔는데 길을 물어봐도 가르쳐주기는커녕 그 자체를 모르더라는 것이다. 결국 우리 문화를 우리가 스스로 정확히 알아야 자랑도 할 수 있고 세계인을 감동시킬 수 있는 것이다.

우리 문화의
세계화, 현대화를 위하여

2013년 9월, 한국학중앙연구원 16대 원장에 임명되었다. 여성 원장이 나온 것은 한국학중앙연구원 역사상 처음이다.

1978년 박정희 대통령께서 물질문화, 산업화가 발전할수록 공허해질 수 있는 정신문화의 근간을 바로잡고 민족문화의 올바른 좌표를 설정하기 위해 한국정신문화연구원을 설립했고, 그것이 2005년 한국학중앙연구원으로 바뀌었다. 이름은 바뀌었으나 설립 정신과 추진하는 사업은 크게 변하지 않았다. 특히 한국학중앙연구원에는 조선왕조 왕실도서관인 장서각이라는 기록 문화의 보고가 소관되어 있고 차세대 한국학자를 양성하는 한국학대학원이 설치되어 있다. 석사 · 박사 과정에 현재 국내외 학생이 절반씩 250여 명 재학하고 있고 1천여 명의 졸업생이 배출되었다. 민족문화대백과사전, 향토문화전자대전, 해외에 한국 바로 알리기 사업 등 굵직굵직한 국가적 대행 사업들을 추진하고 있다.

그러나 중간에 이름이 바뀐 탓인지 이렇게 쌓인 성과에도 불구하고 우리 기관을 잘 모르는 사람들이 너무나 많다. 처음에 한국학중앙연구원 원장으로 발령났다고 하니 어디 새로 연구소 만들었는가 하고 물어보는 이가 많았다. 원래 한국정신문화연구원이라고 말하면 모두 알아듣는다. 예전에는 공무원이고 교수고 부임하면 정신문화연구원에서 연수를 받았기 때문에 다들 이 기관에 대한 향수가 많다.

나는 취임사에서 미래 비전으로 다섯 가지 조화의 지혜를 내세웠다. 첫째 연구와 교육의 조화, 둘째 전통과 현대의 조화, 셋째 한국과 세계의 조화, 넷째 전문성과 대중화의 조화, 다섯째 과거와 현재와 미래의 공존의 조화. 이 다섯 가지 조화를 바탕으로 미래화와 세계화에 대비한 철저한 학문적 준비를 강조하였다.

장서각에 소장된 국보급 기록들을 보면 저절로 머리가 숙여진다. 왕실 도서 12만 권과 문중에서 기증 기탁한 5만 권, 총 17만 권의 고문헌이 소장되어 있는데 하나하나 정성이 담겼을뿐더러 정교하고 품격 높은 기록문화의 정신, 바로 법고창신의 정신을 절감할 수 있다.

우리가 흔히 서명하는 사인 문화도 실은 서양의 수입품이 아니다. 고문헌들을 보면 우리 선비들이 멋지게 자기 이름을 디자인하여 써왔음을 알 수 있다. 왕실의 행사를 그림으로 그려 임금에게 보고한 의궤반차도를 보면 기록을 예술로 승화시킨 우리 선조들의 멋과 품격을 읽어낼 수 있다. 최근 국보로 지정되어 더욱 유명해진 허준의 『동의보감』을 보면 전쟁 중에도 계층을 불문하고 인명을 중시했던 박애정신에 마음이 뿌듯해진다. 재산 상속 문서(분재기)에는 여인들이 자기 재산권을 행사하는 당당함이 나타나 있다. 한글 편지에는 정다움이 가득하다. 최근에 과거 시험 답안지 전시를 했는데 유생들이 품은 이상과 소신을 거침없이 논리 정연하게 표현한 글을 보면 저절로 머리가 숙여진다. 이루 말할 수 없는 인류 기록 문화사의 백미들이 가득 차 있다.

이제 이 보물들을 잘 읽어내서 재미있고 유익하게 스토리텔링하여 국민들에게, 세계를 향해 다가가야 한다. 하늘은 스스로 돕는 자를 돕는다고 하였다. 자기 것의 소중함을 알고 진정성을 기울일 때 보석같이 빛을 발해 세계인을 감동시킬 수 있다. 고품격의 한류, 학술 한류, 지속적인 한류를 만들기 위해 나는 오늘도 쉼 없이 정진하고 있다.

역사와 미래, 자연과 인간의 조화

오래된 미래라는 말이 있다. 그래서 역사를 잊은 민족에게는 미래가 없다 하였다. 항상 역사를 보면서 느끼지만, 첫째, 지나치고 무리하면 화를 자초한다는 교훈을 잊어서는 안 된다. 궁예가, 연산군이 애초부터 비뚤어진 인성은 아니었다. 욕망의 늪에서 빠져나오지 못하다 보니까 잔인해지고 인간을 포용하는 마음이 사라져 화를 자초한 것이다. 역사를 보면 시작과 결말을 다 볼 수 있다. 처음엔 거창했던 시작도 초라하게 무너지는 반면, 아주 작은 시작이 크게 역사에 기여하는 현상을 수없이 볼 수 있어 자정과 절제를 할 수 있는 것이다.

둘째, 아무리 좋은 능력을 가졌어도 기회가 열리지 않으면 발휘될 수 없다. 좋은 능력도 좋은 인연을 만났을 때 그 빛을 발할 수 있다. 세종대왕 대에 왜 그리 훌륭한 신하가 많은가? 좋은 지도자를 만났기 때문이다. 우리는 좋은 인연을 만나기 위해서도 노력하지만 서로의 좋은 인연이 되어주기 위해서도 역지사지, 배려의 마음을 품는 자세가 중요하다.

셋째, 내일 지구가 멸망해도 오늘 사과나무를 심는 심정으로 오늘에 충실해야 한다. 오늘을 잃어버리면 내일은 있을 수 없다. 거대한 비전도 중요하지만 오늘에 충실할 때 내일의 희망도 열린다. 긍정의 힘이 역사를 바꾼다 하였다. 그래서 역사는 미래의 길을 찾는 나침반이라 한 것이다.

또 한편 우리가 찾아야 할 미래에 대한 답은 자연에서 찾을 수 있다. 전통적으로 교육은 자연 공부에서 비롯되었다. 천자문도 하늘 천(天), 따 지(地)로 시작하여 우주 자연의 원리를 터득하는 것이다. 서원에 가면 수려한 자연경관부터 우리 마음을 맑게 씻어주고 설레게 한다. 사시사철 눈에 들어오는 자연을 통해 호연지기를 가르치고 아무리 과학이 발달해도 변할 수 없는 순리의 지혜를 심어주는 것이다.

늘 푸른 소나무를 보고는 의리 정신을, 할아버지 때 심으면 손자 대에나 열매가 열린다는 은행나무를 보고는 인내와 끈기의 마음을 배울 수 있다. 왕릉이나 서원에 가면 나무도 마음이 있다는 깨달음에 저절로 숙연해진다. 왕릉의 주인공을 향해 참배하는 소나무들, 공부하고 싶어 명륜당 담장 속으로 가지가 휘어지는 소나무들을 나무가 사람보다 낫다는 생각이 절로 든다.

아무리 지식이 발달하고 과학이 발달해도 자연의 섭리를 이길 수 없다. 인간과 자연이 함께하는 조화는 우리 선조들이 일찍이 책 속에서, 건축물 속에서 구현하려 한 진정한 가치이다. 나의 이러한 자연과 인간이 함께하는 따뜻한 선진화 운동을 선진화 포럼을 통해서도 구현하고 있다. 역사는 길이고 릴레이이며 동행이다. 우리는 법고창신의 정신으로 귀중한 우리의 역사 유산을 오늘에 새겨 내일에 전해주어야 한다. 바로 이 한결같은 마음이 평생을 역사에 심취하는 이유이다.

나는 무엇으로 사는가

구 명 숙

숙명여자대학교 명예교수

■■□

숙명여자대학교 국어국문학과를 졸업하고 같은 대학원에서 석사학위를, 독일 빌레펠트대학교 대학원에서 박사학위를 받았다. 한국여성문학학회 회장, 숙명리더십개발원 원장, 한국양성평등교육진흥원 이사장을 역임했다. 시집으로 『그 여자 몇 가마의 쌀 씻어 밥을 지어 왔을까』, 『걷다』, 『산다는 일은』, 『하늘 나무』 등이 있다. 부총리겸교과부장관상(2015), 만해 '님' 시인상 우수상(2015)을 수상했다. 현재 숙명여자대학교 명예교수이다.

그리운 내 고향

　　새벽마다 사랑채에서 글 읽는 소리가 들린다. 아버지 글 읽는 소리가 좋아 꼭두새벽에 일어나신 할머니는 일어나 공부하라고 나의 발바닥을 간질이곤 하셨다. 새벽닭 우는 소리와 아버지의 낭랑한 글 읽는 소리, 그리고 어머니의 정한수 떠 올리는 소리는 아직도 내게 종종 들려오는 정겨운 삼화음이기도 하다.

　　나에게 문학은 나의 아버지와 내 고향에서부터 싹터왔다고 생각된다. 나는 충청남도의 한 농촌에서 태어나 초등학교를 졸업했다. 고향을 떠올리면 가난하지만 늘 예의를 차리며 인정스레 살아가던 순박한 사람들이 그리워진다. 첩첩 산으로 둘러싸인 물 맑고 양지바른 마을에서 고향 사람들은 봄, 여름, 가을, 겨울을 맞으며 특별히 잘살아보겠다는 자극도 도전 의식도 없이 타고난 대로 물 흐르듯 살아가고 있었다. 하지만 그 속에서 자라나는 새싹들은 꿈과 희망을 무럭무럭 키우고 있었던 것 같다. 부모들도 아들들에게는 "촌에서 썩지 말고 도시로 나가서 성공하라"는 메시지를 전해주며 으레 도회지로 내보낼 생각들을 했다. 우리 부모님도 예외는 아니었지만 아들, 딸을 크게 차별하지는 않았다. 그렇기에 나는 딸로서 아버지와 함께 서울 유학을 위한 기차를 탈 수 있었다고 생각한다.

　　가을, 누렇게 익은 벼논에서는 메뚜기가 사방으로 튀고 우렁이가 엉금엉금 기어다닌다. 산 밑 골짜기 도랑에는 가재가 살살 기어다닌다.

땡볕 아래 호랑나비를 쫓아다니던 일, 풀잎 끝 물잠자리 꽁지를 아슬아슬 잡아보는 일 등등 나에겐 살아 있는 장난감이 즐비했고, 날마다 생동감 있는 놀이 속에서 마냥 즐겁고 행복하던 시절이었다.

가끔 둥구나무 아래서 시조를 읊으시던 나의 아버지, 나는 아버지의 외출을 알아채면 미리 어머니를 졸라 따라나서곤 하였다. 아버지는 뒤따르는 내 짧은 걸음걸이에 보조를 맞추어주느라 느릿느릿 공자님, 맹자님은 물론 역사 이야기를 참 많이도 들려주셨다. 나의 유년 시절은 그렇게 아버지의 영향을 받으며 형성되었다고 할 수 있다.

나는 사랑채에 드나들게 되면서부터 천자문을 배우게 되었고 자연스럽게 사랑방 심부름도 하며 점점 바깥세상에 대한 호기심이 커졌다. 남녀 차별이 심하던 시대에 앞으로는 여자도 많이 배워야 하고 능력을 키워야 한다고 배려해주고 기를 세워주신 아버지, 나는 한학자이신 아버지를 통해 험난한 우리 역사와 사회 이야기 그리고 문학 이야기를 들으며 조금씩 세상에 눈을 뜰 수 있었던 것 같다. 아버지가 대청마루에서 장화홍련전, 홍길동전, 춘향전, 심청전 등 고전소설을 낭독해드리면 할머니는 감탄사 연발로 추임새를 넣어가며 작품에 빠져들고 계셨다. 나 역시 놀다가도 아버지가 청량하고 구성지게 낭독하시는 옛날이야기에 귀를 기울이곤 했다.

산으로 들로 강변으로 나의 놀이터는 커갈수록 광활하였다. 신선바위 아래 하얀 강변에서 천렵하는 어른들과 어울리기도 하고 친구들과 들로 나가 달래, 냉이, 꽃다지 나물을 캐기도 하고 할미꽃 동산에 올라 뭉게구름을 바라보며 먼 훗날 무엇이 될까 하는 꿈을 피우는가 하면, 학교에서 배운 통일의 노래 〈우리의 소원은 통일〉을 시시때때로 염원을 담아 부르곤 했다. 나라의 허리가 동강나 신음하고 있다는 선생님 말씀이 가슴에 박혀 우리나라의 '통일'을 이루는 상상의 나래에 가슴이 부풀기도 했다.

시냇가 아카시아 늘어선 언덕길을 걸으며 친구들과 밤이 깊도록 노래를 부르던 여름밤 추억도 흐른다. 5학년 때 방학 숙제로 제출한 시 공책에 "시인이 되라"고 담임이셨던 박봉승 선생님이 빨간 글씨로 선명하게 써주셨을 땐 가슴이 뛰면서도 나에게 정말 그런 소질이 있을까, 반신반의하기도 했다. 그 후 중학교 때 새싹회 주최 글짓기 대회에서 내 글이 뽑혀 여러 선생님들과 교장 선생님의 칭찬을 받으며 글을 쓰겠다는 다짐을 하게 된 것 같다.

아버지는 법관이 되기를 희망하셨지만 나는 고등학교 때 국어 선생님의 말씀을 믿고 문학 공부의 길로 들어서게 된다. 국문과에 가라고 한사코 추천해주신 국어 선생님은 숙대에 놀러 오시기도 하고 꾸준히 글을 쓰라고 권하셨지만 연일 데모에 휩싸인 대학 생활은 매우 신산스러웠다. 신문을 접하기 두려웠던 시절, 옳다고 생각하는 것을 위해 나약한 힘을 다해보았지만 아무것도 되는 일은 없었다. 젊은 군중 속에서 숨이 막히도록 답답할 때면 고향으로 달려가 넓은 들판과 맑은 시냇가에서 새소리, 물소리를 듣곤 했다. 고향 산천을 한 바퀴 돌고 나면 그래도 가슴이 좀 열리고 마음이 다소 안정되는 느낌이었다. 나는 자연에서 마음을 다스리며 고향땅 언덕에 작은 문학 나무 한 그루를 심어두었나 보다.

독일 유학길에 오르다

대학 캠퍼스에서 가끔은 낭만을 느끼고 평화로웠지만 마음은 무엇으로 살 것인가를 걱정하며 짓눌릴 때가 많았다. 아무것도 이룬 것 없이 대학 2년을 보내고 있던 어느 날 비교문학 수업을 들으면서 나는 남몰래 한국을 떠나보고 싶은 마음이 들었다. 생각하면 곧 실행에 옮기는 습관을 길러주신 부모님 덕분에 일단 영어와 독일어 학원을 다니기 시작했고 차츰 유학의 길을 찾아보기로 했다.

그 당시 국문학도로서 외국 유학을 가겠다고 하면 모두가 의아해하고 반대했지만 나는 국문학 전공자들일수록 세계로 나가보아야 한다는 엉뚱한 생각을 하게 된 것이다. 그러나 생각일 뿐 유학의 길은 멀고도 멀어 대학원을 졸업하고서야 실현할 수 있었다. 대학원을 다니면서 학과 조교를 하느라 매우 분주했지만 조용히 유학 준비를 하며 꿈을 키웠다. 그런데 막상 은사님들이 크게 반대하셨다. 학교에 남아 있기를 바라시는 그 뜻에 감사하면서도 포기할 수는 없었다. 유학의 결과가 존경하는 은사님들께 실망을 드릴지라도 새로운 학문을 위해 넓은 세계로 나가보자는 생각에는 변함이 없었다.

1977년 10월, 스스로 결정하여 떠난 독일 유학은 충격 그 자체였다. 처음 6개월 동안에는 문화적 차이에서 오는 두통이 향수병을 강하게 불러왔다. 음식도 생활 모습도 너무 다르고 언어도 잘 통하지 않았다. 날씨도 회색빛 흐린 날이 대부분이다. 맑고 쾌청한 조국의 푸른 하늘이 사무치게 그리웠다. 다행히 가는 곳마다 새가 날고 토끼, 다람쥐가 뛰노는

숲이 있기에 그 자연과 함께 걸으며 외로움을 달랠 수 있었다.

강의실에서는 늘 집중을 요했다. 포스캄프(Wilhelm Vosskamp)의 문학 장르와 교양소설 및 괴테 강의, 그리밍거(Rolf Grimminger)의 하인리히 하이네, 독일 낭만주의 강의 및 문학사회학 세미나, 보러(Karl Heinz Bohrer)의 문예학 이론 세미나, 코카(Jurgen Kocka)의 역사학 강의, 엘리아스(Robert Elias)의 궁정사회학 강의 등등 명강의들은 아직도 잊을 수가 없다. 그 석학들의 동서고금을 넘나드는 해박한 지식과 열정에 감탄하며 학문에 대한 매력과 두려움이 엄습했던 시간들이었다. 학생들의 질문과 열띤 토론이 강의 시간을 더욱 진지하게 이끌어간다.

부러움 속에서 쉬지 않고 다가간 힘든 독일 대학 생활은 내 인생에 새로운 자각과 독립심을 길러주었고 동시에 자긍심을 심어주었다. 자신감과 지구촌에 대한 이해와 인간에 대한 평등과 사랑을 알게 해주었다. 그런 학문적 분위기에 매료되어 독일 책들과 씨름하느라 시 창작은 아득하게 멀어져만 갔다.

그때 내가 만난 서양 사람들은 대한민국이 어디 있는지조차 잘 모르고 있어 상처를 받기도 했다. 그럴 때마다 내 조국에 대한 사랑이 커지고 아주 작은 힘이라도 보태려는 의지가 굳어졌다. 그들은 "한국어가 따로 있느냐?" 묻기 일쑤고 중국어나 일본어 또는 영어가 공용어라고 믿고 대화를 시작하는 것이다.

한편 독일의 한국 간호사와 광부를 통해 코레아를 알고 있는 사람들이 늘어가고 있었다. 주말에 가끔 한국 음식을 풍성하게 차려놓고 동포들이 한데 어울려 밤새도록 한국 말과 한국 음식을 즐기며 정답게 토론하고 흘러간 노래를 부른다. 거기엔 고향 그리운 마음, 나라 사랑하는 마음이 가득 불타오른다. 나라 밖에서 경험한 잊지 못할 추억의 한 부분이다. 80년대 중반부터 한국 유학생들이 대폭 늘어나 캠퍼스 곳곳에 낯익은 모습들이 가득했다.

유학 시절 독일에서 배운 것들이 참으로 많지만 무엇보다도 일상에서 그들이 보여주는 근면함과 정직함, 개성을 존중하며 완벽을 추구하는 노력과 자세가 믿음직스러웠다. 그리고 변함없는 우정, 그런 그들을 깊이 신뢰하며 계속 좋은 친구들로 남아 있다.

밤낮으로 배우고 익힐 수밖에 다른 방도가 없던 유학 시절, 젊음을 마음껏 발산하며 참으로 열심히 공부했지만 배움의 끝은 보이지 않았다. 더 머물며 공부하고 싶은 미련도 있었으나 박사학위 취득으로 만족해야 했다. 유학 중에 만난 세계 각국의 친구들은 살아가면서 서로 도움이 되고 때론 큰 기쁨이 되는 존재들이다. 그 친구들은 자기 나라에 돌아가 대부분 나라의 중요한 일을 맡아 하기도 하고 교수가 되어 국제학술대회장에서 만나기도 한다. 세월을 느끼며 가끔 안부를 주고받는다.

나는 귀국 후 목마르게 찾던 우리 문학작품을 읽으며 틈틈이 시를 써보았지만 모국어는 나를 멀리하였다. 시간이 흐르면서 차츰 모국어와 화해가 이루어졌지만 한동안 생각과 글이 혼연일체가 되지 못하고 마음에 와 닿지를 않았다.

자아실현을 위한
길 찾기

　　귀국 후 몇 년의 시간이 흐르고 나서 1993년 모교에 전임이 되었다. 나는 우선 한국 현대시를 연구하고 가르치면서 여성문학론, 비교문학론 등 새로운 강의를 개설하여 학생들에게 여성 의식을 고취시키고 여성으로서의 정체성을 확립시켜주기 위해, 또한 제대로 평가받지 못하는 여성 문학의 가치를 자리매김하기 위해 노력해왔다. 더불어 숙대 세계여성문학관 일과『한국여성문인사전』편찬을 위한 자료 수집에 심혈을 기울였다. 2009년 7월부터 3년간 한국연구재단의 지원을 받아 석사 · 박사 과정생 및 박사 연구원들과 함께 흩어져 훼손되어가고 있는 해방 이후 60년대까지의 여성 문학작품들을 샅샅이 발굴하여 다섯 권의 작품집과 한 권의 작품 총목록집을 발간하였다. 그리고 지난 100여 년 동안 세계문학과 교섭하면서 성장해온 한국 근대문학의 이해를 돕기 위해 비교문학을 가르치면서 세계 문학 속의 한국문학을 알게 하고 그 위상을 높이는 데 힘을 보태도록 독려하기도 하였다.

　　정신없이 바쁘게 살아가던 어느 날 "시인이 되어야겠다"는 마음의 결정을 내린다. 시가 조용히 내 마음을 두드린 것이다. 희망의 불빛을 본 듯 새로운 열정이 솟아나고 우리말이 한없이 고귀하게 느껴졌으며 더없이 행복한 기분이었다. 생각해보면, 어려움을 겪을 때마다 깊은 침묵 속에서 시는 내 고통을 어루만지며 묵묵히 기다려주었다. 삶은 고통과 함께한다는 것을 알아차렸을 때 시는 내 피와 살이 되어 내 영혼을 맑게 해주는 것임을 알았다. 그리고 감동과 위안을 주는 사랑과 같은 것이라고. 시상이 떠오를 때마다 노트에 써둔 조각들이 빼곡하다. 하지만 연구와 강의, 학교와 학생들에게 전념해야 하는 바쁜 생활 속에서 그것들을 작품답게 살려낼 여력이 없었다. 내 삶 속에 어쩌면 시라는 원석 하나가 떨어져 있었지만 갈고 닦을 힘이 없었던 것 같다. 마침내 깊고 영롱한 시를 캐내기 위해 연마하리라 다짐한 것이다. 그것만이 살아 있다는 것을 확인할 수 있는 일이라 생각되었다. 시는 슬픔도 외로움도 아픔도 소리 없이 다 받아준다. 그리고 추운 세상을 데워준다.

오랜 습작 끝에 1999년 『시문학』 신인상을 수상하며 시인으로 등단하였다. 기쁨과 감사가 넘쳤지만 이런저런 탓을 더하여 일상에 쫓기면서 계속 정진하지 못한 채 마음을 앓고 있었다. 다시 심기일전하여 2009년 『시와시학』으로 재등단을 하였고, 지금까지 시집 네 권을 상재하였다. 이제 아무 걸림 없이 좋은 시를 위해 땀 흘리며 노래하고 싶다. 지구별에서 우주로 향하는 무한한 상상력으로 희망을 그리고 싶다. 시를 쓰는 일이 가장 행복하고 즐거운 일이라고 서슴없이 말하는 요즘 나는 진정 나의 길을 찾은 것이 아닐까.

여성으로 살아가다

나는 모교의 교수로 봉직하는 것을 늘 영광으로 생각하며 학교와 학생들을 위한 것이면 하찮은 일이라도 최선을 다해 정성을 기울였다. 학부와 대학원 학생들을 인솔하여 독일, 미국, 중국, 대만, 일본, 호주 등으로 수차례 글로벌 탐방을 다녀오기도 했다. 세계 여러 나라의 한국학 연구와 교육 현황을 파악하고 발전 방향을 모색해본 의미 있는 일이었다. 9박 10일을 함께 다니면서 아직도 존재하는 사회적 여성 차별이나 여성으로서 겪는 어려움 등을 꺼내놓고 스스로 변해야 하는 점과 개선 방안을 찾아보는, 아무 격의 없이 허심탄회하게 속 이야기를 터놓는 기회를 가지기도 하였다.

또한 2003년 9월부터 일본 소카대학의 초빙교수 및 와세다대학의 방문교수로 1년간 연구년을 보내게 되었다. 소카대학과 와세다대학에서 특강을 요청받고 한국 여성주의 문학을 주제로 강의하여 많은 질문과 호평을 받았다. 그리고 숙명여대와 와세다대학과의 학생 및 학술 교류 협정을 제안하여 성사시켰다.

귀국 후 학교에 돌아오자 이경숙 총장님이 초대 숙명리더십개발원 원장직을 내게 맡기셨다. "세상을 바꾸는 부드러운 힘 · 숙명"을 슬로건으로 내걸고 여성 리더십과 섬김 리더십을 중심으로 리더십 특성화 대학을 주창한 이경숙 총장님은 전문성과 인성을 갖춘 창의적인 여성 인재를 양성하기 위해 새로운 비전을 추진해가던 중이었다. 응급실에 실려가면서도 몸을 아끼지 않고 불철주야 학교 발전을 위해 헌신하시던 이경숙 총장님의 뜻을 헤아려 2개월 동안 고심한 끝에 숙명리더십개발원을 맡아 다양한 리더십 프로그램을 개발하고 실행하며 모든 능력을 쏟아부어 소기의 성과를 거둘 수 있었다. 그 당시 서울대를 비롯하여 전국의 여러 대학에서 리더십 교육을 벤치마킹하기 위해 우리 학교를 찾아왔다. 숙대에 보냈더니 딸이 많이 달라졌다고 리더십 교육 덕분인 것 같다고 편지를 보내는 부모님들도 있었다. 잘 모르던 일이었지만 열과 성을 다해 보람을 맛본 경험이었고 일하면서 나 스스로도 리더십 훈련을 많이 받아 삶 속에서 늘 많은 힘이 되고 있다.

학문과 교육 외에 열정을 바쳐온 일을 하나 더 꼽으라면 양성평등 실현을 위한 사회운동이다. 나는 살아오면서 거의 모든 일을 스스로 결정하고 실행해온 편이다. 어렸을 때 부모님의 밥상머리 교육은 "부지런해라" "남에게 지고 살아라" "손해 보고 살아라" "호랑이 굴에 잡혀가도 정신만 차리면 산다" "옳은 것은 옳다고, 틀린 것은 그르다고 말해라" 등이며, 이는 잔소리로 들릴 만큼 날마다 반복되었다. "지는 것이 이기는 것"이라고 가르치시는 역설적인 말씀에 내심 불만이 없지 않아 깊이 새기지 않았지만 차츰 바르게 사는 것이 어떤 삶인지를 주입시켜주고 선택과 집중을 가르치신 것으로 이해되었다. "정신일도 하사불성(精神一到 何事不成), 지행합일(知行合一)"은 중학교 때부터 책상 앞 벽에 한자로 써 붙여져 있던 아버지의 실천 교육 지침서였다. 거기다가 어머니는 여자는 앉음새 하나부터 걸음걸이, 모든 몸가짐과 말씨가 여자다워야 한다고 밤낮 강조하셨다. 그러한 여성다움의 교육은 중고등학교, 대학에 이르기까지 변함없이 지속되었다. 현모양처, 요조숙녀의 교육목표 아래 잘 길들여진 것이다.

그런데, 한국 땅을 떠나 독일에서 상상도 못할 풍경들을 목격하게 된 것이다. 처음 독일 생활은 고립무원, 절간에 들어가 오로지 시험 공부만 하는 것처럼 단조로웠다. 종일 학교 강의실과 도서관에 앉아 있다가 온몸이 비틀릴 때면 카페에 내려가 커피 한 잔을 마시든지 학교 주변을 산책하는 것이 유일한 휴식이었다. 독일인들은 무뚝뚝하고 근검절약이 몸에 배어 있는 듯 보였다. 대부분 학생들은 물론 교수님들도 청바지에 티셔츠, 운동화 차림이었다. 무슨 일이든 벽돌을 한 장 한 장 쌓아올리듯 기초를 튼튼히 다지며 정직하게 발전해가고 있는 모습이 남달라 보였다. 집 한 채를 지을 때도 사철을 겪으며 완성하는 것을 보고 그렇게 느낄 수 있었다. 그뿐 아니라 살아갈수록 경이로웠다. 여성들이 자전거에 아이를 태우고 씽씽 달려 학교에 오지를 않나, 와서는 아이를 학교 어린이방에 맡겨놓고 실컷 공부를 하지 않나, 자동차 범퍼를 열고 연장을 익숙하게 다루며 차를 고치지를 않나, 남성들이 시장 보고 빨래하고 청소하고 밥하는 일은 예사였다. 여성 남성 역할 구별이 거의 없이 서로 배려하며 자연스럽게 잘 살고 있었다.

남녀 평등한 사회에서 거침없이 자유롭게 살아가는 독일 여성들을 보면서 나는 부전공으로 사회학을 선택하여 페미니즘 공부를 시작했다. 비로소 가부장적 삼종지도의 관습을 벗어나 여성으로 당당히 살아가는 주체적인 삶을 생각하게 된 것이다. 아울러 각 나라의 여성운동에 관심을 갖게 되고 독일 여성학자 및 여성운동가들과 함께 활동하게 되었다. 한국에 돌아온 후에도 계속 여러 여성단체에서 여성 권익 향상과 양성평등 실현을 위해 함께 일하고 있음에 큰 보람을 느낀다. 여성가족부 정책자문위원으로 위촉되어 눈앞의 현안을 고민하고 여성의 미래를 설계하는 새로운 정책들을 여러 방향에서 논의하며 많이 생각하고 배웠다. 이어서 한국양성평등교육진흥원의 이사장을 역임하면서 양성평등의 이론과 실제를 겸비하여 다양한 일들을 실행에 옮기는 경험을 쌓았다. 마침내 2009년 4월, 뜻있는 분들과 함께 사단법인 글로컬여성네트워크를 설립하여 세계 각국의 여성들과 교류하며 차세대 여성들을 위한 다양한 프로그램을 운영해오고 있다. 차세대 여성들에게 되도록 많은 기회를 제공해주고 국내외적 활동을 연결해주어 상호 시너지 효과를 얻도록 하고 있다.

함께 가리니!

100세 시대라는 말로 보면 그리 오래 산 것도 아닌데, 살아온 이야기를 풀어놓는 기회를 갖게 되어 내 이야기를 쓰고 보니 쑥스럽기만 하다. 후배들에게 특별히 들려줄 이야기도 없으면서 내 나름 겪어온 일들을 두서없이 생각나는 대로 적어보았다.

어린 시절, 농업 중심 시대를 경험했고 산업화 시대를 넘어 디지털 초고속 시대를 살아오면서 부모님에게 받은 가르침과 여러 선생님과 책을 통한 옛 선현들의 가르침, 그리고 주어진 환경 속에서 경험한 지식과 배움, 실천이 지금의 나를 만들었다고 생각한다. 나의 길을 가면서 혼자 설 수 있도록 이끌어준 많은 분들의 힘이 버팀목이 되어주었기에 가능한 일이었다. 모두가 소중하고 감사하다. 아직도 부족함이 많지만 부족함을 더 채워가며 남은 날을 살아가는 기쁨도 크다.

미래를 향해 뛰어가는 젊은이들이여! 언제나 생명의 위대함, 소중함을 알고 최선을 다해 자아를 실현하라고 전하고 싶다. 농부처럼 스스로 농사를 지어 수확하는 실천적인 삶, 남을 위해 봉사하고 배려하며 나누는 삶을 살다 보면 나름대로 인생을 터득하게 되고 진정한 행복을 맛보게 될 것이다.

무조건 성공을 위해 달리기보다 먼저 가치 있는 삶이 무엇인가를 알아차려야 한다. 자신이 믿고 있는 가치의 의미를 깊이 음미해보고 무엇이 진정 소중한 것인지, 무엇이 궁극적으로 보람과 행복을 주는지 따져보아야 할 것이다. 세속적 성공 뒤에는 오히려 정신과 영혼의 피폐함에 시달릴 수 있으며, 인생의 참 기쁨과 행복을 느끼지 못하고 허무함에 빠질 수 있다. 세속적 성공보다는 가치 있는 삶, 향기로운 사람이 되라고 말하고 싶다.

각자의 개성과 능력을 마음껏 펼쳐보시라. 그리고 진실로 간절히 하고 싶고 잘할 수 있는 일이 무엇인지를 제대로 찾아내시라. 그렇다면 어떠한 환경에서도 마음이 흔들리거나 휩쓸리지 않는다. 진정 하고 싶은 일을 하면서 살아가는 즐거움과 당당함이 꽉 찬 성공에 이를 수 있게 할 것이다.

자신의 마음을 다잡고 올바른 일에 용기를 내고 행동하는 것도 바로 자기 자신에게 달려 있다. 그러므로 자기 자신을 훈련시키며 지금 이 순간을 소중히 여기라고 말하고 싶다. 현재의 순간들을 놓치지 않는다면 항상 역동적인 삶이 될 수 있기 때문이다. 자신도 모르게 굳어진 고정관념과 삶의 방식을 변화시키고 많은 것을 보고 느끼며 세계의 다양한 사람들과 교류하며 내가 나 자신의 주인이 되면, 나는 선택할 수 있고 온전히 나의 것인 현재의 순간들을 즐길 수 있다. 현재는 살아 있는 나의 것이다.

나의 젊은 시절을 생각하면 격세지감(隔世之感)을 느낀다. 어느 나라를 가도 이제 코레아를 알아보고 높이 인정한다. 코리안 드림을 꿈꾸며 한국어를 열심히 배우는 사람도 하고 많다. 이렇듯, 1970년대에 비해 경제적으로는 상당히 풍요로워졌지만 38년 전 내가 독일에서 체험한 양성평등 사회와 비교해보아도 아직 거리가 있는 현실이다. 우리 사회에 유리 천장이 깨어졌다고는 하나 여성의 취업은 더욱 힘든 상황이고 아직도 여성으로 살아가는 일은 어렵기만 하다. 여성들이 피나는 노력으로 실력을 쌓아 낙타가 바늘귀를 뚫고 가듯이 어렵게 직장을 잡아도 여전히 일과 육아와 가사를 책임지는 삼중고를 겪어야 하는 실정이기 때문이다.

　　그래도 젊은이여! 이 시대는 그대들을 위한 좋은 것들이 많지 않은가. 그대들 행복과 따뜻한 가정과 튼튼한 나라를 위해 그대들 능력이 녹슬지 않도록, 부디부디 깊이 사고하라, 끝없이 도전하라, 열정적으로 바퀴를 굴려라, 앞에서 끌고 뒤에서 밀어주리니. 우리가 함께 손잡고 따뜻이 동행해가리니.

행복을 짓는
영원한 건축학도

배 시 화

가천대학교 건축학과 교수

■ ■ □

서울대학교 건축학과를 졸업하고 같은 대학원에서 석사·박사 학위를 받았다. 중앙도시계획심의위원, 국무총리 직속 세종특별자치시지원위원회 민간위원, 대통령 직속 국가건축정책위원회 민간위원을 역임했다. 저서로 『미래형 스틸하우스의 설계』(공저) 『실내건축구조』 『건축학개론』 등이 있다. 동력자원부장관표창(1979), 문화관광부장관표창(2008)을 받았다. 현재 가천대학교 건축학과 교수이다.

공부만 하던 모범생

김우중 씨는 세상은 넓고 할 일은 많다고 했다. 나는 세상은 넓고 보고 느낄 게 너무 많다고 생각하여 돈과 시간만 나면 세상 밖으로 향했다. 남들은 네 돈 들여가며 왜 가느냐 했지만 나는 내 돈을 투자하여 수많은 곳을 보고 느끼며 체험하였다. 그리고 그 경험을 내 것으로 만들었다.

나는 1남 7녀 딸부잣집 셋째 딸로 태어났다. 어렸을 땐 가정환경이 비교적 부유했으나 성장하면서 경제적 어려움을 많이 겪었다. 그래도 부모님은 자식들 교육에 대한 열정만은 확실한 분이었다. 특히 어머니는 시골 유지의 맏딸로 태어나 남녀차별로 고등교육을 받지 못하고 일제강점기에 처녀들을 정신대로 공출한다는 소문이 돌자 서둘러 결혼하게 된 분이라, 배움에 대한 열망으로 아들은 물론 일곱 딸을 모두 대학에 보내셨을 정도로 교육열이 뜨거웠다.

아버지는 화공학을 전공하셨지만 노래를 잘 부르시고 감성이 풍부하신 분이었다. 예전에는 앞뜰에 큰 새장을 지어놓고 온갖 새들을 키우셨고 형편이 어려워져 마당이 없는 집으로 이사했을 때에도 실내에서 십자매와 카나리아 등을 키우셨다. 그 당시 우리도 잘 먹을 수 없었던 귀한 달걀을 노란 좁쌀에 섞어서 정성스레 모이로 주시던 그런 감성을, 나에게도 물려주신 것 같다.

형제가 많은 집이라 제각기 알아서 큰 것 같지만 알고 보면 어머니의 헌신적인 사랑 덕분에 우리 형제들이 지금 어느 정도 사회에서 역할을 하는 사람들로 자리를 잡게 되지 않았나 싶다. 문득 교육열이 남달랐다는 괴테 아버지의 이야기도 생각나고, 판검사가 되려면 조상의 은덕이 필요하다는 말도 떠오른다.

어려서 난 상당히 개구쟁이였던 것 같다. 그러나 학교에 들어가면서 칭찬을 받으려는 욕심으로 열심히 공부하고 모범생이 되려고 노력했다. 그리하여 이른바 '범생이'가 되어 가장 좋다는 대학에 들어갈 수는 있었지만 창의성이 결여되어버렸다. 마흔이 넘어서야 유연하고 독창적인 사고를 하게 되었다. 지금도 교육이 문제였다고 생각하고 있다. 대학에서도 몇 번이나 전과하려 했지만 그 당시 경직된 사회 분위기 때문에 포기했는데, 지금 생각하면 그게 전화위복이었는지도 모르겠다.

고등학교 3학년이던 4월 어느 날, 학교에서 체력 단련 시간에 달리기를 하다가 쓰러진 적이 있다. 병원에서 급성 늑막염이라며, 그대로 학교에 다니면 죽을 거라 했다. 1년을 휴학하면서 맛있는 것 많이 먹고 잘 쉬어야 한다는 것이다. 수학 선생님께서도 휴학하는 게 좋겠다고 말씀하셨다. 당신도 나와 같은 병에 걸렸는데 제대로 쉬지 못해서 결국 공부도 하지 못하고 원하던 좋은 대학에 가지 못했노라고.

휴학하고 쉬면서 혼자 뒤떨어지는 것 같아 굉장히 고통스러웠으나 복학 후 만난 담임 선생님이 좋은 분이어서 자꾸 칭찬해주시고 용기를 주셨다. 시골 고등학교에서 서울 공대 건축과에 가겠다고 하니 선생님께서는 그래 한번 해보자고 하셨다. 대학 원서 쓸 때 선생님께서 집으로 부르셔서 하나하나 지적하고 기록하고 하면서 원서를 작성하는데 텔레비전에서 대연각 화재 소식이 방송되었다. 별로 동요하지 않고 원서 쓰는 것에만 집중했다. 졸업 후 선생님의 집을 가장 먼저 지어드리기로 했는데 아직 실천을 못 하고 있는 것이 못내 아쉽다.

대학 시험을 볼 때 아버지와 함께 난생처음으로 서울에 올라와 공릉동 하숙촌에서 하루 숙박하고 시험을 치렀다. 합격하고 신체검사를 받으러 갔을 때의 나는 두 갈래로 땋아내린 머리에 안경도 쓰지 않고 얼굴은 허옇기만 한 시골뜨기였다.

화장실이 필요한
공대 여학생

화공학을 전공하신 아버지는 집에서 많은 화학 실험을 하셨다. 그런 광경을 곁에서 보면서 나도 저런 공부를 했으면 했다. 그러나 초등학교 5학년 때 집에 큰불이 나 2층이 다 타버렸다. 베란다 새장 속의 많은 새들이 죽었었다. 정말 슬펐다. 사람들은 아버지의 실험 때문이라고들 수군거렸으나 그때 아버지는 집에 오신 손님과 연구실에서 얘기를 나누던 중이었던 것으로 보아 그렇지는 않은 것 같다. 아버지는 여자한테 화공학은 벅차다고 말씀하셨다. 차츰 관심을 다른 곳으로 돌려가다 건축학이 공학과 예술의 융합이라며 졸업 후 파리 소르본대학교로 유학을 가라고 권하셨다. 그러나 어머니는 다년간 사법고시에 실패하신 외삼촌 대신 내가 그 꿈을 이뤄주기를 바라는 마음에서 법대를 지원하라고 하셨다. 가장 친했던 친구는 먼저 의과대학에 진학해 있던 터라 내게도 의대로 오라고 말했다.

난 아버지의 권유를 따랐고 건축학과에서 고난의 대학 시절을 시작했다. 겉멋이 잔뜩 들어 T자와 도면통을 둘러멨다. 꿈에 부푼 새 학기, 송이송이 붉은 넝쿨장미로 가득했던 공릉동 서울공대 2호관으로 가는 잔디밭, 그리고 따스한 햇빛을 받으며 둘러앉아 마이티(카드놀이)를 하고 있는 남학생들. 저학년 때 같은 학년의 유일한 여학생(섬유학과)과 같이 가거나 혼자 고개 숙이고 지나가면 동물원의 원숭이가 된 기분이었다. 고학년 때는 좀 나아졌지만, 공대 전체 건물을 통틀어도 여자 화장실이 없어 원숭이 몇 명은 항상 두리번거리면서 본능을 해결해야 했다. 관악 캠퍼스에서 박사 공부를 할 때 번듯한 여자 화장실이 얼마나 좋았는지 모른다.

대학에 다니면서 후회도 많았고 방황도 심했다. 유신 시절이라 4년 동안 공부를 거의 하지 못했다. 고작 1년에 3개월이 전부였다. 교수님들과는 별 교류가 없었다. 특히 설계는 더 그랬다.

인생의 큰 자산이 된 5년

공부를 더하고 싶어서 대학원에 갔지만 상황은 달라지지 않았고, 1학기를 마치고 취직을 하여 직장과 공부를 병행했다. 아버지처럼 자상하시던 교수님께 상의를 드렸더니 대한주택공사(지금의 LH의 전신)를 추천해주셔서 시험을 치고 합격하여 5년을 근무했다. 공기업이어서 여전히 관례적이고 때로는 강압적인 업무 방식에 재미를 느끼지 못했지만 그곳에서 지금의 남편을 만나 가정을 꾸릴 수 있었다. 관례적인 일을 못 견뎌하는 나를 위해 이사님께서 여기저기 새로운 일을 할 수 있게 배려해주셨다. 덕분에 재개발, 신소재 개발, 태양열 주택 개발 등의 첨단 연구를 담당할 수 있었고 그것이 지금도 내게 커다란 지적 재산이 되었다. 현상 설계에서 장관상을 타는 행운도 얻었다.

당시에는 직원이 결혼하면 회사를 그만두는 불문율이 있었지만 나는 그런 것을 무시하고 '잘난 내가 왜 회사를 그만둬?' 하는 자만심에 계속 회사를 다녔다. 나 때문에 동기나 후배 여성들도 혜택을 입긴 했지만 이때의 나는 내가 정말 아까운 인재라고만 생각했다. 그러다가 큰아이를 갖고 나서는 변함없음이 너무 힘들어서 회사를 그만두고 3년간 아이를 내 손으로 키웠다. 내 인생에서 참으로 편안하고 의미 있는 시간이었다. 추억해보면 잘생긴 아이가 얼마나 자랑스러웠던지 세상을 다 얻은 것처럼 가슴이 벅찼다.

아이 때문에 직장을 그만두었지만 그땐 다시 일할 자신이 있었고 반드시 하리라는 확신도 있었다. 다시 일을 시작한 곳은 설비설계사무소였다. 예전에 주택공사에 있을 때 태양열 주택 연구를 하면서 패시브하우스로 현상 설계에서 1등상도 탔지만 열량 계산이 힘들었는데, 그곳에서 그 문제를 해결할 수 있었다.

7전 8기
학문의 길에 도전하다

내 인생의 전환기가 박사학위를 시작한 때이다. 후배들이 서울대 박사과정 시험을 본다고 해서 나도 해야겠다고 결심하고 시험을 치렀지만 계속해서 떨어졌다. 86년 겨울, 시험 칠 시기가 다가왔다. 나는 그만 둘 생각이었는데 후배 김 모 교수와 남편이 한 번만 더 보라고 자꾸 부추기는 바람에 다시 도전했다. 그리하여 여성으로는 처음 박사과정에 합격해서 5년간 공부를 시작했다. 그사이에 둘째도 낳았다.

이제까지 시큰둥했던 공부가 너무 재미있었다. 특히 김종성 교수님의 강의에 나는 열정적으로 몰두했다. 그 과목에는 다들 열심이어서 오후 3시에 시작하는 세 시간짜리 강의가 밤 12시까지 이어지는 일이 다반사였다. 교수님은 강의에서 특별히 많은 말씀을 하시진 않았다. 그러나 무언의 강의와 마지막의 짧은 크리틱에 우리는 울기도 하고 웃기도 했다. 교수란 말뿐만 아니라 존재만으로도 가르치는 것임을 느낀 시간이었다.

또한 학문에도 유행이 있었다. 어린 학생들이 레포트도 잘 쓰고 발표도 얼마나 잘하던지……. 나이 많은 아줌마는 정말 따라가기가 힘들었다. 컴퓨터를 써본 적 없던 손이라 자판을 빨리 누르기가 어려워서 원고를 손으로 써가지고 후배들에게 냉면, 갈비, 철판볶음밥 등등을 사줘가며 부탁하곤 했었다. 그래도 착한 후배들이었다. 그때의 누님이 지금도 누님이다. 서울대, 경희대, 한경대, 목포대 등등의 머리가 하얘진 교수들의 영원한 누님…….

지금 워킹맘들에게도 육아가 어렵듯이 그때 나도 힘들었다. 집에 상주 도우미 아주머니가 있었는데 아주머니는 본인 볼일이 있으면 우리 아이 생각은 하지 않고 가버렸다. 그러면 내가 아이를 데리고 학교에 가서 수업 중에 학과 사무원이 봐주기도 했고, 때로는 회의 장소에까지 데리고 갔다. 박사과정 시험 볼 때는 내가 일을 하지 않고 있던 터라 시험장에 데리고 가서 후배가 돌보고 있기도 했다. 참 고마웠던 상명대 정 교수, 미인인데 마음도 예뻐서 인기 있었던 후배다. 많은 시간이 지나 당시 교수님께서 물으셨다. 그때 시험 때 데리고 다녔던 아들은 얼마나 컸냐고. 또한 박사학위 논문 쓸 때 아직 어렸던 둘째는 엄마와 같이 자고 싶은데 엄마가 공부하니까 책상 밑에서 엄마 발 잡고 잠이 든 적이 한두 번이 아니었다. 발이라도 잡았으니 잘 커준 게 아닐까.

차별받는 여성으로서의 도전과 승리

5년 박사과정 풀타임 공부에 경제적으로 어려워지니 남편은 집을 팔자고 했다. 우린 망설임 없이 그렇게 했고, 마음 편히 공부에 열중했다. 나의 도전이 후배 여학도들에게 서울대 건축학과에 들어올 수 있는 계기를 만들어주는 보람 있는 일이라고 생각하기도 했다.

서울대 여성 1호 건축학박사 타이틀을 달고 졸업한 후 9월에 경원전문대학에 부임했다. 박사과정 입학에서도 차별을 받았지만 학위 취득 후 대학 강단에 서는 일도 그 관문이 비좁기 짝이 없었다. 그러나 주말부부로 살기는 싫었다. 가족은 함께 모여서 살아야 한다고 생각했다. 지방대보다는 수도권 전문대에 지원했다. 같은 재단의 경원대학교에도 지원했으나 내 서류는 심사 테이블에 올라가지도 못했다 했다.

시댁에서도 마찬가지다. 양반 가문임을 자랑스럽게 생각하고 전통을 중시하는 집안인지라 여자가 사회생활하는 걸 별로 탐탁치 않게 생각하셨다. 봉제사가 우선이고 여력이 있으면 사회생활을 하라는 말씀이어서 수많은 제사는 물론이고 참석해서 팔을 걷어붙여야 하는 친인척 대소사가 끊이지 않았다. 힘들었던 만큼 요리 실력도 늘었다. 지금도 내가 요리하면 다른 사람들은 믿지 않으려 한다. 다른 집안에서는 며느리가 교수라고 하면 일 시키지 않고 대우해주는 예가 많았으니까.

전문대학에서 받은 학력에 대한 역차별은 이루 말할 수 없었고, 이제껏 공부한 것에 대한 재확인 작업과 가정을 튼튼히 하는 데 13년이 소요되었다.

전문가로서 일하면서도 여성이라는 이유로 많은 차별을 받았다. 그러나 가정을 탄탄히 하듯 실력을 높이기 위해 노력했다. 여성건축가협회는 건축계에서 여성의 지위 향상을 위해 결성된 단체다. 시간이 흐르고 사회 분위기가 변하고 많은 분들이 노력한 결과 협회의 위상도 점점 상승되었다.

여성건축가협회 회장 시절, 건축 관련 행사에 초대를 받아서 참석해도 내빈으로 소개되지도 못한 적이 많았다. 대개는 속으로 화가 치밀어도 겉으로는 내색하지 않고 넘어가지만 난 그러지 않았다. 주최측에 개인적으로 조용하지만 강하게 항의했다. 그 결과 이젠 당연히 당당하게 소개된다. 양성평등 사회를 실현하려는 노력, 정부 정책의 변화, 시대 상황의 변화 등으로 여성 리더들의 영역은 넓어지고 파워는 강해졌다. 예를 들면 건축 관련 논의를 하는 5단체에 여성건축가협회가 포함된다. 또한 여성건축가협회 회장은 퇴임 직후 대통령 직속 국가건축정책위원회의 위원이 된다.

이렇게 건축계에서 여성의 위상은 내가 전공하기 시작할 때와 비교하면 하늘과 땅 차이만큼이나 달라졌지만, 주요한 부문에 가서는 형편없이 낮다. 학과에서 여학생의 비율은 50퍼센트에 육박한다. 그러나 학회에서 여성이 회장이 되기란 요원하다. 여자 교수의 비율도 현저하게 낮다. 이루어내야 할 양성평등 요인이 아직도 많다.

리더의 길에서의 고뇌

교수로서 학교를 운영하는 지위에 오른 것은 경원학원의 위기 이후 새 재단이 학교를 인수하면서부터였다. 경원전문대의 도서관장, 기획처장, 학생처장을 맡았고 경원대학교로 통합한 직후 혼란스러운 상태에서 기획처장을 맡아 학교를 운영했다. 조그마한 여자 교수가 몇백 명의 교수와 직원 및 학생들로 이루어진 학교를 운영하는데 예산, 공간, 학생 규모, 교수 TO, 비전 등 가장 어려운 문제를 떠맡아서 조정해야 했다. 공간을 달라, 학생 수 구조조정을 받아들일 수 없다, 등록금 올릴 수 없다, 임금 많이 올려달라 등등 수많은 협상에서 밀리지 않고 속내를 드러내지 않고 누가 큰 소리를 내면 맞서 대응하고…… 돌이켜 생각하면 참으로 내 배짱이 좋았던 것 같다.

대학에는 입시 관련 수당이 있었다. 입시에서 올린 수익 중 경비를 제외하고 일부를 교수와 직원들에게 수당으로 주는 것이었다. 이는 관례적으로 해온 일이나 교육부에서는 불법으로 보고 있으므로 향후 문제가 생길 것이라 해서 삭감했다. 남자들은 이런 일에 적극적으로 나서지 않으나 열정만 가진 순진한 기획처장으로서 나는 그냥 밀어붙였다. 물론 협상은 했지만 구성원들이 반대했는데도 시행한 것이다. 얼마 후 대학본부 건물에 까만 플래카드가 걸렸다. '기획처장 물러가라'고 대문짝만 하게 붙어 있었다. 난 '일하다 보면 그럴 수 있겠지' 생각했는데 윗분들이 걱정을 많이 하시고 위로해주셨다. 지금 돌이켜보면 욕먹는 일은 하지 말걸 후회도 되지만 얼마 전 입시 수당을 계속 주었던 대학들이 감사에 걸려 서리 맞았다는 뉴스를 보고는 잘했다 생각했다.

재무처장을 맡았을 때 일이다. 기획처장이 교내 공사를 지금처럼 하면 2학기 수업이 진행될 수 없으니 업체 하나를 선정해서 공사를 몰아주자고 제안해서 총무처에 공사업체 추천을 받아 결정하라고 했다. 그런데 몇 년이 지난 후에 교육부 회계감사가 나와 그 일을 문제 삼아 경고를 받았다. 업무 처리 미숙이 불러온 결과라고 생각하지만 법대로 일을 처리했다면 정말 수업 대란이 있었을지도 모른다. 그렇더라도 서류는 잘 챙겼어야 하는데 무조건 열정으로 밀어붙인 것이 뒷날 화근이 되기도 하는 것이다.

여성건축가협회 회장 시절, 세계여성건축가 대회를 서울에 유치했다. 당시 세계여성건축가협회에서 장기 집권하고 있는 프랑스의 회장이 한국을 별로 좋지 않게 생각하고 있는 터라 어떻게 해야 하나 고민하다가, 각국의 회원들을 각개격파하고 파티장에서는 각 나라의 노래들을 몇 소절씩만 같이 부르면서 친목을 다졌다. 결국 중국, 러시아 등 경쟁자들을 이기고 우리나라로 유치하는 데 성공한 것이다. 다양한 상황에 따라 다방면의 아이디어와 방법으로 문제를 해결해나가야 하는 것이 리더라고 생각한다.

소용돌이치는
시대 속에서

20대 때는 우리나라 민주주의와 열악한 교육 현실에 가슴 아파했고 30대에는 여성차별에 맞서 경제 발전 및 자기 개발에 열을 올렸다. 40대가 되니 시대는 세기말로 접어들었고 개인적으로는 건축학 박사학위를 따고 사회에 발을 들여놓기 시작했다. 건축 및 학계에서의 여성차별이 심하여, 또한 가족이 함께 살아야 한다는 생각으로 전문대학에서 교수직을 시작했지만 여성이라는 이유로 또 학력 역차별로 이중 차별을 겪었다. 마음이 많이 아팠다. 하지만 아픈 마음으로 좌절했다면 오늘의 내가 없었을 것이다.

'아마 신께서 학력이라는 브랜드만 높았지 실력이 모자란다고 생각하셨나 보다' 이렇게 믿고 열심히 실전 공부를 하였고 또한 나를 필요로 하는 곳이면 어디든 갔다. 세미나든 회의든 심의든 심지어는 관련된 사람들의 상가에 문상까지도. 정말 많이 바빴다.

가족들에게 미안할 때도 많았다. 그러나 아들들에게 엄마는 공부하러 가야 되는 사람으로 인식되어 있고 그런 엄마를 자랑스러워해주었다. 내가 공부하고 세상으로 향하는 이유는 체구는 작아도 꿈은 많던 시골 소녀가 서울대에 들어가고 또 건축공학 분야 박사까지 할 수 있는 기회를 준 시대와 사회에 봉사하기 위함이다. 잘 다니던 회사 그만두고 다시 공부해서 교육을 택하게 된 것도 내가 누렸던 것들을 후손들에게 특히 우리 여성 공학도 및 건축학도들에게 돌려주고 길을 안내해줄 방법을 찾기 위해서였다.

내 나이 50대에 이르니 저출산으로 인한 학령 인구 감소가 예측되면서 대학들은 학생 수 감소에 대비해서, 또한 국제통화기금(IMF) 구제금융을 받아야 하는 경제 위기 이후 표류하던 학교에 새로운 주인의 위상이 확고해지면서 대학 간 통합에 서서히 불이 붙기 시작했다. 2006년에 드디어 통합이 이루어졌는데 그 과정에서 빚어진 수많은 어려움이야 이루 말할 수 없었다. 없어지는 전문대의 학생회는 검은 상복을 입고 관을 들고 성남 시내를 행진하였다. 통합하면서 없어지는 학과 사람들은 학장실에 쳐들어가서 기물 파손 및 방화 행위를 서슴지 않았다. 그러나 모든 것들은 다 지나간다. 그리고 사심이 없고 확고한 신념을 가진 행위는 좋은 결과를 낳는다는 것이 증명되었다.

오늘날의 가천대는 그 당시의 경원대와는 차원이 다른 대학이며, 급속히 10대 사학에 근접하면서 발전하고 있다. 그 과정에서 나 스스로 가장 잘했다고 생각하는 것은 전문대학의 기획처장과 학생처장을 맡았던 내가 교육부에 내는 보고서를 작성하면서 전문대 학생들이 대학으로 편입학할 수 있는 길을 열어준 것이다. 당시 폐과된 학생들이 따로 떨어진 학생처장실로 우르르 몰려와서 단체로 항의를 했다. 물론 속으로는 무서웠지만 어디서 그런 용기가 났을까, 나는 초반에 학생들의 기를 꺾어 자리에 앉히고는 차분하게 얘기로 풀어나갔다. 그들이 나중에 누릴 수 있는 혜택에 대해······.

또 하나 잘한 것은 젊은 학생들이 외양을 중시한다는 것에 착안하여 낡은 건물 두 동을 철거하고 새로운 건물을 지으면서 최첨단 아이디어를 건축에 반영한 것이다. 두 개의 선큰 광장을 만들고 이를 지하철역과 연결했으며, 높이 제한 해제 가능성을 연구하여 비전 타워를 세웠다. 고등학생들에게는 놀랍고 오고 싶은 학교로 인식시키고 재학생들에게는 학교와 지하철이 직접 연결되는 편리를 누리며 어깨를 쫙 펼 수 있는 캠퍼스를 가질 수 있게 해준 것이다. 지하철역을 연결하는 데에는 철도공단과 함께 4년을 준비하고 3년간 협의를 거쳤다. 다들 불가능하다 했지만 노력과 행운으로 이루어냈다. 지금도 광장에 학생들이 가득 차 있으면 뿌듯하다. 뿐만 아니라 낡은 건물을 헐어 대학 본관을 기획했다. 어디에 이렇게 위엄 있는 본관이 있을까······. 출근할 때마다 뿌듯하다.

통합된 대학에서도 기획처장을 맡으면서 나의 정열의 폭이 넓어졌으나 그 양이 소진되어 다시 축적하는 데 상당한 기간이 필요했다. 모든 일이 그렇듯이 때론 보람 있고 때론 분노가 치밀어 오르고 때론 슬프고 때론 서운하고······ 감정의 기복이 사방으로 극과 극을 뚫으면서 내 속의 느낌의 폭이 넓어져 사회를 이해하고 사람을 파악하고 학문을 펼치는 능력 또한 넓어진 거라 생각한다.

또한, 기획처장으로서 이길여 총장님을 지근에서 모시면서 그분의 열정과 비전에 감화를 받아 벅찬 마음과 열정으로 학교를 위하는 일이라면 앞뒤 가리지 않고 열심히 하게 되었다. 그분의 애국심과 봉사 정신이 나를 감동시켜 모든 일에 이 두 정신을 생각하게 되었다. 지금도 편한(즐거운) 학교를 만들기 위해 건축뿐만 아니라 조경, 인테리어 등 모든 일에 봉사하는 마음으로 즐겁게 열정을 바친다. 거의 권한은 없는 펀캠 퍼스추진단장으로서…….

애국과 인문학에 꽂히다

21세기 초, 우리 학교에 몰아친 소용돌이의 중심에 서서 휘둘리지 않고 중심을 지키느라 체력이 많이 소진되어 그걸 보강하는 데도 시간이 필요했다. 감성 능력과 체력을 회복하며 몇 년간 웅크리며 지냈다. 그 시간 동안 내가 공부한 것은 학문 간의 융합에 대한 것이었다.

그리고 다시 대통령 직속 국가건축정책위원회 위원, 국무총리 직속 세종시 지원단 민간위원으로 위촉되었다. 국가 건축 정책 전반에 관한 논의에 자문을 하고, 지자체와 토론회를 가지면서 세종시가 발족되기 전 자족 도시로서 나아갈 방법을 찾고, 문제점 보완에 대한 논의 및 지원책을 고안하고, 전국의 특별자치시를 방문하여 토론하는 등 내 전공인 건축 계획과는 방향이 다른 일이었다. 그러나 건축 정책, 행정, 그리고 도시 행정, 도시 경제 등과 건축을 연계해서 생각해보며 국가를 위한 애국심과 봉사정신에서 최선을 다해 업무에 임하려고 노력했다.

상당히 벅찬 역할이었으나 그동안 타 학문과 사회에도 관심을 많이 가지고 있었으므로 그것을 바탕으로 하여 잘 해낼 수 있었다. 어느 날인가, 국무총리님 옆에 앉아 회의하는 장면이 MBC 9시 뉴스에 나온 적이 있었다. 전화가 빗발쳤다. 매스컴의 위력을 그때 새삼 느꼈다. 국무총리님은 매스컴에서 뵐 때와는 달리 회의에서는 단호하고 위엄이 있으셔서 처음에는 당황스러웠다.

국가건축정책위원회 위원으로 활동해보니 정말 정권과 관련해 지역 성향과 환영의 정도가 너무 달랐다. 전국의 공무원, 건축사들과의 정책 홍보 관련 토론회에 참석했을 때 확연히 느꼈다.

대통령님과의 오찬, 조찬 보고회가 몇 번 있었는데 청와대에서 진행되므로 절차가 까다롭고 보안이 철저했다. 대통령님 말씀 중에 '우린 왜 스타 건축가가 나오지 않느냐'고 하신 것이 인상적이다. 교육을 비롯하여 모든 것을 하향평준화하려는 사고방식이 원인 아닐까. 우린 뛰는 것을 참지 못한다. 중용의 미덕을 강조하다 보니 그런 게 아닐까. 실력도 중용이어야 한다고는 가르치지 않을 텐데.

대통령님은 말씀이 단호하고 건축에 대해서는 자신감이 넘치셨다. 당시 건축계는 대통령님으로 인해 많은 발전을 하게 되리라 기대했었지만, 그렇지 못하다고 서운해들 했었다.

요샌 건축 관련 강연회나 전시회보다는 인문학 강좌나 전시회에 많이 참가하고 있다. 인문학이란 이른바 문사철, 즉 문학, 사학, 철학을 지칭한다. 서강대 최진석 교수가 교육방송(EBS)에서 진행하는 〈현대철학자 노자〉, 한국학중앙연구원에서 개최한 한국학오픈아카데미 제1기 한국학최고지도자과정, 이배용 총장과 함께하는 역사 교실 등이다.

최진석 교수의 노자 강의는 청중의 흥미를 유발하는 강의 분위기와 함께 노자와 중국 사상의 흐름 및 공자와의 차이점 등을 확실하게 이해하게 해주었다. 한국학최고지도자 과정에는 여러 강연자들의 주옥 같은 강연이 많았지만 이어령 장관님의 진(GENE, 유전자)와 밈(MEME, 비유전적 문화 요소)의 차이에 대한 강연과 중앙연구원 박사님의 조선시대 사인 문화 및 상속 문화 등에 대한 설명 등이 특히 와닿는다. 남녀의 사인 문화의 차이, 그리고 우리가 알고 있던 도장 문화에 대한 인식을 바꿀 수 있었다. 이배용 총장과 함께하는 역사 교실에서는 익히 알고 있던 역사적 사실 이면의 자세한 사항, 거기에 담긴 철학적인 사상, 애국심, 또한 지도자의 통치력과 소통 능력의 중요성을 선덕여왕을 통해 알게 되었다. 현장 답사를 통해 건축에서는 볼 수 없었던 과거 생활상을 알 수 있었고, 석상 하나하나마다 그 당시의 철학이 담겨 있음을 알게 되었다. 경복궁 사자상 중 어린 사자의 위치 및 의미 등이 모두 오묘하고 타 학문에서의 해석이 에메랄드같이 청량했다.

앞으로 이와 같은 인문학과의 동행은 계속하려 한다. 또한, 여러 분야 여성 전문가들과의 동행 또한 새롭고 다르고 즐거운 만남이다.

신중년이라는 60대에 만난 이 모든 행운들과 계속 동행하는 가운데, 그동안 진행된 초고층 건축물의 유지 관리 분야 연구의 1단계를 마무리지으면서 나의 학문적 열정도 지속되고 있다. 국민의 세금으로 투자받은 연구인 만큼 개발된 기술의 사업화로 결실을 맺으려 노력하고 있다. 이 분야 세계 4대 공룡기업인 지멘스, 존슨앤콘트롤, 허니웰, 슈나이더와 어깨를 나란히 하고자 개발한 제품이다. 우리나라 건축주들은 절대 신기술을 쓰는 모험을 하지 않는다는 문제점을 가지고 있다. 그래서 먼저 인도네시아로 진출하여 지금 시공 중이다(6월 말에 완공 예정이다). 5년이란 오랜 세월 동안 진행된 연구이며 이 결과가 곧 탄생할 예정이다. 또한 2차 고도화 연구 또한 진행될 예정이다.

그 외에도 주택이 지금 상태로 계속될 것인가, 주택의 패러다임이 이젠 바뀌어야 하지 않을까 하는 생각을 하던 중 새로운 연구를 수행할 수 있는 행운이 찾아왔다. 미래의 주택에서는 건강 관리가 무의식적으로 집에서 또는 사무실에서 또는 자동차 속에서 이루어져야 하지 않을까 하는 아이디어가 발단이었다. 우리나라 주거 형태의 60퍼센트 이상이 공동주택이다. 우선 먼저 건강 관리가 가능한 공동주택에 대해서 연구하고 다음에는 사무실 건물로 연구가 진행될 것이다. 앞으로 프로젝트가 끝나는 5년간은 학교에 계속 근무하면서 이 연구를 계속 진행하려 한다. 학교에서도 배려해주었다.

나는 매일 아침 눈을 뜨자마자 잠자리에 누운 채 하루의 건강을 위한 스트레칭을 하고 9개층 계단 워킹을 빠뜨리지 않는다. 작가 이태준은 "60, 70, 100에 이르기까지 그 총명, 고담(古談)의 노경(老境) 속에서 오래 살아보고 싶다. 인생의 깊은 가을을 지나 농익은 능금처럼 인생으로 한번 흠뻑 익어보고 싶다"고 했다. 나도 그렇게 총명하고 성숙한 노년을 살고 싶다. 가족과 이웃, 그리고 직장인 학교 또한 열심히 돌봐 모두의 즐거운 곳으로 만들고 싶다.

이른바 100세 시대라고 한다. 모든 사람들이 세상을 하직하기 전 한두 달만 병상 신세를 지고 되도록 건강하게 인생을 향유하도록 하는 것이 내가 지금도 놓지 않고 계속하고 있는 연구의 목적이다. 개인 차원에서는 의료비 부담을 줄이면서 즐거운 노년을 누릴 수 있고, 국가 차원에서는 65세 이상 어르신들의 의료보험 총액과 4대 중증 환자에 대한 지원을 절감하면서 노인 자살률도 줄이는 효과를 볼 수 있을 것이다. 이 연구의 결과를 사업화해서 우리나라 미래 신성장 동력으로 삼겠다고 나는 오늘도 원대한 꿈을 꾸며 학생들을 가르치면서 또한 배운다.

꿈을 그리는 사람은
그 꿈을 닮아간다

이 명 선

한국여성정책연구원 원장

■■□

이화여자대학교 보건교육학과를 졸업하고 연세대학교 대학원 보건학 석사·박사 학위를 받았다. 미국 존스홉킨스대학교 연구교수를 거쳐 이화여자대학교 보건관리학과 교수로 재직 중이다. 저서로 『여성과 국제개발협력』 『여성과 안전』 『Knowledge Sharing on Korea's Development in Women's Policies Family Planning Initiatives』 등이 있다. 보건복지부장관상(2012), 행정안전부 선진교통안전대상(2010), 행정자치부 선진교통문화대상(2006)을 수상했다. 현재 한국여성정책연구원 원장, 국무총리 소속 사회보장위원회 민간위원, 국무총리 소속 양성평등위원회 민간위원이다.

내 평생의 멘토,
아버지

내 어릴 적 기억의 대부분을 차지하는 나의 아버지는 의사이셨다. 모두가 가난했던 시절이라 병원 문턱은 높았지만, 그래도 동네에 하나밖에 없는 아버지의 병원은 늘 사람들로 북적였다. 나는 아버지가 계시는 병원에서 놀기도 하고 공부도 하며 많은 시간을 보냈다. 그곳은 내 놀이터이자 공부방이었다.

존경하는 아버지께서 환자를 치료하시거나 약을 짓는 모습을 보면서 나도 의사가 되고 싶었다. 대학에 들어갈 때쯤 내 꿈을 아버지께 말씀드렸으나 아버지의 생각은 나와 좀 다르셨다.

"여의사는 별로 추천하고 싶지 않구나."

한창 젊은 나이에 오랜 시간 공부해야 하고, 의사가 되어서도 계속 바쁘기 때문에 결혼해서 가정을 꾸리더라도 아이들의 양육을 소홀히할 수 있으며, 그러다 보면 엄마로서의 역할도 의사로서의 역할도 제대로 수행하기 어렵다는 것이 아버지의 생각이셨다. 나는 생각지도 못한 강경한 반대에 부딪힌 셈이다.

요즈음 아이들은 부모가 반대한다고 해서 하고 싶은 일을 포기하지 않겠지만, 내가 고등학생이었던 70년대 중반은 부모님이 자식의 진로 문제에 있어 중요한 결정권자이던 시절이었다.

아버지는 안과와 피부과 의사로 일하고 계시는 친구분 이야기를 들려주시면서 덧붙여 귀중한 말씀을 해주셨다.

"현재 다들 선호하는 전공보다는 미래에 주목받을 수 있는 전공을 선택할 필요가 있다. 지금 사람들이 중요하다고 생각하는 것으로는 미래를 준비할 수 없단다."

그러시면서 이화여자대학교에서 두 개의 학과를 추천해주셨다. 하나는 지금 내가 전공한 보건교육학과이고, 다른 하나는 사회복지학과(당시 학과 명칭은 사회사업학과)였다.

"지금은 사람들의 관심이 적고 이해도 부족한 분야지만, 훗날 네가 사회에 진출하게 될 때는 상황이 달라질 게다. 그때는 우리나라가 많이 발전해서 잘사는 나라가 되어 있을 테니까 건강이나 안전에 대한 사람들의 관심도 높아질 거고, 보건교육이 점점 중요한 분야가 될 거야."

결국 나는 사회사업전공보다는 보건교육전공이 내가 더 잘할 수 있는 분야일 것 같아, 보건교육학과에 진학했다.

꿈을 향한 열정과 성실함을 무기로 삼아

이화여자대학교에 합격하고, 바라던 대학의 새내기가 되었으니 잔뜩 들떠야 할 테지만, 나는 별로 그렇지가 못했다. 의대에 대한 미련을 버리지 못하고, 전공을 잘못 선택한 게 아닐까 하는 의구심이 머릿속을 떠나지 않았다.

한 학기를 마치고 나는 아버지께 전공이 도저히 적성에 맞지 않는다고, 잘못 선택한 것 같으니 학과를 다시 정하겠다고 말씀드렸다. 그때 아버지께서 말씀하셨다.

"지금 네가 잘 풀리지 않아 답답해하는 숙제를 네 손으로 풀 수 있을 때 미래의 넌 보건교육 분야에서 우뚝 설 수 있다. 지금 네가 생각하기에 현재 보건교육의 학문적 기반이 약하다고 생각된다면, 오히려 그것은 앞으로 너에게 많은 것을 선택할 수 있는 기회가 될 것이고, 네가 설 자리가 많은 분야가 될 것이 틀림없다."

다독여주시는 말씀이 너무 간곡했기 때문에 나는 마음을 다잡고 보건교육학을 계속하게 되었다. 아버지는 내가 공부에만 전념할 수 있도록 든든하게 지원해주셨다.

학부를 졸업하고 나는 교수가 되기 위해 연세대학교 의과대학 예방의학교실에 개설되어 있는 보건학과로 대학원 진학을 하였다. 공부를 하는 기간 동안 힘들고 어려운 일들이 많았지만 그때마다 아버지의 말씀을 새기며 고비들을 잘 넘겼다.

대학원에서는 배운 것도 많았지만, 훌륭한 사람들을 만나 귀하고도 소중한 인연을 맺었다. 같이 공부했던 8~9명의 동문들 모두 현재 연세대는 물론 여러 대학의 교수가 되어 있다. 이제 와서 생각하니 아버지의 판단은 참으로 옳았다. 아버지의 선견지명 덕분에 지금의 내가 있을 수 있었다.

1991년 나는 모교의 교수가 되었다. 나를 선택해준 학교, 사랑하는 후배들이 있는 모교에서 열정을 다하여 가르치고 연구했다. 그러다 보니 그 연구 결과를 책으로 내거나 논문으로 정리하여 국내외 학회에서 발표할 기회도 여러 번 가졌다. 차츰 정부기관의 자문위원으로도 위촉되어 활동하게 되었다. 내 전공은 안전 보건 교육에 관한 것인데, 내가 공부를 시작했던 시점보다는 교수가 되어 정책자문을 하게 되었을 즈음 훨씬 주목받는 분야로 성장하였다. 국가 차원에서 국민의 안전과 국가적 재난 관리에 대한 관심이 높아졌고 이에 따라 관련 행정부처가 생기면서 내 영역이 넓어진 것이다. 나는 나에게 주어진 그 일들에 맡은 바 성실하게 임하였다.

어느덧 교직 생활 23년에 접어들었을 무렵, 나는 또 다른 직책을 맡게 되었다. 우리나라 여성 정책의 싱크탱크인 한국여성정책연구원 원장으로 부임한 것이다. 부임 후 주요 여성정책 추진의 지원과 연구 성과 홍보로 여성 안전과 건강의 중요성 및 필요성을 인식시키고, 새로운 센터를 개설하여 여성 정책의 발판을 만들고자 노력하고 있다.

부족한 엄마에서
위풍당당한 엄마로

21세기는 '여성의 시대'라는 말이 있다. 과거와는 달리 현대의 여성들은 많은 분야에서 활발하게 일하며 리더십을 발휘하고 있다. 그러나 지난날을 되돌아보면 내가 사회에 나가 일을 시작했을 때는 여성의 출산 및 육아에 대한 제도적 지원이 부족했고, 많은 여성들이 일과 가정 사이에서 어느 하나를 포기해야 했다. 여성으로서 일터에서 살아남기 위해

치열할 수밖에 없었던 경험은 아마 나와 같은 시대를 살아온 여성이라면 누구나 공감할 것이다.

신임 교수 시절에는 강의와 연구 그리고 업무와 봉사 등 학교에서의 일정이 너무 빠듯해서 집안일까지 신경을 쓰기가 어려웠다. 아이를 키울 때는 나에 비해 상대적으로 시간이 자유로운 치과의사인 남편의 도움을 많이 받았다. 하지만 매일 밤 10시가 넘어 학교에서 돌아오는 나는 아들아이의 얼굴을 보기도 힘들었고, 잠든 모습만 들여다보는 일이 다반사였다.

둘째 아이 때는 양력 생일을 넘겨 음력 생일에 첫 돌상을 차린 웃지 못할 해프닝까지 있었다. 아이는 엄마 없이 혼자 비디오테이프를 보며 한글을 깨치고 한자도 익히고 덧셈도 공부했다. 생각해보면 둘째에게는 첫째 때보다 더 부족한 엄마였던 것 같다.

이러한 상황이니 일을 포기해야 하나 하는 심각한 고민에 빠졌다. 그러나 누구의 엄마, 누구의 아내가 아닌, '이명선'이라는 이름으로 꿈을 이루어가고 여성 리더로서 내 아이들에게 미래를 보여주는 자신감 있는 엄마가 되고 싶었다. 결국 엄마가 하는 일과 이루고자 하는 꿈에 대해서 아이에게 설명해주고, 엄마를 이해해주기를 바라면서 일과 가정을 병행해나갔다.

지금의 우리나라는 여성 대통령도 선출되었고 다양한 분야에서 여성 리더들의 활약이 눈에 띄게 두드러져 마치 양성평등 사회가 이루어진 것처럼 보인다. 그러나 아직도 뿌리 깊은 사회적 편견과 차별이 존재하고, 여성이 넘어야 할 장애물들이 가정과 직장에 많이 있다. 그럼에도 불구하고 여성에 대한 이중적 잣대를 지혜롭게 극복하고 리더십을 발휘해야 하는 이유는 여성이 국가가 균형 발전하는 데 중요한 역할을 하기 때문이며, 더 나아가 미래 세대 여성 인재 발굴과 양성을 위해 여성의 사회 참여 기회를 확대하기 위해서이다.

안전 문화 정착을 위한 안전 교육

우리나라는 세월호 사건을 계기로 대한민국 안전 강화를 위한 다각적인 방안 마련을 위하여 노력하고 있다. 선진국으로 나아가기 위한 안전 문화 정착을 위해서는 어린이부터 성인까지 안전 의식을 함양하도록 하는 것이 중요하다. 나는 이화여자대학교 사범대학 교수로 있으면서 안전 분야의 사각지대인 유아와 학동기 아동 및 어머니를 대상으로 안전의 중요성을 알리고, 나아가 우리의 의식 수준을 선진화하기 위해서 형식적인 안전 교육이 아닌 사고 발생 시에 스스로 대응할 수 있는 체험 위주의 안전 교육을 강조해왔다.

그러나 안전 교육을 논하기에 앞서 안타깝게도 해마다 산업재해로 사망하는 근로자 비율이 경제협력개발기구(OECD) 국가들 중에서 월등히 높고, 지금까지 대학 안팎에서 일어난 안전사고를 돌아보면 우리 스스로 선진 대학, 또는 선진국으로 자부하기에는 아직도 갈 길이 멀다고 생각한다.

대학 내에서는 1999년 서울대 원자핵공학과 실험실 폭발 사고로 학생 사망자가 발생하였고, 밖으로는 성수대교 붕괴(1994), 삼풍백화점 붕괴(1995), 대구 지하철 화재(2003), 세월호 침몰(2014) 등 우리 기억 속에서 결코 잊혀지지 않는 끔찍한 안전사고들이 많았다. 이런 일들은 오랜 세월 누적되어 습관화된 개인의 '안전불감증'과 사회 전체의 '적당안일주의'가 원인이 된 예고된 인재이다.

이처럼 부끄러운 현실을 들여다볼 때, 그 핵심적인 원인 중 하나로 '안전 교육의 부재'를 손꼽게 된다. 안전사고의 원인을 규명하는 것과 더불어 안전 의식을 함양하기 위해 무엇을 할 수 있을까? 아무리 고민해봐도 결론은 교육, 안전 교육이 답이다. 인간의 기본적 행동은 유아기에 대부분 형성되어 일생을 지배하게 된다는 것이 과학적으로 확인되었고 입증되었다. 여러 선진국에서는 다양한 분야에서 활발한 어린이 안전 교육이 이루어지고 있다. 현재의 피교육자인 학생들이 미래에 산업체를 비롯한 사회 전반에서 주역을 맡을 일꾼이 되리라는 것을 감안하면 이들이 형성한 안전 의식이 사회 전반의 안전을 좌우하는 척도가 될 것이기 때문이다.

교육자로서 내가 자주 되새기는 명구 중에 이런 글귀가 있다. "제대로 된 교육을 받고, 스스로가 그 중요성을 가슴으로 느낀 사람만이 그 문제를 솔선해서 실천해나간다"는 것이다. 물론 안전사고를 줄이는 여러 가지 다양한 실천 방안도 마련해야 한다. 그러나 무엇보다 '교육을 통한 의식의 전환'이 중요하다.

국민 생활 안전 중심의 인프라를 위해 "안전에 대한 교육은 학생들뿐만이 아니라 교사를 포함한 우리 사회 지도층에게 우선적으로 제공하는 것이 안전 문화를 조기에 정착시킬 수 있는 지름길"이라고 인식하면서, 안전 의식이 생활화되기까지 장기적인 안목을 갖고 근본적인 처방에 힘써야 한다. 이는 다음 세대에게 안전한 나라를 물려줄 수 있는 가장 효과적인 방법이다.

나는 무작정 일에 대한 열정만 불태우지 않았고 자만하지도 않았으며, 의지를 가지고 열정적으로 내 전공 분야에서 전문성을 쌓고 접근했다. 그래서 여성은 아무도 손대지 못했던, 과거에는 남성의 영역이었던 안전 분야에서 연구 주제를 찾고 교육방법을 제시하였다. 전문가가 되려면 지속적으로 생각하고 또 고민하는 과정을 통해 의욕적으로 자신의 가능성에 과감히 도전하며, 자신을 필요로 하는 분야에서 헌신할 수 있는, 그런 전문가가 되어야 한다.

현재 그리고 미래를 그려가는 여성들이여

오랫동안 꿈을 그리는 사람은 그 꿈을 닮아간다는 말이 있다. 지위도 다르고 환경도 다르고 생김새도 모두 다르지만 각자의 자리에서 꿈을 위해 최대한 노력한다면 그 꿈만큼 아름다워질 것이다.

아직도 이 사회에는 여성의 성공을 가로막는 유리 천장이 있다. 그러나 결코 깨지지 않는 유리 천장은 없다. 또한 인구의 절반을 차지하는 여성 인재를 활용하는 것은 국가경쟁력 강화를 위해서도 꼭 필요한 일이므로, 여성에게 일은 선택이 아닌 필수라고 생각한다.

사람에 따라 평가의 잣대가 다를 수는 있겠지만, 한국 사회는 예전에 비해 상당한 정도의 여성 지위 향상과 양성평등 수준에 이르렀다. 그러나 대한민국에서 일하는 여성으로 사는 것은 가치 있는 일이긴 해도 여전히 외롭고 힘든 일이다. 아직까지 사회에 남성 중심으로 돌아가는 부분이 많다. '국내 최초', '업계 최초'라는 수식어가 붙은 여성 관리자가 나타나면 여기저기에서 기사화되는 것도 그것을 당연하다고 여기지 않기 때문이다. 왜냐하면 많은 여성들이 결혼, 임신, 출산, 육아 등으로 고민하다가 회사를 떠날 생각을 하고 또한 실제로 떠나서 경력 단절 여성이 되기 때문이다.

일하고 싶은 여성에게 결혼과 출산, 육아가 장애가 되어서는 안 된다. 사회적인 분위기가 여성 친화적으로 바뀐다면 좋겠지만 여성 스스로에게 뜨거운 열정과 강한 집념이 없다면 외부 환경이 아무리 변해도 소용이 없을 것이다. 흔들리지 않는 자신감과 믿음으로 꿈을 실현시키기 위해 도전하고 견뎌낸다면 결국 유리 천장을 깨뜨리는 행운의 주인공이 될 것이다.

나 또한 그동안 많은 시행착오를 겪었고, 그 과정에서 많은 어려움이 있었다. 하지만 목표하는 것을 이루기 위해서는 노력하는 방법밖에 없다는 것을 알고 그저 앞만 보고 달렸다. 여자이기 때문에 못할 일은 없다. 오히려 여성성을 더욱 극대화시켜 그것을 자신의 차별화된 장점으로 만든다면 승산이 있다고 생각한다. 따뜻한 리더, 지혜로운 아내, 현명한 부모가 되기 위해 자신만의 노하우를 체득하며 일과 가정 중 어느 하나라도 놓치고 싶지 않다면, 여자이기 때문에 주저하지 말고 여자라는 이유로 성공할 수 있도록 해야 한다.

앞으로 우리 사회에서 실질적 양성평등에 기여할 수 있는 많은 여성들이 사회에 진출하기를 기대하며 나의 작은 경험을 일과 가정의 양립을 통해 미래 사회를 이끌어갈 여성들에게 띄워 보낸다.

소비자 복지를 위해
앞장서며

이 승 신

건국대학교 소비자정보학과 교수, 전 한국소비자원 원장

■ ■ □

서울대학교 소비자학과를 졸업하고 미국 일리노이대학교 어바나샴페인에서 소비자경제학으로 박사학위를 받았다. 오리건 주립대학교 · 한국개발연구원(KDI) · 식품안전정보원 객원교수와 소비자(보호)원 원장을 역임했으며, 가치경영대상(2015), KU Research Pioneer(2015), 재경부장관 표창(2014), 대통령 표창(2002) 등을 받았다. 저서로 『초연결 사회의 소비자 정보론』 『소비자와 글로벌마켓 중심의 시장경제』 『소비자 상담』 『국가 거버넌스 연구』 등이 있다. 현재 건국대학교 상경대학 소비자정보학과 교수, 아시아가정학회 회장, 소비자학회 · 소비자교육지원센터 고문이다.

당차고 엄격한
모범 학생

소비자학의 전문가. 현재의 내 타이틀이다. 소비자학이라고 하면 지금은 인지도도 높아지고 많이 발전되기도 했지만, 당시에는 생소한 분야였다. 그 분야에서 내가 입지를 다질 수 있는 기회가 된 것은 미국 유학이었다. 한국에는 없었던 소비경제, 가족경제, 소비자학 분야에서 학위를 마치고 한국으로 돌아와, 한국에서 이 분야를 시작하는 소비자학 선도자의 한 사람으로서 역할하게 된 것이다.

나는 2남 2녀의 맏딸로 태어났다. 딸이었지만 맏이라서 아버지 어머니뿐 아니라 돌아가실 때까지 우리 집에서 같이 사셨던 외할머니의 사랑을 독차지하면서 컸기에 현재의 내 장점이라 할 수 있는 '기'가 많이 살아 있는 성격이 되었다. 특히 공부를 잘해야 한다는 한 가지 목표를 위해 사셨던 부모님과 외할머니로부터 정말 남다른 사랑을 받으면서 학창 시절을 보냈다.

나 하나의 공부를 위해 더 좋은 초등학교에 전학시키려고 다른 모든 일들을 뒤로 젖히고 이사를 단행하신 부모님과, 중학교 입시를 준비하는 초등학교 6학년 때 점심에 따뜻한 밥을 먹기 위해 도시락이 식지 않도록 가슴에 묻고 학교로 뛰어 거의 1년 동안 매일같이 배달해주신 외할머니의 정성으로, 나는 일반적으로 우리나라에서 가장 좋다고들 하는 초등학교부터 대학교까지 다니게 되었다. 지금도 외손녀에게 따뜻한 밥을 가져다주고 공부 잘하라며 손을 흔들어주시던 외할머니의 모습이 눈에 선하고 그때마다 가슴이 뜨거워진다.

중학교 입시에서 지망 학교를 선택할 때 부모님은 아무래도 걱정이 되셨는지, "혹시 모르니까 두 번째 학교를 선택하면 어떨까?" 하고 조심스럽게 말씀하셨다. 하지만 나는 1초의 망설임도 없이 단호하게 대답했다.

"아니요, 첫 번째 학교에 지원하겠습니다."

6학년 아이의 그 당찬 태도에 모두 놀라셨다는 말씀을 가끔 지금도 하신다. 나 혼자 고집을 부렸지만 다행히 그 입시에 성공하였으니 지금 생각하면 운이 좋았던 것 같다.

중학교, 고등학교 시절에는 정말 모범생이었다. 나 스스로 모든 규율을 엄격하게 지키려고 노력하였으며 이러한 모습이 선생님들께 보였는지 지속적으로 규율반장을 맡았다. 또한 담임 선생님도 나를 믿고 개인적인 부탁을 하기도 하셨다. 이러한 인연으로 지금도 중고등학교 때 친구들을 만나면 '반듯한 모범생' '담임 선생님께서 가장 예뻐하던 학생'으로 기억해주니 나로서는 참 기분 좋은 일이다.

하지만 나이가 들어가면서 이러한 모범적인 성격이 단점으로 느껴지기도 한다. 이따끔 남을 피곤하게 하기도 하고 융통성도 없으니 말이다.

열정과 노력,
그리고 완벽주의

대학교를 졸업한 해 3월부터 서울의 여자중학교 가정과 교사로 임용되었다. 첫해에는 담임을 맡지 않으므로 상담 교사를 하면서 중3 가정 과목을 가르쳤다.

상담 교사로서 나는 문제 학생들을 맡아야 했다. 지금에 비하면 수도 적고 문제의 심각성 수준이 다를 수 있겠지만, 줄곧 모범생이기만 했던 학창 시절의 나로서는 상상할 수 없는 문제들을 껴안은 학생들을 만났다. 그들의 문제를 같이 고민하고 해결하기 위해 노력하면서 나 자신이 많이 성장했다고 생각한다.

그중에는 등록금을 못 내어 힘들어하는 학생들도 있었다. 학교에서 학생들을 상담한 후에는 내가 직접 주소를 들고 그 학생들의 집을 찾아 나섰다. 그리고 학교에 내야 하는 마감 날짜를 최대한 늦추어 부모님께 말씀드리면서 분납을 하거나 최대한으로 연기할 수 있도록 사정을 들어드렸다. 산동네에서 힘들게 생활하시는 학부모님들을 만나면서 정말 그동안 내가 알지 못하고 겪지 못한 아픔을 가슴으로 느꼈다.

가출한 학생들을 찾아다니는 것도 내 일이었다. 가출 학생이 산속에서 기거한다는 정보를 친구로부터 듣고 그 친구들과 함께 산속을 헤매다가 마침내 찾아내어 회유해서 학교로 돌아오게 한 적이 있다. 지금 생각해봐도 얼마나 다행인지, 내 말을 듣고 돌아와준 그 학생이 고마울 뿐이다.

중학교 선생님이 된 지 2년차부터 3학년 담임을 맡으면서 책임져야 할 일이 더욱 많아졌다. 고교 입시를 앞둔 중3 학생들의 성적 향상이 무엇보다 중요했기에, 방과 후 원하는 학생들을 데리고 내 담당 과목도 아닌 영어, 수학을 가르치기도 하였다. 시험에 임박해서는 전 과목을 같이 공부하면서 토요일, 일요일까지 시험 준비에 매달렸다. 예상 문제를 뽑아내고, 컴퓨터가 없던 시절이라 직접 등사로 인쇄해서 프린트물을 만들어 학생들에게 나눠주고 공부하게 하였다. 지금도 그 당시의 내 열정이 기억난다. 이러한 노력으로 내가 맡은 반이 3학년 전체에서 가장 성적이 우수한 반이 될 수 있었다. 그때는 몰랐지만 같은 학년의 다른 담임들에게 내가 얼마나 이상하고 미운 존재였을까 하는 생각이 가끔 든다. 그러나 정말 그 당시에는 그것이 내가 할 수 있는 최선의 일이라 생각하고 행동하였던 것이다.

그 당시 학생들 중 이러한 나를 좋아했던 몇 명과는 지금도 연락하면서 가끔 만난다. 그들 모두 이제는 나와 비슷한 인생을 경험하며 함께 늙어가는 처지가 되었다. "대단한 선생님이셨어요." "카리스마가 넘쳤어요." 빈말로 해주는 칭찬이라 해도, 그런 소리를 들을 때마다 옛날이 그립다.

이렇듯 모든 일에 최선을 다하는 열혈 교사로 3년을 보낸 뒤, 불현듯 공부가 더 하고 싶었다. 미국 유학을 결심하고 출근 전, 퇴근 후에 유학 준비를 위한 영어 공부를 하느라 많은 시간을 할애하였다. 그리하여 4년 6개월간의 정말 즐겁고 보람되었던 중학교 교사 생활을 그만두고 미국 유학의 길을 떠나게 되었다. 교사 시절 하루의 24시간을 나로서는 정말 최대로 활용하였고 최선을 다하였기에 지금 생각해도 전혀 후회 없고 뿌듯하기만 하다.

　이미 결혼 적령기를 넘긴 나를 유학 보내면서 부모님이 많이 걱정하셨지만, 워낙 단호한 내 성격을 알기 때문에 말리지는 않으셨다. 미국 유학을 가서 뜻하지 않게 같은 유학생이었던 남편을 만나게 되어 그 다음 해에 바로 결혼을 하러 한국에 나왔으니, 그동안 내 결혼 걱정을 많이 하신 부모님에게는 다행히 효도를 하게 된 것이었다.

　석사 · 박사 과정을 밟으면서 아들을 낳았고, 더욱 시간을 아껴 쓰면서 최선을 다해 공부했다. 학기 중의 출산이었지만 지도교수님과 상의하여 조교 업무와 학업을 중단하지 않았기에 출산 후 2주 동안 산후 조리를 하고 다시 학교로 돌아왔다. 산후 조리를 충분하게 하지 못했는데도 건강상 큰 문제가 없었던 것이 천만다행이다.

　아이를 낳은 후엔 시간을 쪼개 쓰기가 훨씬 어려워졌지만, 항상 내가 목표로 하는 바를 위해 최선의 노력을 하였다. 아이가 잠드는 밤 11시 이후 학교에 다시 가서 새벽까지 공부하고, 집에 와서 아침을 먹고는 다시 9시까지 조교 사무실로 출근하는 생활이 되풀이되었다. 이렇게 내가 뜻하는 목표를 위해 나로서는 가장 효율적인 방법으로 모든 일에 최선을 다하는 태도가, 지금의 내가 많은 일에 성과를 내는 데 큰 도움이 되었다고 생각한다.

　그러나 그러한 태도가 나 자신을 피곤하게 하고, 항상 스스로 힘든 상황을 만든다는 것을 알고는 있다. 한꺼번에 많은 일을 추진하면서 그 모든 것에서 완벽한 성과를 내려고 하는 것은 내가 만든 생활 신조이기도 하지만 일종의 올가미이기도 하다. 그 올가미를 풀기 위해 나는 더 많은 노력을 해야 하는 것이다.

소비자학 전문가로
첫발을 딛다

　1989년부터 대학교수로 생활하면서 그때까지 한국에 없었던 소비자학회를 결성하는 데 주 멤버로서 역할을 하였고, 소비자학 전문가들과 모임을 가지면서 교과과정과 학생들 지도 방법을 설정하고, 학생들의 취업을 위해 진로를 모색하고, 기업이나 관련 정부 부처와의 유대 관계를 맺기 위해 논의하고 실행에 옮기는 데 정말 최선을 다하였다. 이런 즈음, 내가 소속해 있는 대학교에서도 학과의 명칭을 변경할 수 있는 기회를 갖게 되었다. 소속한 교수들을 설득하고 이해시키기 위한 나의 노력은 쉽지 않은 변화와 혁신을 이룰 수 있었다. 즉, 내가 속한 학과의 명칭에도 '소비자학'이라는 명칭을 사용하기 시작하였으며 이로써 1990년대에 이르러 나는 소비자학 전문가로서의 길을 한걸음 내딛었던 것이다. 명칭을 바꾸자 예측한 대로 학생들의 관심과 흥미가 높아졌으며 취업률에서도 상당한 성과를 보였다. 1998년부터는 소비자학회 회장으로서 학회와 후학을 위해 소비자학을 발전시키는 데 나름대로의 역할을 하였다.

　모든 일을 할 때 나는 전략을 철저히 세우고 실행해나갔다. 우선 궁극적인 목표를 정하고 그에 대한 전략을 세웠다. 전략을 위하여 고려할 수 있는 다양한 방안을 모색한 후 가장 성공 가능성, 실현 가능성 등이 높은 방안을 검토하고 구체적인 추진 방법을 살펴보는 과정을 거쳤다. 그리고 그 방안을 결정했다면, 정말 최선을 다해 노력하고 추진하여 성공적으로 일을 수행하는 성과를 이루었다. 내가 생각할 때 새로운 일을 성취하고자 할 때 가장 중요한 것이 예측할 수 있는 능력이다. 물론 이런 예측력은 타고날 수도 있지만 이런저런 일들을 추진하다 보면 예측력도 더욱 높아지고 또한 발전될 수 있다고 생각한다.

한국소비자원
첫 여성 원장이 되다

2004년 8월, 공모제를 통해 준정부기관인 한국소비자보호원(현재 한국소비자원) 원장으로 취임했다. 내 능력이 많이 부족하긴 해도 소비자학 전문가로서의 역할을 앞으로도 꾸준히 계속할 수 있다면 그것이야말로 내가 그동안 공부하고 가르쳐온 분야에서 내가 감당해야 할 의무라는 책임감을 가지고 공모에 임하였다. 물론 많이 망설였지만, 그러한 나 자신을 다잡아주고 최선의 노력을 할 수 있도록 내게 큰 힘이 되어준 것은 주위의 추천이었다. 다행히 최종적으로 공모에 통과하여 대통령의 임명을 받아 원장직을 수행하게 되었고, 나는 공공기관 혁신의 중심에서 3년간의 임기를 소화해냈다. 소비자원 사상 첫 민간 공모 출신 원장이 되어 소비자 분야의 전문가이자 CEO로서 제 역할을 수행했다는 평가를 받았다. 임기 동안 내가 전문가로서 가장 강조한 것은 소비자원의 업무 개선이었다. 이전과는 차별화된 시스템을 구축, 우리나라 소비자 문제를 신속하면서도 원활하게 해결하고 국민들에게 신뢰를 줄 수 있는 공공기관으로 발돋움시킴으로써 소비자원의 위상을 변화시키기 위해 힘썼다.

조직 안에서는 여성 특유의 섬세함과 감성을 갖춘 리더로서 권위를 벗고 소탈한 모습으로 직원들에게 다가감으로써 공공기관 특유의 경직된 조직문화를 바꾸기 위해 노력하였다. 특히 직원들과 많은 만남을 가지고 대화를 하고자 했다. 직원들을 부서별로 우리 집에 초대해서 식사를 같이 하며 격의 없는 대화의 시간을 갖기도 했다. 직원들의 복지를 위해서도 여러 가지 아이디어를 짜냈다. 처우 개선, 교육과 해외 연수의 기회 제공 등 내 재량에서 할 수 있는 것은 최대한 제공하고자 했다. 임기 후 직원들로부터 가장 기억에 남는 리더였다는 말을 들을 때 뿌듯해지면서 마음이 따뜻해진다.

밖으로는 그동안 우리나라 정부에서 소비자 정책에 소홀했음을 문제점으로 지적하며 그 중요성을 두루 인식시키기 위해 정부 부처, 국회, 언론, 학계, 단체 등을 부지런히 뛰어다녔다. 수년간 논의되었던 소비자 정책의 패러다임을 바꾸고, 다양한 팔로우를 개척해 보다 많은 사람들에게 유용한 정보를 제공하는 데 앞장섰다. 그리고 국제소비자집행기구(ICPEN)의 의장으로 선출되어 한국 역사상 최초로 소비자 분야에서의 국제회의를 한국에서 개최하며 우리나라의 소비자 정책의 선진화를 보여줄 수 있는 기회도 가져 우리나라 정부의 소비자 정책을 널리 알리고 소비자원의 위상도 한층 높이는 역할도 수행했다. 서울과 제주에서 1주일간 각국의 소비자 관련 부처 담당자들의 회의를 개최하기도 했다. 이와 같은 성과들을 올리기 위해서는 예산이 필요했고, 예산 확보를 위해 나는 정부 부처와 국회를 찾아다니며 소비자원 업무의 필요성을 역설했다. 다행히 나의 진실이 통했는지 전문성이 인정되었는지 소비자원의 예산이 증액되었고 국제대회를 성공적으로 치를 수 있었다.

나를 필요로 하는
모든 곳에서

소비자원장 임기를 마친 후 다시 본연의 자리인 대학으로 돌아갔다. 국내외를 무대로 소비자 전문가로서 다양한 활동을 전개한 경험을 밑거름 삼아 다시 강단에 선 것이다.

나는 외부에서의 다양한 활동을 통해 얻은 콘텐츠를 건국대학교 소비자정보학과에 다시 쏟아부었다. 학과의 전문성을 강화하고 학생들의 역량을 이끌어내기 위한 새로운 커리큘럼을 정비하고 학생들과 소통하면서 그 어느 때보다 왕성하게 활동하고 있다. 나와 같은 길을 가기 위해 강의를 듣고자 하는 수많은 학부 학생들뿐 아니라 좀 더 전문화된 연구를 하고자 하는 석사·박사 과정의 후학들을 위해 내가 할 몫이 있기 때문이다.

학자로서 무엇보다 중요한 업무가 저서와 논문을 쓰는 것이다. 여기에서도 현대사회에서 중요한 이슈가 되면서도 실제 소비자의 생활이나 소비자 정책에 반영될 수 있는 주제를 중심으로 집필 활동을 이어가고 있다.

대학에 돌아와서도 외부 활동은 계속되었다. 정부기관이나 기업,

단체 등에 대한 자문 활동도 활발하게 하고 있다. 2008년 이래로 6년 동안 사단법인 한국소비자교육지원센터의 공동회장직을 맡아 다양한 계층의 소비자들에게 효과적인 소비자 교육을 제공하기 위한 활동을 하고 있으며 특히 매년 정기적으로 소비자교육콘텐츠 공모전을 실시, 우수한 콘텐츠를 발굴하고 이를 활용해 각 분야에서 소비자 교육을 수행할 수 있도록 지원하는 노력도 지속하고 있다. 매스컴에서 전문가의 의견을 필요로 하는 경우 내가 최대한 역할을 해주어야 한다는 의무감으로 성의껏 자문에 응하며, 항상 바쁘게 생활한다.

정부에서 소비자에 관련된 정책을 수립할 때, 현장에서 일어나는 소비자 문제 해결, 소비자 전문 분야에서의 이슈에 관한 학문과 연구, 소비자를 위한 정보 제공 및 소비자 교육 등 수많은 분야에서 내가 할 수 있는 한 확실한 역할을 해야 한다고 생각한다. 우리나라의 소비자 문제와 관련된 어떤 이슈에서 전문가로서의 내 역할이 필요하다면 부족하지만 기꺼이 지원하고 활동하는 것이 내가 할 수 있는 사회 공헌이라고 생각한다.

전문가로 발돋움하는
여성들에게

소비자 분야뿐만 아니라 여성이나 가정 관련 이슈에도 관심을 갖고 다양한 활동을 통해 방향을 제시하고 있다. 지금까지 대한민국 혁신의 중심에서 여성 파워를 발휘하였고 현재도 노력하고 있는 이유는 세상을 향한, 세상을 변화시킬 열정이 언제든지, 항상 나에게 존재한다고 믿기 때문이다.

6년간 맡았던 소비자교육지원센터의 회장직을 끝낸 다음에는 아시아가정학회의 회장직을 수행하고 있다. 아시아 국가 중에서는 선진 대열에 속하는 우리나라를 중심으로 소비자학을 포함한 가정학의 발전을 아시아 국가 간의 유대 관계를 통해 이루고자 한다. 아무리 오늘날 사회가 급진적으로 발전되고 가정이 와해되는 경우도 빈번하다지만, 나는 가정의 중요성을 가장 강조하고 싶다. 특히 현대사회에서 전문적 역할을 하는 여성이 일과 가정의 양립을 성공적으로 수행하기 위해서는 더욱더 가정학의 발전이 중요하다고 본다. 기업에게도 소비자 중심 경영과 함께 가족 친화적인 경영이 중요하다고 강조하고 있다.

사회는 항상 변화하고 있으며 이러한 변화에서 남성보다는 여성이 더욱 곤란을 겪는다. 그러나 나는 남녀 동일한 조건에서 일과 가정의 양립을 강조하고자 한다. 물론 지금은 사회의 환경이 여성들에게 많이 좋아져서 일과 가정을 양립하는 것이 비교적 수월해졌지만, 생리적인 남녀의 차이에서 나오는 어려움을 극복해야 하는 것은 예전과 마찬가지라 생각한다. 조건이 많이 좋아졌기에 더욱 많은 노력을 해야만 하는 후배 여성들에게 당부하고 싶다. "누구보다도 매사에 본인이 생각하는 정말 최선을 다하기를 바란다."

물론 누구든 각자의 자리에서 최선을 다할 것이다. 하지만 우리는 여성이기에, 그리고 일과 가정의 양립을 남보다 잘하기 위해서는 남보다 더욱 시간을 아껴 쓰고 목표를 향하여 전략을 세우고 그 전략을 추진하기 위해서는 본인의 역량을 최대한 발휘해야 하는 남다른 노력이 필요하다. 남성과의 경쟁이 아닌, 누구와의 경쟁이 아닌, 스스로와의 경쟁에서 성과를 낼 수 있는 역량을 갖추어야만 하고 이를 위해 끊임없이 목표를 세우고 욕심을 가지기를 바란다. 그리고 변화를 두려워하지 않는 용감함과 약간의 무모함도 여성들의 역량에 필수적이라 본다. 이 역량을 기르는 데 무엇보다 중요한 것은 본인의 마음가짐이다.

타인을 가르치며
나를 성장시키다

조무아

부모 교육, 인간관계 자기 표현 전문 강사, 조무아닷컴 대표

■ ■ □

이화여자대학교 사범대학 가정학과를 졸업했다. 부산여자
고등학교 교사와 경성대학 · 신라대학 강사를 지냈고 한국심리상
담연구소와 이화여자대학교 평생교육원에서 1989년부터 부모
교육(P.E.T.), 인간관계와 자기 표현, 교류 분석(T.A.)을 강의하고
있다. 부산여자고등학교 재경동창회장으로 봉사했고, 저서로 『부
모역할, 연습이 필요하다』『칭찬 꾸중 격려 3박자의 힘』『내성적
인 아이』 등이 있다. 현재 조무아닷컴 대표이다.

첫 번째 이야기 :
타인의 마음을 움직이는 법

　　한여름이었다. 고속도로가 피서객들로 몸살을 앓을 정도로 붐비는 휴가철 피크의 어느 날, 오전에는 수원에서 정규 과정 강의를 해야 했고, 오후에는 대전에 강연 스케줄이 잡혀 있었다.

　　강사가 된 지 3~4년이 지난, 1990년대 초반이었다. 서울 강남의 집에서 수원까지는 버스로 이동했고 수원에서 대전까지는 기차로 이동해야 했다. 그런데 대전 가는 기차표를 예매하지 않은 상태였다. 그 시절에는 서울역에 가지 않고는 차표를 예매할 수 없었는데 너무나 바빠서 예매할 시간을 내기 어려웠다. 수원에서 대전까지는 좌석표가 없으면 입석으로 가도 되겠다는 생각을 하고 있었다.

　　오전 강의를 끝내고 수원역에서 기차표를 사려고 하는데 문제가 생겼다. 예상한 대로 좌석표는 물론 없었고 입석표를 사려는 사람들이 길게 줄을 서 있었다. 그나마 타고자 하는 차 시간이 여유 있게 남아서 줄 끝에서 한 걸음 한 걸음 당겨가면서 내 차례가 오기를 기다렸다.

　　내 앞에 세 명이 남았을 때 표를 팔던 역무원이 자리에서 일어서더니 창구에 '오늘 경부선 입석 매진'이라고 쓴 작은 입간판을 세우고 떠나버렸다. 그 순간 어이가 없고 너무나 황당했다. 요즘 말로는 멘붕 상태가 되었다. '아니, 입석도 매진되다니?' 그전까지 나는 입석이 매진된다는 사실을 몰랐다. 입석을 탈 일이 별로 없었기에 그런 사실을 모르고 살아왔던 것이다. 50년 가까이 한국에서만 살아왔는데도 내가 경험하지 않았던 현실 앞에선 속수무책으로 무식한 사람이 될 수밖에 없었다. 그러니 예매하지 않은 나의 실수가 원망스럽기 그지없었다. 그렇지만 어떻게든 이 상황에서 해결책을 찾아야 했다.

기차 도착 시간까지는 얼마 남지 않았다. 그 기차를 타는 것 외에는 강연 시간에 맞춰서 대전에 갈 수 있는 다른 방법이 없었다. 고속도로가 꽉꽉 막혀서 택시를 타고 가도 시간을 맞추는 건 어림없었다. 그렇다면 차표 없이 어떻게 기차를 탈 수 있단 말인가?

기차 도착 시간을 얼마간 남겨두고 역무원 아저씨가 개찰구를 열었고 사람들은 기차표를 내보이고 점검받으면서 개찰구 안으로 들어갔다. 나는 역무원 가까이 가서 그 사람들을 부러운 시선으로 바라보고 서 있었다. 아저씨의 관심을 받기 위해서. 그래서 역무원 아저씨가 내 사정을 이해하고 기차표 없는 나를 들여보내주면 얼마나 좋을까 하는 기대를 하면서. 그러려면 우선 내 사정을 역무원에게 알려야 한다.

대기하고 있던 사람들이 다 들어가고 이제 띄엄띄엄 한 사람씩 개표를 받고 있어서 아저씨에게 말할 수 있는 상황이 되었다. 이미 아저씨는 나를 유심히 보고 있었기 때문에 말하기가 어렵지 않았다.

"저는 입석표가 매진되는 것을 여태 몰랐어요."

아저씨는 말없이 나를 보기만 했다.

"제 앞에서 표가 매진되어 살 수 없었어요."

아저씨는 여전히 말이 없다.

"어쩌면 좋을지 모르겠어요. 대전에서 여러 사람들과 만나기로 한 중요한 약속이 있어요. 이 차로 대전에 못 가면 너무 곤란해져요. 큰 일났어요."

그러는 사이 기차가 도착할 시간이 가까워졌다. 아저씨는 참 안됐다는 표정으로 나를 보더니 드디어 내가 그토록 원하는 말을 했다.

"빨리 들어가세요."

"고맙습니다. 고맙습니다!"

그렇게 해서 나는 차표 없이 기차를 탈 수 있었다.

I-Message, You-Message

역무원의 도움을 받기 위해서 나의 어려운 상황을 표현하면서 주의했던 점이 있었다. I-Message로만 말했고 You-Message로 말하지 않았다. '나'를 주어로 나의 상황, 감정을 호소하듯이 말했고 '너'를 주어로 하는 요청이나 해결책은 말하지 않았다. 예컨대 '저 좀 들여보내주세요' '기차 타게 해주세요'라고 하면 상대방에게 해결책을 말하며 부탁, 요청하는 것이다. 안으로 들여보내주고, 기차를 타게 해주어야 할 사람이 '너'이기 때문에 이 경우는 You-Message 방법이다. 상대방이 귀책 사유 없이 기꺼이 도와줄 수 있는 문제이면 요청, 부탁하는 것이 예의바른 방법일 수 있다. 하지만 상대방이 도와주는 데 문제가 있을 때는 요청, 부탁을 하면 어려워진다.

위의 경우 내가 먼저 태워달라고 부탁, 요청을 했다면 아마 역무원은 '안 된다'고 했을 것이다. 누구나 자신의 직무에 충실하기를 원하지 모르는 사람을 위해서 범칙을 하고 싶지 않기 때문이다. 한번 '안 된다'

고 의지를 표명한 다음엔 내 처지가 안됐고 도와주고 싶어도 결정을 번복하려고 하지 않을 것이다. 또 주의했던 점은 강연, 강의 약속이라고 하지 않고 여러 사람과 만나기로 한 약속이라고 풀어서 말한 점이다. 강의, 강연한다고 하면 혹시 잘난 체하는 말로 들릴까 봐 염려스러웠기 때문이다. 그리고 표현할 수 있는 최대한의 비언어적 요소를 동원하기도 했다.

실제로 너무 난감한 상황이었기 때문에 표정으로 자연스럽게 연출되기도 해서 역무원의 마음을 움직일 수 있었다고 생각한다. 물론 마음씨 좋은(?) 역무원을 만나지 않았으면 내가 어떻게 표현해도 도움을 못 받을 수도 있었다.

나는 하늘을 나는 기분으로 때 맞춰 들어온 기차에 승차했다. 그런데 또 난관에 부딪쳤다. 승차하고 서 있을 자리를 잡으면서 보니까 저만큼에서 기차표를 검표하는 승무원이 다가오고 있었다. 당황한 나는 깊이 생각할 겨를도 없이 화장실에 들어가 승무원이 지나가길 기다렸고, 그 상황을 그렇게 모면했다.

드디어 기차는 대전역에 도착했고 기차표를 회수하는 역무원에게 어쩔 수 없이 거짓말을 했다.

"어떡하죠? 수원에서 입석으로 탔는데 표를 분실했어요. 여기 나와서 보니까 없어졌어요."

그럴듯하게 설명까지 덧붙이면서 사실처럼 말했다. 대전역에 내리기 전 한참 생각하고 그렇게 말하기로 마음먹고 그대로 얘기했다. 수원에서 차표도 없이 탔다고 하면 나를 도와준 수원역 역무원 아저씨에게 피해를 줄 것 같아서 나름대로 최선을 다한 거짓말이었다. 다행스럽게

대전역 역무원은 나를 전혀 의심하지 않고

　"그러면 차비 1,300원을 내고 나가세요."

　"네, 그러겠습니다."

　나는 얼른 돈을 내고 역을 빠져나왔다. 그 시절 수원에서 대전까지의 입석 요금이 1,300원인 것은 20년이 더 지난 지금도 잊혀지지 않는다.

두 번째 이야기 :
40년 한을 풀어낸 공감과 경청의 힘

　"야, 고마해라, 인자('그만해라, 이제'의 서부경남 사투리). 어서 묵으로 온나."

　식당 옆방에는 30명 정도의 초등학교 동창이 모여 있었고 나는 창수와 둘이 빈방에서 얘기를 나누고 있었다. 음식이 나오기 시작하자 기다리다 못한 한 친구가 우리에게 와서 한 말이었다. 우리 얘기는 금방 끝나지 않았고 또 다른 친구가 와서 재촉했다. "인마, 그 얘기 또 하고 있나? 됐다. 음식 나왔는데 같이 묵어야 될 거 아이가." 나는 창수 얘기에 집중하고 싶어서 표정과 손동작으로 말했다. 방해받지 않고 둘이서 좀 더 얘기를 나누고 싶다고. 다행히 그 친구는 내 뜻을 이해했고 우리 얘기가 끝날 때까지 옆방의 친구들은 방해하지 않고 기다려주었다.

　그날, 우리는 초등학교 졸업 40주년 동창 모임을 하고 있었다. 한 친구의 아들이 운영하는 창원시의 복국집에서 넓은 공간을 차지하고 만났다. 남자 동창이 스무 명 조금 넘었고 여자 동창은 열 명이 채 되지 않게 모였다.

　　나는 경남 함안군의 시골 초등학교를 졸업했는데 한 학년에 한 학급밖에 없었고 학생 수는 50명이 조금 넘는 정도였다. 졸업할 때 여학생은 14~15명이었고 나머지는 남자여서 남녀 성비가 2 : 1 정도였다. 나의 모교는 그 이후 학생 수가 더 줄어 분교가 되더니 오래 견디지 못하고 결국 폐교되고 말았다. 우리는 6년 동안 같은 반에서 공부하면서 서로 친한 관계를 유지했다. 졸업 후 중학교 진학은 남학생이 절반 정도 한 것 같고 여학생은 다섯 명이 했다.

　　나의 부모님은 부산에 거주하셨고 아버지는 공무원이셨는데 조부모님께서 손녀 초등학교는 고향에서 다니게 하라고 하셔서 부모님은 그 뜻을 따를 수밖에 없었다. 시골 초등학교를 졸업하고 운 좋게도 부산여중에 입학했다. 그 초등학교에서 마산의 일류 학교(세상에서 칭하는)로는 한 해 한두 명 정도가 진학했지만 부산의 일류 학교에 진학한 것은 개교 이래 처음 있는 일이었다. 그래서 언젠가 후배들에게 대단한 찬사를 듣기도 했다. "언니는 우리 학교의 전설이었어요."

　　중학교에 진학한 이후 고등학교 2학년까지는 방학 때면 고향 친구들을 만나곤 했다. 그때까지는 고향집에 할머니가 계셨기 때문이다. 그 이후 시골집이 없어지고 친구들과도 만날 기회가 없어져 자연히 멀어졌다. 고향에 사는 남자 동창들 중심으로 친목 모임을 하고 있었는데 우리 나이가 40세였던 여름 휴가철에 남자 여자 동창들이 함께 만나는 모임을 가진 적이 있었다. 나는 서울에서 우리 가족―남편, 딸, 아들과 함께 여행을 하면서 마산에서의 모임에 참석했다. 가족이 대기하고 있었기 때문에 충분한 시간을 함께하지 못하고 먼저 빠져나올 수밖에 없었다. 그때 제일 아쉬워한 친구가 창수였다. 나한테 하고 싶은 얘기가 많은데 시간이 없어서 못 한다고 했었다.

40년 전에 있었던 일

그리고 13년이 지난 후 우리는 그날 창원에서 만났고, 창수는 조용히 할 얘기가 있다고 하면서 나를 옆방으로 데리고 갔다.

"너는 다 잊어버렸겠지. 나는 절대로 잊을 수 없는 일이다."

"어? 그런 일이 있다고?"

벼르고 별러왔던 얘기를 시작하는 비장함이 느껴져 나는 할 말을 찾을 수 없었다.

"5학년 때 일이다. 네가 부반장 하면서 학급비를 갖고 있었지."

(초등학교 내내 반장은 남학생이었고 여자는 부반장을 했다.)

"그랬나?"

"네가 학급비를 분실했잖아. 그래서 선생님이 단체 벌 세우고 의심 가는 사람 이름을 써내라고 했잖아."

창수가 그렇게 말을 해도 나로서는 5학년 때 그 일이 생각나지 않았다. 그러나 40년도 더 지난 일을 창수는 생생하게 기억하고 있었다.

"그랬었구나. 그런 일이 있었구나."

나는 창수 말을 경청할 필요를 느꼈고 그냥 수용하는 말밖에는 할 수 없었다.

"애들은 내가 의심스럽다고 제일 많이 써냈잖아. 그래서 내가 얼마나 억울했는지 아나?"

"세상에! 얼마나 많이 억울했겠어?"

"그래서 내가 완전히 도둑으로 몰렸거든. 선생님께 혼나고 내가 바른 말 하지 않는다고 교무실까지 불려가서 벌 섰잖아."

"그랬으니 내가 엄청 미웠겠다. 돈 잃어버린 나도 밉고, 너를 의심해서 이름 써낸 애들도 밉고."

"내가 공부도 못하고 가난하고 그때도 어리바리해서 할 몫도 잘 못하고 그러니까 친구들도 나를 우습게 생각하고 도둑으로 본 거지."

"그런 생각을 했었구나. 기가 막혔겠네."

"그런 일을 잊어버릴 수 있겠나? 내가 얼마나 상처를 받았는데."

"정말 미안하다. 사과가 너무 늦었지만 너 얘기 들으니 마음이 아프다."

"그래, 됐다. 내가 너한테 그 말 한마디 듣고 싶었던 기라."

"그동안 마음에 담고 있느라 얼마나 힘들었겠어?"

"사실 다른 친구들한테는 여러 번 얘기했고, 우리 졸업 후에 도벽이 있는 친구가 누군지도 알게 됐으니 누명은 벗었지만, 그래도 그때 일을 생각하면 억울했거든."

"그랬겠네!"

"너한테 다 얘기하고 나니까 속이 시원하다. 내 말 다 들어줘서 고맙다. 이제 밥 먹으러 가자."

우리 둘이 옆방으로 왔을 때 친구들은 식사를 반쯤 한 후였다.

졸업 40주년 동창 모임을 한 후 가끔 동창회를 했고 자녀들 혼사가 있을 때도 우리들은 오고 가면서 만났다. 주로 마산, 부산에서 모임을 갖게 되니까 서울에 살고 있는 내가 참석하면 친구들이 반가워하고 멀리서 왔다고 고마워하기도 했다. 여러 친구들 중에서도 창수가 더욱 반가워해서 내 마음을 기쁘게 했다.

몇 번 만나던 중 언젠가 한 번 창수에게서 들은 말이다. "너 모를거다. 많이 변했다. 옛날에는 옆에 가면 찬바람이 쌩쌩 불었는데. 되게 편해졌다. 그리고 참 포근해졌다."

몇 년 후 나는 딸의 결혼식을 초등학교 동창들에게 알렸고 친구들은 서울까지 많이 왔다. 특히 창수가 참석한 것은 놀라운 일이었다. 생산직에 종사하는 창수는 결혼식인 토요일에 근무를 해야 하기 때문에 참석할 수 없어서 안타깝다고 전화를 했다. 다른 동료와 근무 일정을 바꿔보려고 해도 잘 안 된다고. 꼭 참석하고 싶지만 어쩔 수 없을 것 같다고 했다. 창수의 그 마음이 정말 고마워서 결혼식에 온 걸로 생각하겠다고 말해주었다.

그런데 결혼식 당일 마산에서 출발한 전세 버스로 함께 온 동창들 사이에 창수도 있었다. 너무 의외여서 더욱 반가웠고 창수는 내 옆으로 와서 신나게 말했다.

"내가 얼마나 오고 싶었는지 아나? 끝까지 포기 안 하고 노력했지, 그래서 겨우 근무 바꾸고 이렇게 왔잖아."

"그랬구나. 정말 고맙다. 많이 애썼겠네!"

우리 집 경사에 함께해서 축하해주고 싶은 창수의 마음이 느껴져서 더욱 고마웠고, 좋은 관계를 맺는 일이 얼마나 소중한가를 절실히 느낄 수 있었다.

세 번째 이야기 :
경상도 남자도 변화시킨 I-Message의 효과

남편은 설거지를 끝내면서 내게 말했다.

"우리 어머니가 살아나서 내 모습을 보시면 기절하고 다시 돌아가시겠지?"

"그러게요. 어머님은 상상할 수 없는 일이지요."

몇 년 전에 돌아가신 시어머님은 8남매의 막내 아들인 남편이 설거지를 하고 살 줄은 모르셨을 것이다. 지금 70대, 1940년대 초에 태어난 경상도 남자에게 설거지는 여자의 일이지 남자가 할 일이 아니었다. 나 또한 경상도의 가부장적이고 보수적인 문화에서 자랐기 때문에 부엌일은 당연히 여자 몫으로 생각하고 살아왔었다. 남자가 부엌에 들어가면 뭐가 떨어진다고 흔히들 말해왔으니까.

딸이 중학생이 되었을 무렵 어느 날 친구 집에 놀러 갔다 오더니 문제를 제기했다.

"엄마, 우리 집 남자들은 왜 부엌에 안 들어가요?"

"어?"

"우리 친구들 집에 가면 아빠나 오빠도 요리하던데요. 우리 아빠는 부엌에 안 들어가잖아요. 그러니까 동생도 똑같아."

"그래서 싫다는 얘기구나. 엄마는 그냥 그렇게 살아왔는데."

"그런데 엄마! 아빠가 바뀌지 않으면 아들도 바뀌지 않잖아. 나중에 며느리가 엄마 원망하면 어떡해요?"

"그러게. 생각 좀 해봐야겠네."

남편에게 딸의 얘기를 전달했더니 돌아온 대답은,

"나는 당신 영역을 침범할 생각이 전혀 없어."

"알았어요. 두 번 말하면 입 아프겠지."

살던 대로 살아야지 별수 없겠다는 생각을 했다. 그 후 4~5년이 지나고 딸이 고등학교 2학년이 됐을 때 나는 부모 역할 훈련(Parent Effectiveness Training : P.E.T.) 강사가 되어 전업주부 자리에서 벗어났다. 전업주부가 되기 전까지는 중학교 교사 2년, 고등학교 교사 5년, 대학 강사 4년간의 교직 생활을 했다. 그런데 교직에 있었을 땐 그렇게나 전업주부 생활이 부러웠는데, 막상 전업주부가 되고 보니 그다지 만족스럽지 않았다. 살림살이의 답답함에서 벗어나려고 이런저런 취미 생활(테니스, 볼링, 생활영어, 노래교실, 도자기 등)을 하다 좀 더 보람 있는 일을 찾게 되었고 그때 만난 일이 상담 자원봉사였다. 1주일에 이틀씩 고등학교와 특수학교에서 상담 봉사를 하면서 나름대로 보람을 찾고 즐겁게 생활하기를 3~4년 됐을 때 P.E.T. 프로그램을 만나 강사가 되고, 예전처럼 분주한 일상으로 되돌아간 것이다.

1989년 P.E.T. 프로그램이 우리나라에 도입되었을 때 운 좋게 접하여 1기 강사가 되었고 강의 요청이 많아 바쁜 시간을 보냈는데 상당한 기간 동안 지방 강사가 없었기 때문에 전국적으로 다녀야 했다. 한동안은 부산, 제주도 강의를 매주 연속해서 한 적도 있었다. 새벽에 집을 나와 비행기로 가서 오전, 오후 강의를 하고 저녁 늦은 시간에 집에 도착하면 피곤해서 쉬고 싶은 생각뿐이었다.

설거지할 게 쌓여 있을 때 나는 남편이 듣게끔 말했다.

"이대로 누워서 쉬고 싶은데! 꼼짝하지 못하겠어!"

그러면 남편은 난감한 표정을 지었다. 약간의 결벽증이 있다고 느껴질 만큼 청결한 것을 좋아하는 남편 입장이 참 곤란한 것 같았다. 어지러운 부엌을 그냥 두고 보기는 싫고 그렇다고 지쳐 있는 아내에게 치우라고 채근할 수도 없었으니 그 상황이 난감할 수밖에. 의사소통법을 공부하기 전이었다면 다르게 대처했을 것이다. 살아오면서 몸에 밴 대로 지치고 힘들어도 어쩔 수 없이 일을 하고 더욱 지쳐 나가떨어지거나, 남편에게 불평을 하거나 했을 것이다. "당신은 좀 하면 안 돼요? 왜 꼭 여자가 해야 돼요?"라고 말했다면 남편은 "당연한 것을 왜 물어?"라고 했거나 "그럼 여자 일이지 남자 일이야?"라고 했을 것이다. 남편이 대신 설거지를 했을 리도 없었을 것이다.

그런데 힘들고 피곤하다는 말만 하고 남편에게 원망도, 비난도, 지시도 하지 않고 미리 포기도 하지 않았더니 남편은 피곤한 아내를 도와야겠다는 마음이 생긴 것 같았다.

"그렇게 힘들면 쉬어라, 내가 해볼게." 이렇게 남편이 부엌일을 시작했을 때 남편은 40대 후반이었고 그 무렵 시어머님이 돌아가셨으니 어머님은 막내아들이 설거지하는 모습을 본 적이 없었다.

그 이후 남편의 부엌일은 꾸준히 계속되면서 실력도 향상되었다.

나는 여전히 전업주부가 아닌 바깥일을 하는 바쁜 주부로 살아가고 있기 때문이다.

가르치는 것이
가장 효과적인 학습법

초등학교 5학년 때로 기억된다. 그러니까 약 60년 전이다. 나는 학교를 마치고 논둑길을 따라 집으로 가고 있었다. 한 동네에 사는 여자 친구 다섯 명이 늘상 같이 다녔는데 그날은 친구들과 떨어져 나 혼자 길을 걷고 있었다. 한참 동안 깊은 생각에 잠겼던 것으로 기억된다.

10년 후의 내 모습은, 20년 후는, 30년 후는 어떻게 변해 있을까? 무엇을 하고 있을까? 참 궁금했었다. 미래에 잠깐 다녀올 수는 없을까? 미래의 내 모습이 너무나 궁금한데 10년, 20년, 30년은 아득하게만 느껴졌었다.

그러면서 자연스럽게 나는 어떻게 살기를 원하는가를 생각했고 그때 결론적으로 얻은 답은 '세상에 필요한 사람이 되어야겠다'는 거였다. 의미 있는 삶을 살아야겠다, 세상에 도움을 줄 수 있는 삶을 살아야겠다. 그런 삶이 보람 있고 가치 있는 삶이라고 생각했었다. 그날 내린 결론은 그 이후 내 마음속에 확고히 자리 잡았고 잊혀지지 않는 어린 날의 내 모습으로 선명하게 남아 있다.

그 후 60년 가까이 지난 지금, 내가 하고 있는 '부모 교육' '인간관계 자기 표현' 강사로서의 일은, 세상에 필요한 일이고 다른 사람의 삶의 질을 높일 수 있도록 돕는 일이라고 생각하기 때문에 흐뭇한 웃음을 지을 수 있다.

나는 일찍이 부산여자중고를 졸업하고 이화여자대학교 사범대학 가정학과에 진학하여 졸업할 때 취득한 2급 정교사 자격으로 중고등학교 가정과 교사로서 7년을 지냈다. 모교이기도 한 부산여고에서 교사로 재직하는 동안 운 좋게 대학입학예비고사(지금의 대입수학능력시험에 해당)의 출제위원을 하기도 했다. 그해 가정과 출제위원은 대학 교수 두 명과 고교 교사로는 내가 차출되었다. 또 부산시 교육위원회의 중고 교사 임용고사 출제위원으로 차출되기도 해 교사로서의 경력을 더할 나위 없이 쌓았고 1급 정교사 자격도 취득했다.

그랬음에도 그 시절 우리나라 대부분의 여성들처럼 전업주부가 되기 위해 사직원을 냈다. 그 이후 전업주부 역할에 부담스럽지 않을 정도로 대학 강사를 4년간 하고 남편의 직장을 따라 서울로 이사하면서 모든 교직을 접게 되었다.

1989년에 부모 교육 강사가 된 후 지금까지 26년째 강의를 하고 있다. P.E.T 프로그램이 한국심리상담연구소에 의해 처음 도입되었을 때 미국에서 온 국제 강사 트레이너 랠프(Ralph) 선생님에게 나를 포함해 33명이 강사 교육을 받았고 1기 강사가 되었다.

인생의 축복처럼 P.E.T.를 만났고, 강사가 된 이후 26년간 한 달도 쉬지 않고 강의를 해왔다. 끊임없이 나를 불러주는 요청이 있었기 때문에, 그리고 쉬어야 하거나 쉴 수밖에 없는 별다른 문제가 생기지 않았기 때문에 가능한 일이었다. 20년 이상 쉬지 않고 강의한 강사는 내가 유일하다고 생각한다.

훈련 프로그램 강사 역할을 오랫동안 쉬지 않고 한다는 것은 무엇보다 나 자신을 단련시키고 성장시키기에 좋다. 공개 강좌나 강연보다 소그룹(20명 이내)으로 적어도 두 달 이상 일정한 기간 지속적으로 모임을 갖고 공부하기 때문에 참가자의 변화를 보고 느낄 수 있어서 더욱 좋다.

믿을 만한 한 연구에 의하면 성공하는 삶이란 85퍼센트는 인간관계가, 15퍼센트는 실력에 의한다고 했다. 또 인간관계는 소통으로 이루어지고 좋은 소통은 나 자신이 먼저 시도할 때 가능하다. 이 글에서는 그런 면에서 나 자신이 변화된 사례 세 가지를 소개했다. 그동안 내가 경험한 많은 사례 중 일부이다. 하나는 외부 사람과의 관계, 하나는 친구 관계, 하나는 부부 관계에서 생겼던 일들이다.

언제까지나 지금처럼

2~3년 전 어느 날 서울시에서 주관하는 퇴직자 재교육 프로그램에서 강의를 할 때였다. 쉬는 시간에 참가자 중 한 사람이 질문했다.

"선생님, 언제까지 강의하실 생각입니까?"

나는 평소 생각하고 있던 대로 답을 했다.

"건강이 허락하고 요청이 있으면 할 생각입니다."

그랬더니

"선생님처럼 강의 경험과 인생 경륜이 풍부한 강사가 계속 강의를 해야 하는데, 그렇게 되면 새로 공부한 젊은 강사가 설 자리가 없습니다."

"그렇기도 하지요. 그러니 신구 세대 간 균형을 맞추고 조화롭게 풀어나가야겠지요. 앞으로 젊은 사람들을 배려하면서 함께 일하도록 하겠습니다."

40대 중반에 이 일을 시작해서 50대까지는 힘들다는 생각 없이 주로 젊은 엄마들을 만나왔고, 60대가 되면서 자연스럽게 신체적으로 무리하지 않게 일을 조절하고 있다. 27년을 쉬지 않고 쌓은 경험을, 이제 필요로 하는 후배들에게 계속 나눠줄 수 있기를 나는 희망한다.

농부는
수확을 걱정하지
않는다

한 재 숙

전 위덕대학교 총장

■ ■ □

영남대학교 가정학과를 졸업하고 일본 오사카시립대학에서 석사, 한양대학교에서 박사학위를 받았다. 영남대학교 교수를 거쳐 위덕대학교 총장을 역임했으며 경북여성정책개발원 원장, 전국여성정책네트워크 회장을 지냈다. 저서로 『세계의 음식문화』 『생활과학자가 쓴 한국인의 생활환경』 『식생활 관리』 『실험조리』 등이 있다. 자랑스런 영대인상(2007), 사회통합위원회 유공표창(2013)을 받았다.

유학의 꿈을 이뤄준
편지 한 통

　예부터 '사주불여관상(四柱不如觀相) 관상불여심상(觀相不如心相)'이라 하였다. 공부를 하면서 심상이 관상보다 상위인 것을 실감한다. 공부를 하면서 익히고 실천하는 것은 곧 내 마음을 되돌아보게 하고, 그러한 성찰과 성숙이 결국은 스스로의 마음을 다듬고 또 운명을 만들어간다는 사실을 새롭게 깨닫고 있다.

　1970년 6월 20일 토요일, 그날은 이른 아침부터 장맛비가 줄기차게 내렸다. 지금은 '센텀'이라는 이름으로 부산의 명소가 된 곳이 그 당시에는 수영비행장이었다. 아침부터 비행장으로 전화를 걸었다. 오사카로 향하는 대한항공 비행기가 무사히 이륙할 수 있는가를 알아보기 위해서였다. 전화가 어렵게 연결됐지만 공항 관계자들의 대답은 자신들도 알수 없으니 무조건 와서 그저 기다려보라는 것이었다.

　당시는 해외로 유학을 간다는 것, 특히 결혼도 하지 않은 여자가 가족과 헤어져서 혼자 공부하러 외국에 간다는 것이 흔하지 않던 때였다. 더군다나 서울도 아닌 대구에서 말이다. 의대 학생이던 남자 친구(현재 남편)도 있던 터라, 유학을 결정하기가 쉽지 않았지만 막상 출국하려니 이국으로 떠나간다는 설렘과 두려움, 그리고 사랑하는 가족, 친구, 연인과 작별한다는 아쉬움 등 형언하기 어려운 복잡한 감정들이 뒤범벅되어 여러 날 잠을 설쳤다. 특히 출국하는 전날 밤을 그렇게 하얗게 뜬눈으로 지새웠던 기억이 지금도 새롭다.

아침 일찍부터 서둘러 출발, 대구에서 기차를 타고 부산역에 내려서는 또 택시로 갈아타고 수영비행장에 도착했으나, "기상이 나빠서 비행기가 제 시간에 뜰 수 없으니, 그냥 기다려보라"고만 했다. 요즘처럼 시간대별로 정확한 일기예보가 나오는 때도 아니었으니 아무런 정보도 얻을 수 없었던 나와 가족은 하염없이 공항 대합실에서 기다릴 수밖에 없었다. 한 두어 시간쯤 지나서야 공항 관계자는 "오늘은 일기 관계로 비행기가 뜰 수 없으니 내일 다시 오라"고 하였다. 지금 생각해도 그때는 참 여유(?)가 있었다. 별다른 불평도 없이 그렇게 공항을 되돌아 나왔다.

청주 한(韓)문 질경공파 12대 종손으로 매사에 원칙을 중시하며 매우 보수적이셨던 선친께서는 평소 "여자는 가정 살림 잘 배워 현모양처가 되는 것이 최상이다"라고 가르치셨다. 이런 아버지의 가르침과 가족관 때문인지 장녀인 내게는 사춘기 시절 공부하는 것보다 가사에 힘드신 어머니를 돕는 일이 매우 자연스러웠다. 가끔씩 놀러 오는 오빠와 남동생의 친구들도 챙겨주며 그렇게 생활했다. 그렇게 자라온 때문인지, 유학 가겠다는 나의 꿈을 감히 입에 올리는 것이 두려웠다. 어린 시절 기억 속에 자리 잡은 선친의 모습은 매우 무섭고 엄한 분이셨다. 그렇게 꽤 오랫동안 아버지께 직접 말씀드리지 못하고 고민을 대신 전했던 것이 며칠에 걸쳐 쓴 일곱 장 분량의 편지 한 통이다. 누구에게도 들키지 않고 아버지 책상 위에 편지를 얹어둔 일이 어릴 적 나의 원대한 꿈, 바로 '유학'을 이루게 된 계기이다.

아버지의 불호령이 떨어질지도 모른다는 불안감으로 매일매일 숨죽여 지내던 시간이 1주일쯤 지난 어느 날, 선친께서 나를 부르시더니 내가 유학을 가야 하는 이유와 일본에서 어떻게 유학 생활을 할 것인가 하는 계획 그리고 결혼 계획과 공부를 마치고 돌아온 이후의 향로(向路) 등을 꼼꼼하게 물으시며 확인하셨다. 지금 생각해도 긴장되던 그 순간에, 제법 당차게 나는 나의 계획과 다짐을 아버지께 말씀드렸던 것 같다. 그리고 한 달여 시간을 보내고 아버지는 내가 꿈을 이룰 수 있도록 허락해주셨다. 그 허락과 함께 나에게 주신 아버지의 가르침과 당부의 말씀을 잊을 수 없다.

"범을 청하지 말고 솔을 키우라."

호랑이는 내가 마냥 부른다고 오는 것이 아니라 호랑이가 머물 수 있는 넓고 큰 소나무 숲을 만들어놓으면 그때 비로소 호랑이가 스스로 찾아온다는 것이다. 아버지께서는 또 나에게 '성실하고 검약한 생활'을 강조하셨다. 항상 남보다 먼저 준비하고 쉼 없이 정진하라는 가르침을 주시면서 또 공부를 마치고 반드시 돌아와야 한다는 것을 다짐 또 다짐 받으셨다. 딸을 두신 아버지의 걱정스런 그때 마음을 나이가 들면서 비로소 마음으로 느낀다. 엄하시기만 하다고 느꼈던 아버지의 마음속엔 여리고 섬세한 자식 사랑이 그렇게 살뜰하게 가득하였다.

유학 떠나는 나를 배웅하기 위해 수영비행장에 함께 온 사람들이 스무 명이나 되었다. 부모님과 형제, 친구, 친척들이 둘러서서 가히 장관이었다. 그럼에도 날씨 탓에 비행기가 이륙하지 못하니 스무 명의 배웅객은 어떻게 내일까지 시간을 보내야 하는지, 또 내일의 기상은 어떠할지에 대하여 구구한 의논을 했다. 나와 부모님은 부산에 사시는 외가 댁에, 오빠와 동생은 이모님 댁에, 그리고 다른 사람들은 대구로 되돌아갔다가 내일 아침 다시 내려오기로 하고 그렇게 우리는 수영비행장을 되돌아 나섰다. 언제 귀국할 것인지를 알 수가 없어서 챙긴 책이며 옷가지, 선물 꾸러미, 그리고 몇 가지 식품과 반찬들로 꽉 채운 무거운 가방과 보따리들도 끙끙거리며 되가지고 외가로 가야 했다. 전전반측(輾轉反側), 자는 둥 마는 둥 그날 밤을 또 다시 뒤척이며 지샜다.

6월 21일 일요일 아침, 우리 가족의 재도전에 수영비행장은 쉽게 입성을 허락했다. 하늘과 비행기 모두가 맑고 깨끗한 파아란 색으로 단장하고 우리를 기다리고 있었다. 2층 출입국 사무실 입구에 올라섰을 때 창 너머로 비행기가 보이자 일행 모두는 무사히 출국할 수 있다는 것에 안도하는 듯하더니, 누가 먼저랄 것도 없이 훌쩍훌쩍 소리를 내면서 울음을 터뜨려 출국장은 어느새 눈물바다가 되어버렸다. 눈물로 범벅이 된 채 아무 말도 못하고 출국장을 나서는 무거운 발걸음 뒤로 '부디 건강하게 돌아오라'는 부모님의 말씀이 귓가에 울려왔다. 그렇게 부모님과 가족들을 뒤로한 채 비행기에 올랐던 것이 나의 최초 해외 나들이이다. 어언 45년이 지났다. 긴 세월이 지났지만 지금도 그때가 주마등처럼 떠오르며 잊혀지지 않는다.

내 삶의 디딤돌이 되어준
유학 생활

대학을 졸업할 때까지 집을 떠나본 적이 없었던 나에게 유학 생활은 또 하나의 큰 시련이었다. 유학을 준비하며 다니던 학원에서는 일본어를 잘한다고 칭찬을 많이 받았는데 막상 학교에 나가서 일본인들을 직접 대하니 말문이 막혀 말이 잘 나오지 않았다. 벙어리마냥 그저 고개만 끄덕이는 과묵한 학생이 되었다. 며칠을 그렇게 지내고서 그간의 피로와 긴장이 풀리자 몸과 마음도 조금씩 여유가 생기고 차츰 자리를 잡아갈 수 있었다.

무엇보다 모든 준비와 생활을 혼자서 해가야 한다는 것이 힘들었다. 또 현모양처를 목표로 다니던 영남대학교 가정대학 가정학과의 면학 풍토와, 실험과 실습을 중심으로 한 오사카시립대학 대학원 식물학과(食物學科, 우리의 식품영양학과에 해당)에서 연구자로서 자질과 역량을 키워야 하는 연구실 분위기가 달라서 적응하기가 쉽지 않았다. 화학적 실험과 실습에 대한 기초가 매우 부족한 데다, 실험 실습의 경우 다루어야 하는 설비나 기자재 등이 많아 익히고 훈련하느라 학교에서 밤을 지새는 일이 다반사였다. 나의 연구 주제는 '은행(銀杏)의 중성 지질(脂質)에 대하여'였다. 모두가 잘 알듯이 은행은 암나무에 열리는 알맹이에 함유된 성분 때문에 고약한 냄새가 난다. 일본인 연구생들과 실험실과 기자재를 함께 사용하는지라 그들에게 피해를 주지 않기 위해서 밤늦게까지 실험하고 또 정리하고 악취가 나지 않도록 청소하고 이렇게 하다 보니 하루도 거르지 않고 코피가 나기도 하고, 때로는 몸져눕는 일도 있었다. 어디선가 딸의 이런 소식을 전해들으신 부모님께서는 그냥 돌아와서 결혼하라고 채근하시기도 했다.

어린 시절 멋모르고 떠났던 유학, 참으로 힘들고 어려운 일들이 많았지만 무사히 잘 마치고 돌아온 지금, 되돌아보면 내 인생에 있어서 가장 값진 시간이었다. 나를 철들게 하고, 국가와 민족에 대한 걱정과 애국심을 고취시키고, 선진 학문을 배우면서 나의 삶이 보다 단단하고 넓어질 수 있도록 해준 소중한 시간이었다.

일본에서 인연을 맺은 나의 지도교수님 우라카미 지에코(浦上智子) 교수님께서 늘 들려주시던 말씀 두 가지를 잊을 수 없다. '자기의 일은 자기 스스로', '떠나는 사람은 뒤를 깨끗이' 하라는 것이다. 주변 사람에게 폐를 끼치지 않고 자립과 자주적인 생활을 해야 한다는 것이었다. 지금도 선생님의 말씀을 잊지 않고 생활 속에서 실천하려고 노력한다. 이기(利己)는 화합과 이타(利他)를 위해 먼저 이루어야 할 덕목이다. 스스로 분명하게 서 있고 흐트러짐 없이 지내야 비로소 서로간에 화합과 공업(公業)을 이룰 수 있는 것이다.

우라카미 교수는 2차 대전 이전에 미국에서 유학하신 분이셨는데, 여성의 몸으로 평생 독신으로 지내시면서 교육과 연구 활동에 열정적으로 매진하신 것으로 유명하다. 탁월한 영어 실력으로 오사카시립대학에서는 역사적인 인물이라는 평을 받으시는 분이다. 선생님께서는 1975년 오사카시립대학교를 정년 퇴직하실 즈음에 평생 절약하며 어렵게 모으신 사재 1억 엔(우리 돈 10억 원 상당)을 장학금으로 대학에 기부하셨다. 그러면서 그 장학금의 수혜자를 '일본인이 아닌 아시아에서 유학 온 학생들'로만 지정해두시면서 더 어려운 이들에게 더 많은 기회를 주시고자 하셨다. 내가 가진 것을 세상으로 되돌리는 회향(回向)의 원칙을 보여주신 것이다. 되돌림에 대한 선생님의 가르침을 잊지 않고 새기고자 한다.

나는 우라카미 교수님께서 정년을 앞둔 시기에 만난 처음이자 마지막 유학생이었다. 우라카미 교수님을 모시고 공부하면서 교수님의 열정을 체감하게 되었고, 교수님에 대한 나의 존경은 더 커졌다. 귀국 후에도 교수님의 생신이나 특별한 행사 때에는 찾아가 뵈면서 근황을 살피기도 하고, 축하나 또는 각별한 인사를 빠뜨리지 않았기에 교수님께서도 나에게는 특별한 사랑을 아끼지 않으셨다. 아흔을 훌쩍 넘긴 연세에도 유화를 그리시거나 다른 노인들을 위하여 봉사 활동을 하시면서 지내셨다. 1980년경부터는 한국의 일본군 위안부 할머니들을 돕는 일에도 적극적으로 참여하셨다. 돌아가시기 전까지 "너 같은 제자 두어서 정말 행복했다"고 여러 번 힘주어 하시던 말씀이 나의 머리를 떠나지 않는다. 5년 전(2010년) 99세를 일기로 생을 마치신 교수님은 여성으로 학자와 교육자로서 사회 참여, 개인 생활, 연구와 후학 양성에 있어서 늘 당당하고 모범이 되신 우리 시대에 사표(師表)가 될 진정한 여성 리더이시다.

유학 생활에서 얻은 나의 소중한 경험들은 귀국 후 내가 가정과 직장에서 생활하는 데 질 좋은 토양과 거름이 되었다. 어려운 일에 처할 때면 "그때 그 어려운 일들도 다 해냈는데……"라는 생각을 했다. 그것이 닥쳐오는 어려움을 참고 기다리고 또 이겨내고자 하는 부단한 에너지가 되어 언제나 나를 다시 일어서게 해주었다. 칠순을 바라보는 내가 그래도 지금까지 당당하게 소신껏 살 수 있는 내면의 힘이나 가치의 설정은 아마도 유학 생활의 경험에서 형성된 자산이라고 믿고 싶다.

도전의 삶,
새 길을 열어가다

유학을 마치고 귀국한 1973년 3월 나는 영남대학교 가정대학 가정학과의 대우전임강사가 되는 행운을 얻었다. 그 당시만 해도 대구에는 외국 대학에서 석사학위를 취득한 가정학 전공자가 드물었던 것이다. 내가 가정학을 전공하고 가르치고자 했던 이유는 먼저 현모양처를 지향하는 부모님의 뜻을 받들면서도 사회생활이 가능할 것이라는 기대를 했기 때문이었다. 또한 당시 어린 여고생이던 내게도 우리 사회 일반의 가정생활이 매우 비과학적이고 비합리적이라고 느껴졌던 것도 한 가지 이유였다. 특히 여성들에게는 너무 많은 노동과 희생을 강요하는 것처럼 보였기 때문에 여성으로서 이러한 현실을 극복하는 대안을 찾고 싶었다.

1973년 3월부터 2004년 2월 말까지 31년간 나는 영남대에서 재직하며 교육과 연구 활동을 하였다. 사랑하는 후배들을 때로는 언니처럼, 때로는 어머니 같은 심정으로 지도하고 함께 연구하며 후학들이 제대로 된 미래를 열어갈 수 있도록 정성껏 돌봐왔다고 생각한다. 만 25세에 대우전임강사가 되었으므로 조교수, 부교수, 교수 등 승진할 때마다 나에게는 최연소라는 타이틀이 늘 붙어다녔다. 동료 교수들로부터도 많은 사랑을 받았다. 특히 모교인 영남대에서 나는 선후배 교수들과의 교류를 통해 대학 발전에 기여하고자 하였다. 또 동창회로부터도 많은 관심과 후원을 받았다.

영남대는 내가 긍지와 자부심을 가지며 살아가도록 하는 나의 튼튼한 뿌리이다. 영광스럽게도 2007년 '자랑스런 영대인'에 선정되어 개교 60주년 기념식 자리에서 상을 받게 되었다. 감사하게도 동문으로는 스물여섯 번째이지만, 여성으로서는 최초 수상자라는 영예를 안게 된 것이다. 이는 영남대를 졸업한 사람으로서는 더없는 영광이고 값진 것이기에 모교를 향한 나의 애교심은 한층 더 깊어졌다. 모교에 대한 나의 열렬한 사랑은 새로운 인연으로 이어져 지금은 학교법인 영남학원의 이사직을 수행하고 있다. 이 역시 여성으로서는 처음이라고 하니 더욱 영광이다.

2004년 경주에 위치한 위덕대학교 제3대 총장으로 재직하면서도 여전히 적극적이고 도전적인 정신으로, 그리고 여성이기에 더욱 잘할 수 있는 부분을 꼼꼼히 챙기면서 뛰었다. 몇 년을 그렇게 노력하다 보니 지방 소규모 신생 대학이 완전히 탈바꿈되었다는 평가를 받을 수 있었다. 소규모 지방 대학에서는 시도하기 어려운 '3+1', '2+2' 제도를 비롯한 다양한 재학생 해외 프로그램을 실시하여 글로벌 시대에 걸맞는 당당한 학생을 육성하고자 하였다. 그 결과 한국전력 등 유수한 기업과 대학원에 취업하고 진학하는 성과가 뚜렷하게 나타났다. 여자축구단을 창단하고,

지역혁신사업(RIC)에 선정되어 참여하였으며, 특히 2007년에는 국제연합(UN) 사무부총장을 비롯하여 국내외 에너지 분야 저명 인사들이 참여하는 국제에너지컨퍼런스(IECE)를 개최하여 강소 대학의 저력을 보여주었다. 개별 대학에서 개최하기 힘든 큰 규모의 국제 행사라 실패할지도 모른다는 주변의 우려를 불식시키고 마침내 내실 있게 치러낸 것이다. 이후에는 경상북도가 계속해서 컨퍼런스를 개최하며 '환동해 에너지 클러스터' 구축을 위한 역할을 계속하고 있다.

이러한 일련의 사업들은 재학생은 물론이고 교수와 직원, 그리고 지역민의 자긍심을 높였다. 그러면서 위덕대는 '작지만 강한 대학'으로 굳건하게 자리 잡을 수 있었다. 당시 지역 신문에는 '한총이산'이라 하며 한 총장의 노력을 '우공이산(愚公移山)'의 고사에 견주어 쓴 글을 싣기도 했었다. 지방의 위기감이 커져가는 속에서 대구경북대학교육협의회 회장의 직책을 맡아서 동분서주하는 등 지역 대학들의 활력과 내실을 모색하던 기억이 새롭다. 총장을 맡았던 4년 동안 위덕대학교가 '작지만 강한 대학'으로 자리 잡기에 충분한 기틀을 마련하였으며 위덕대의 역사에서 발전과 내실을 이룬 시기였다고 확신한다.

교수와 총장직을 수행하며 대학에서의 35년간에 걸친 소임을 무사히 마치고 손자녀 중 다섯 번째 아이(셋째 손녀)가 태어나 손녀 돌보는 재미에 푹 빠져 있던 어느 날, 경북여성정책개발원 원장이라는 직책을 수행할 기회가 주어졌다. 그간 경북은 보수적이라는 지역 특유의 색깔이 강해서 경북 여성에 관하여 연구는 이루어지고 있었으나 현장에서 여성들이 체감하는 가시적인 성과는 미미한 실정이었다. 원장으로 재임하는 동안 경북새살림봉사회 회장(경북도지사 부인) 김춘희 박사와 손잡고 '경북을 빛낸 여성 인물 찾기'와 '정부인 안동 장씨'의 삶을 현대인들에게 재조명하여 많은 젊은 경북 여성들의 인식을 새롭게 하는 데에도 온 힘을 다하였다. 나아가 전통의 보전을 위해 헌신하는 종부들의 삶을 기리고 수백 년 동안 이어온 종가 음식과 문화를 정리하여 교육하며 알리고자 노력하였다. 그 밖에도 다문화 가정의 결혼 이주 여성들에게 전문화된 교육을 실시하여 그들이 스스로 교사로서, 공무원으로서 일할 수 있도록 훈련시켰던 일들 또한 매우 보람이 컸다. 무엇보다도 새일지원본부를 통하여 여성의 사회 참여를 지원하고 일·가정이 양립하는 가족 문화 확산을 통해 많은 경북 여성들에게 일자리를 찾아주느라 애썼던 일, 이외에도 여성의 지위 향상과 자긍심 고취를 위하여 실시한 많고도 다양한 교육을 통해 경북 여성은 물론 남성들에게까지 양성평등의 의식과 태도의 변화를 이루고자 하였던 시간들이 기억에 남는다. 여성의 진취적인 삶과 올바른 가치관 형성에 커다란 영향을 끼쳤다고 자부하면서 그러한 시간들을 함께했던 모든 분들께 감사드린다.

배움이 가져다준
지극한 즐거움

　　39년간의 사회 활동을 어느 정도 정리하고 그동안 직장 생활 하느라 소홀했던 미안함을 덜어내기 위해 열심히 가정을 돌봐야겠다는 마음으로 돌아와보니 기다렸다는 듯이 내가 할 일들이 쏟아졌다. 뇌경색 때문에 노인병원에 계시는 93세의 어머니를 마음껏 돌봐드리는 일도 나의 중요한 일 중의 하나이다. 그리고 여덟 명의 사랑하는 손자녀를 돌보는 일 또한 나에게는 큰 기쁨이다. 손자녀를 돌보는 일에 내가 필요한 것은 한시적인 것임을 잘 알고 있기에 그 애들에게 내가 필요하다면 그 무엇보다도 우선 순위를 첫 번째에 둔다. 그래도 나에게 여력이 있다면 누군가에게 조금이나마 도움이 되고 싶어 지난해(2014) 1월부터 동네 주민센터(대구시 수성4가)에서 주민들을 대상으로 매주 일본어를 가르치고 있다. 이것 역시 나에게는 많은 공부가 될 뿐 아니라 노후를 위한 새로운 기회가 되었다.

돌이켜 보면 어린 시절부터 익혀온 일본어는 지금도 불편함이 없지만 영어 특히 회화의 중요성을 모르고 소홀했던 것은 가장 후회되는 일 가운데 하나이다. 그런 나의 경험과 함께 오늘날 급속하게 진행되는 글로벌화의 환경 속에서 외국어 공부는 어릴 때부터 쉼 없이 해두어야 하는 필수 자산이라고 생각하고 공부할 것을 강권하고 싶다. 더 나아가서 언어 간에 시너지 효과를 올리고 세계시민이 되기 위해서 한두 개의 외국어가 아니라 여건이 되는 한 다양한 외국어를 공부해두는 것이 다다익선이라고 생각한다.

또 지금부터 어떻게 사는 것이 바람직한 삶을 살아가는 것일까를 고심하던 끝에, 다시 공부를 시작해보기로 결심했다. 주변 친구들은 돌아서면 잊어버리는 나이에 무슨 공부냐고 만류도 하지만 그래도 이것저것 해보는 것들 중에서 가장 재미있는 것은 역시 공부하는 것이다. 늘 가르치는 자리에만 있다가 부담 없이 앉아서 배운다는 것이 얼마나 행복한지 말로는 이루 다 표현하기가 어렵다. 세대 차이를 줄이며 가족 간에 대화하기 위해서, 특히 여덟 명의 손자녀들과의 원활한 소통을 위하여 꾸준히 영어와 컴퓨터를 배우고 있다. 급변하는 사회 흐름을 제대로 알아가고자 요즘에는 새롭게 중국어도 다시 배우고 있다. 영어, 일어, 중국어를 배우다 보니 한자와 사서(四書)도 공부하는 것이 괜찮겠다 싶어 『대학』『논어』『맹자』『중용』에도 욕심을 내고 있다. 몸은 힘들고 많이 바쁘지만 마음은 그지없이 기쁘고 행복하다. 내가 너무 좋아해서인지 아무나 보면 공부하라고 권하는 것도 요즈음 새롭게 생긴 버릇의 하나가 되었다.

후배들에게 당부하고 싶은 말은 첫째, 어떤 어려움과 시련도 피하지 말라는 것이다. 항상 나를 성장시키는 것은 편안한 여유가 아니라 숨이 턱에 찬 어려움이다. 힘든 경험이 자신의 성장에 얼마나 훌륭한 자양분이 되는지 세월을 조금만 더 지내보면 충분히 알 수 있다. 둘째, '어머니 됨', 즉 모성을 함께 키우라는 것이다. 옛말에 '여자는 약하나 어머니는 강하다'라고 했듯이 모성은 여성의 힘을 극대화시키는 중요한 동력의 하나다. '어머니 됨'은 여성의 발전에 걸림이 아니라 시너지를 얻는 여성만의 숭고함이다. 가족은 언제나 나에게 큰 힘이 되고 든든한 후원자가 되어준다. 오늘이 있기까지 늘 나를 지켜주는 가족이 있기에 항상 건강한 몸과 마음을 유지하고 있는 것이다. 작가나 화가가 일생을 통하여 남기고 싶은 불후의 명작처럼 여성에게 모성, '어머니 됨'과 가족은 생애 속에서 명작을 만들 수 있는 무엇과도 바꿀 수 없는 소중한 가치이며 자산이다. 모성과 가족은 여성에게 장애되는 것이 아니다. 여성에게 장애되는 것은 불합리한 가족 문화와 환경인 것이다.

지극한 정성은 쉼이 없고, 지극한 정성은 마침내 하늘도 감동시킨다는 '지성무식(至誠無息) 지성감천(至誠感天)'의 가르침과 농부는 수확을 걱정하지 않으며 그저 때에 맞추어 씨를 뿌리고 땅을 돌볼 뿐이라는 '불경확(不耕穫)'의 가르침을 마음에 새기고자 한다. 오늘 이 하루가 어쩌면 내 생의 마지막 날이 될지도 모른다는 생각과 각오로 생활한다. 더 늦기 전에 많은 것을 내려놓고, 모두가 각자 제자리를 찾을 수 있도록 정성을 담은 손길을 보내고 싶다. 무엇을 얻으려 하기보다 그저 내가 해야 할 일을 부지런히 나의 속도에 맞추어 오늘도 앞을 향한 매 걸음걸음마다 정성을 다하고 있다.

제2부

여성들의 리더십

남녀가 모두 행복한 세상을 위하여

김 성 옥

(사)한국여성유권자연맹 중앙회 회장

■■□

이화여자대학교 생물학과를 졸업하고 같은 대학원 환경공학과에서 박사학위를 받았다. 논문으로 「사전환경검토 대상 택지개발사업의 녹지율 분석에 관한 연구」 「GIS를 이용한 재두루미의 한강하구 서식지 이용에 대한 공간 분석」 등이 있다. 올해의 이화인상(2002), 이화를 빛낸 상(2010) 등을 수상했다. 현재 (사)한국여성유권자연맹 중앙회 회장, 이화여자대학교 환경공학과 겸임교수, 여성가족부 정책자문위원회 위원, 민주평화통일자문회의 자문위원이다.

양성평등을 향한
변화의 물결

21세기는 전 지구적으로 모든 영역에서 기존의 패러다임이 전환되는 시대이다. 권위적이고 획일적인 질서가 지배하는 사회가 아닌, 다양하고 유연하며 수평적인 네트워크로 이루어지는 21세기 사회는 과거와는 전혀 다른 새로운 유형의 사회가 될 것이다.

우리나라에서는 헌정사상 첫 여성 대통령이 탄생하였다. 이는 우리 (사)한국여성유권자연맹의 오랜 바람이기도 하지만 한국 정치 패러다임을 획기적으로 바꾸고 공정한 양성평등을 실현하라는 국민적 요구와 시대정신이 반영된 결과일 것이다.

한국여성유권자연맹은 지난 46년 동안 한국 사회의 변화와 발전을 위해 많은 노력을 기울였다. 여성에 대한 인식이 부족하기만 했던 과거, 소명 의식을 가진 선각자들이 여성의 인권 개선과 지위 향상을 위해 끊임없이 노력한 결과 조금씩 가부장적 사회구조에 변화가 왔다. 나아가 여러 분야에서 여성의 인권을 보장하고 사회 참여 기회를 확대하기 위한 다양한 제도와 법률이 도입되어 여성 발전을 이끌어주는 정책이 마련되었다. 그러나 실질적인 양성평등 사회가 되기 위해서는 아직도 새롭게 마련할 제도와 개선해야 할 문제점들이 도처에 산적해 있다.

이제 우리 여성계는 미래를 향해 한 단계 더 도약해야 한다. '여성이 국가의 신성장 동력'이라는 담론이 사회적으로 활발한 21세기에는 우리 여성들의 섬세한 감성과 배려, 소통과 협력의 리더십이 대한민국의 경쟁력을 끌어올리는 원동력이 될 것이다. 여성계와 학계, 정계와 기업 등 사회 전반의 역량을 이끌어내어 사회 곳곳에 도사린 갈등을 극복하고 통합을 이루어가는 데 우리 여성은 역할을 다해야 할 것이다.

한국여성유권자연맹은 남녀 모두가 행복한 '양성평등 세상' 만들기를 위해 그 중심에서 힘차게 나아가는 조직이다. 이 글을 통해 내가 소속된 한국여성유권자연맹이 현재까지 어떤 노력을 해왔는지, 그중 일부만 얘기하고자 한다.

시작은 늦어도 포기는 없다

결혼과 함께 공부를 뒤로 미루다 시부모님께서 작고하신 후에야 이화여대 환경공학과에서 박사과정을 시작했다. 하고자 했던 일을 늦게라도 시작한 만큼 어린 후배들에게 롤모델이 되어야 한다고 다짐했다.

이 기간은 단순히 만학도로서 최선을 다했다는 내 개인적 만족의 시간만은 아니다. 대한민국 분단의 아픔을 상징하며 동시에 자연 생태계의 보고가 된 비무장지대(DMZ)의 시대적 역할에 대해 지성인으로서 고민했던 기간이기도 하다. 한강 하구에서 월동 서식하는 세계적 멸종위기종인 재두루미와 두루미를 인공위성으로 추적한 자료의 지리 정보 시스템(GIS) 분석 및 통계 분석을 이용하여 서식지 이용 경향을 중점적으로 분석함으로써 개발의 측면에서만 접근하는 DMZ 지역을 천연기념물인 학의 서식지로서 보전하여, 환경적으로 건전하고 지속 가능한 개발 정책의 일환으로 '한강국립생태공원'으로 지정하자는 논문을 완성했다. 그리하여 박사학위 취득과 함께 졸업식장에 박사 졸업자 대표로 서는 영광까지 누리게 되었다.

늦게 시작했다 하여 포기하지 않았다. 같은 길을 걸어가는 청년들이 '젊은 나는 더 잘할 수 있다'는 자신감을 갖기를 희망했고, 국익만이 아니라 하나뿐인 지구를 보호할 수 있는 방안을 찾아야만 한다는 책임감을 가졌다. 지금의 대한민국을 살아가는 여성으로서, 지성인으로서 나는 무엇을 할 수 있을 것인가에 대한 멈추지 않는 생각은 여성들이 자신이 지닌 능력을 사회에 환원하고 봉사할 수 있는 환경 분야에서 연구하게 된 계기가 되었으며, 13년간 (사)한국여성유권자연맹의 일원으로서 정책을 통해 꿈을 현실에서 실현시키려는 활동에 큰 힘이 되어주었다.

쉽지 않았다. 평탄한 길도 아니었다. 그러나 지도교수님을 비롯한 많은 사람들의 이해와 격려가 큰 힘이 되어 학업을 마칠 수 있었다. 그렇다고 내가 했으니 너도 할 수 있다는 당연한 이야기를 해주려는 것이 아니다. 청년 실업, 청년 자살, 나아가 학교 폭력이라는 청소년들의 문제까지 보듬어 내가 앞으로 우리의 미래 세대를 위하여 일을 더 해야 한다고 다짐한다. 이들이 고민하기를 포기하도록 놔두어서는 안 된다. 인생은 길고 멀다. 내 인생의 무수한 선택의 순간마다 고민하기를 포기했다면 대한민국을 넘어 다음 세대의 지구를 걱정하는 환경 전문가, (사)한국여성유권자연맹의 일원으로 대한민국의 리더들을 육성하고 현 사회가 필요로 하는 부분을 정책적으로 해결하고자 방안을 모색하는 사람이 될 수 없었을 것이다.

여성의 정치 참여 확대를 위하여

국제연합(UN) 여성지위위원회는 각국 정부와 의회에 2030년까지 남녀의 지위가 50대 50이 되도록 노력할 것을 요구했다. 오늘날 남녀 동수 정치는 시대정신이 되었다. 우리 연맹을 포함한 여성계는 실질적인 양성평등을 이루기 위해 새로운 시도가 필요하다고 생각한다.

프랑스의 경우, 2000년 남녀동수법을 도입하는 등 헌법과 선거법에 여성할당제를 명시하고 있음에도 불구하고 여성 의원 비율이 2014년 12.2퍼센트로 하위권(66위)에 머물러 있다. 이에 비해 스웨덴, 핀란드, 노르웨이, 덴마크 등 북유럽 국가들은 법적 장치 없이도 정당 차원에서 당헌, 당규를 통해 여성할당제를 실시하여 40퍼센트 이상 의석을 확보하고 있다. 이는 정당이 스스로 여성의 정치 참여 확대를 위해 노력하도록 촉구하는 것이 효과적이고 중요한 전략임을 시사해준다. 따라서 각 정당의 당헌 당규 개정과 여성 공천 비율 확대 실천이 적극적으로 이루어지도록 하는 것이 우리 여성계가 해야 할 과제라고 생각한다.

최근 사회 현안들은 저출산, 고령화, 사회 양극화, 복지, 교육 등 기본적인 생활과 깊이 연관이 있다. 이러한 문제는 여성과도 직접적인 관계가 있으므로 문제 해결에 여성의 시각과 능력이 필요한 부분이 많아지고 있다. 특히 지방자치 행정은 생활 정치이기 때문에 가정을 경영한 노하우를 지닌 여성의 힘이 행정에 긍정적인 영향을 주리라는 생각에는 누구나 동의할 것이다.

(사)한국여성유권자연맹은 1969년에 창립되어 올해로 46주년이

된다. 여성의 민주 시민 의식 함양과 정치 참여 확대, 양성평등 의식을 지닌 차세대 지도자 양성 등 3대 활동 목표를 통하여 참된 민주주의와 복지사회 구현을 위해 활동하고 있다.

한국여성유권자연맹의 초기 활동

연맹 창립 초기인 1971년에는 공해를 유발하지 않는 빨래비누 만들기와 세제의 사용을 줄이는 방법 등을 대중에게 보여주고 환경에 대한 강연을 열어 환경운동에 앞장섰으며, 1973년에는 가족법 개정 운동에 동참하여 호주제가 폐지되기까지 다른 여성단체들과 함께 협력하여 활동하였다. 이어서 1977년에는 여성운동의 견인차 역할을 하게 될 연맹 청년부가 조직되었으며, 청년 대상 교육 프로그램에 여성 문제, 특히 근로여성 문제, 사회문제 등이 포함되었다. 「여성 근로자 실태 보고서」를 출간하여 저임금 문제, 매춘 관광, 근로 여성의 탁아 문제에 대한 장기적인 대책 등 여성 근로자 운동을 지원하였다.

현재까지 여성 지도자 교육, 여성 유권자 교육, 의정 모니터링, 차세대 지도자 교육(차세대 정치 리더 캠프, 청소년 정치 캠프), 다문화 유권자 교육, 매니페스토 실천 점검, 제도 개선을 위한 토론회, 여성 후보자 발굴 및 지원, 여성 인재 뱅크 운영, 공명선거 활동, 각종 선거법과 정치개혁 관련 입법 제안 활동 및 정책 개발, 여성 정책 간담회 개최 등 다양한 활동을 통해 한국 사회의 발전에 많은 기여를 해왔다.

초기에는 여성운동이 남성의 권익을 빼앗는 것으로 간주되었지만 요즘의 여성운동은 남녀 모두 인간적이고 주체적인 삶을 살자는 운동으로 인식되고 있다. 인구의 반을 차지하는 여성이 불평등을 겪는다면 그것은 남녀 모두가 인간답게 살 기회를 박탈하는 결과를 초래할 뿐이다. 따라서 여성 불평등 해소, 즉 양성평등 운동을 비단 여성뿐만 아니라 주체적이고 인간적인 삶을 살기 위한 모든 사람들을 위한 운동으로 승화시켜야 한다고 생각한다.

일과 가정의 양립을 위해

1981년 UN 6대 인권 협약의 하나인 '여성에 대한 모든 형태의 차별 철폐 협약(Convention on the Elimination of All Forms of Discrimination Against Women)'이 발효된 이후 오늘날 정치 · 경제 · 사회 · 문화 분야를 포함하여 어떤 분야에서든 성에 따른 차별이나 모성에 대한 차별이 금지되어야 한다는 것과 가정의 책임은 남녀 모두에게 있다는 것이 기본적인 상식이 되었다.

2015년 대한민국의 중요한 국정 현안 중 하나가 일 · 가정 양립이다. 일 · 가정 양립은 저출산 · 고령사회 문제를 해결하고, 여성과 남성이 함께 상생하는 양성평등 사회를 만들어나가기 위해 우리 사회가 풀어야 할 가장 시급한 이슈이다. 일과 가정이 균형 있게 양립하도록 기업 문화가 바뀌어야 하고, 돌봄은 여성과 남성 모두의 일이라는 사회적 인식이 자리를 잡아야 한다. 이를 위해서는 사회적 합의와 지원이 있어야 한다.

그에 따라 우리 연맹은 교육과 홍보를 통하여 일·가정 양립에 관한 인식 개선, 그리고 가족 친화 기업에 대한 모니터링을 실시할 계획이다. 이것은 전국 지방 연맹을 중심으로 가족 친화 기업을 현장 방문하여 현황을 파악하는 것으로 이루어질 것이며, 가족 친화 우수 기업을 선정하여 여성가족부에 추천하는 노력을 하고 있다.

통일을 준비하는
유권자 교육

2015년 올해 우리는 광복 70주년을 맞이했다. 한국여성유권자연맹은 '유권자 프로그램', '국회 인턴 프로그램', '차세대 정치 리더 캠프', '청소년 정치 캠프'등을 통하여 이 나라 젊은이들이 눈부신 미래가 펼쳐지는 '통일 대한민국'을 준비할 수 있도록 지원하고자 한다. 나아가 이들이 나눔과 배려의 소양을 갖추어 세계 지도자가 되는 인성 교육의 장도 마련할 계획이다. 그리고 다문화연맹 활동을 확대하여 이주 여성 유권자들이 새로운 조국에서 그들의 비전을 실현시키는 데 도움을 주고자 한다.

또한 2015년은 '양성평등기본법' 시행 원년이기도 하다. 이에 실질적 양성평등 사회를 위하여 우리 연맹은 다양한 프로그램을 통하여 인재를 양성할 것이며, 이들이 차세대 지도자로 성장할 수 있도록 여러 분야의 멘토들과 네트워크를 결성해갈 계획을 가지고 있다.

이러한 유권자 교육은 첫 번째로는 개인적 차원의 '의식화 운동', 두 번째로는 의식화된 유권자들을 중심으로 집단적 차원의 '조직화 운동', 세 번째로는 정책 결정 과정에서 양성평등을 활성화시키는 국가적 차원의 '정책화 운동'으로 이어질 것이다.

이성상감(以誠相感),
정성을 다하면 서로 마음이 통하리라

나는 우리 연맹의 시민사회 운동 역사가 나 자신의 역사가 되었다고 생각할 정도로 이 일에 전념해왔다. 내 인생의 역사는 결국 내가 하고 있는 일을 통해서 향후에도 지속될 것이라 믿고 현재 하고 있는 일에 최선을 다하고자 한다.

우리가 현재 어디의 누구인지는 중요하지 않다. 지금 꿈꾸는 미래가 바로 눈앞에 이루어질 수는 없다. 하지만 꿈꾸고 이루려고 노력한다면 그 바람은 당장이 아닐지라도 미래의 어느 지점에서 우리를 기다리고 있을 것이다. 모두가 꿈꾸는 행복한 세상을 만들려면 항상 서로에게 정성을 다하며 함께 가야 한다. 누구 혼자를 위해 만드는 행복한 세상이 아니라 모두가 원하는 행복한 세상을 위하여 노력할 때, 우리 여성들의 바람은 이루어지고 남녀 모두가 행복한 세상이 만들어진다.

지금의 한국여성유권자연맹은 역대 회장님들을 비롯하여 많은 분들의 헌신을 통하여 그 어느 때보다 힘이 넘치고 탄탄한 활동을 하고 있다고 생각한다. 이 시대 한국 여성과 사회를 위한 역사적 소명을 받들기 위해서 모든 이들에게 함께 가자고 손을 내밀고 싶다. 수고에 못지않은 보람을 누리게 될 것을 확신하고 우리는 오늘도 노력하고 있다.

서울YWCA와
함께 보낸 50년

박 정 희

서울YWCA증경회장, 국가원로회의 여성회 회장

■ ▨ ▢

이화여자대학교 가정대학을 졸업하고 서울대학교 환경대학원 CEO과정을 수료했다. 서울YWCA회장, 그린훼밀리 그린스카우트 총재, 국토해양부 자체평가위원장, 대통령 직속 행정쇄신위원회 위원을 역임했다. 환경부 지원으로 사회 환경 교육 인증 프로그램 및 교재를 개발하는 등 10여 종의 환경 교재를 개발, 공저했고 저서로 『NGO 활동 50년』 등이 있다. 국민훈장 모란장(1994), 조선일보 환경교육대상(2013), UNEP Global 500 환경인상(2001)을 받았다. 현재 서울YWCA증경회장 · YWCA건물 관리고문 · 재정부 위원, 국가원로회의 여성회 회장이다.

어린 시절부터 시작한 봉사 활동

　　여성과 청소년, 환경을 위해 봉사하며 평생을 보내왔다. 특히 자연과 생태의 보존을 생각하는 환경운동은 여성이 잘할 수 있는, 어쩌면 시대의 요구였다고 생각한다. 나는 누가 시켜서가 아니라 내가 해야 한다고 생각해서 교육, 제도 개선, 교재 개발, 절약 캠페인 등 환경을 위한 다양한 활동을 해왔다. 일을 하면서 공동체적 삶의 중요성을 깨달았다. 인간은 그룹에 속하고자 하는 속성이 있고 배려와 영혼의 울림이 있어야 하는 것도 깨달았다. 모든 일을 진심으로 행해야만 상대에게 감동을 줄 수 있다는 것도 배웠다. 환경운동의 중요성을 매스컴에서도 인정하여 나는 KBS와 평화방송에서 비정부기구(NGO) 특강을 하기도 했다.

　　나는 평안북도 신의주시 제일교회 바로 옆의 마당 넓은 집에서 유년기를 보냈다. 히타치 전기회사 대행업을 하시던 아버지가 사업차 서울에 계셨는데, 일곱 살 무렵 아버지를 만나러 어머니와 내가 다른 가족들보다 먼저 남하하다가 소련군과 북한군에 잡혀 수용소에 갇힌 적이 있다. 가까스로 풀려나서 해주 근처의 강을 건너 남하하여 아버지와 만날 수 있었다.

　　서울에서 덕수초등학교를 다니다 6 · 25전쟁이 일어나자 남한산성으로 피난을 갔고, 1 · 4후퇴 때는 다시 부산으로 피난을 가서 그곳에서 초등학교를 마쳤다. 그 후 이화여중 부산 피난학교에서 1년을 다니고, 서울에 올라와 2년을 보낸 후 1958년에 이화여고를 졸업했는데 그야 말로 전쟁통에 이리저리 옮겨가며 학교를 다닌 셈이었다.

중학교에 다닐 무렵 대한Y연합회에서 최초로 한국에 와이틴 (Y-Teen) 클럽을 조직했을 때 '은방울 클럽' 회원으로 가입했나. 토요일마다 열두 명이 모여 성경 구절을 외우고 고아 아동 병원의 아기들을 돌봐주는 봉사를 시작했다. 그것이 내 봉사 활동의 출발이었다.

고등학교 때에도 "OAK CLUB'의 회원이 되어 청소년 Y 활동을 했다. 이화여대 가정대학에 입학한 후에도 대학 Y 활동을 계속하였다. 이후 대학을 졸업할 무렵 대한YWCA연합회 박에스더 선생님과 박순양 총무님의 권유로 서울YWCA 청년부 간사가 되어, 본격적인 사회봉사 활동을 시작하였다.

중학교 때부터 맺은 Y와의 인연은 위원, 이사, 부회장, 회장, 건축기성회 회장을 거치며 어느덧 50년의 세월 동안 이어졌다. 또한 여성 환경운동본부를 꾸려 3년간 활동하다 오명 총장(전 부총리)의 추천을 받아 (사)그린훼밀리-그린스카우트의 총재로 약 10년간 재직하며 환경보호 활동을 했다. (사)블루환경교육센터의 이사장직을 맡아 후세를 위한 교육사업을 지속적으로 벌였으며 현재 국가원로회의 여성회 회장을 맡고 있다.

개인적으로는 반포에서 수출 의류 점포를 27년간 운영하여 다행히 재정적인 어려움은 별로 없이 NGO 활동을 했다. 서울YWCA 회장에 선출된 후에는 사업을 접고 본격적으로 NGO 활동에 모든 노력을 기울이기 시작했다.

여성, 청소년, 환경을 위한 봉사

서울YWCA 회장 시절에 여성 직업훈련 제1호인 '일하는 여성의 집'을 시작했다. 처음에는 도배사, 타일공, 요리사 직업훈련이 많았으나 차차 가사도우미, 환자도우미, 보육교사 훈련으로 바뀌었으며 현재는 컴퓨터, 바리스타 교육 등이 활발하게 이루어진다.

공부방 운영도 중요한 사업이었다. 불우한 청소년들이 100원을 내고 공부방에 오면 퇴직 교사들이 봉사로 지도해준다. 100여 명의 학생들이 모여서 밤 11시까지 공부하던 모습이 지금도 또렷하게 기억난다.

빈 우유팩과 캔을 가져오면 휴지와 묘목으로 교환해주는 운동도 호응이 좋았다. 환경운동이란 말이 낯선 시절부터 음식물 쓰레기 줄이기, 장바구니 사용하기, 재활용 쓰레기 모으기 등을 쉼없이 전개하여, '분리수거'와 '쓰레기 종량제'의 모티브를 수립하게 하였다. 명동 한복판 Y 마당에 우유팩을 잔뜩 싣고 들어와서 명동이 재활용품 수거장이 되기도 했었다. 조그만 소비자 운동이 결국은 LCA(Life Cycle Accessment, 제품 수출 시 기획 단계부터 폐기 시까지 환경을 보호하면서 만들어야 관세를 덜 내는 제도)에 기여하는 효과까지 냈다. 그렇게 활약하다 보니 환경 관련 대통령 직속 국가지속가능발전위원회 위원으로 위촉되었다.

소비자보호법 개정에 나서다

소비자보호법 관련해서 세 가지의 큰 이슈가 있었다. 제조물책임법(PL법), 집단소송제, 공표권이 그것이다.

제조물책임법이란 제품에 대한 하자가 있다면 제조한 회사에서 책임을 지고, 부품이나 수리에 관한 것도 일정 기간 제조회사에서 책임 지도록 하는 법이다. 이 법이 통과되기까지 기업체의 많은 저항이 있었으나 결국 소비자에게 유리하게 결말이 지어졌다. 그러나 자동차 급발진 문제는 자동차 회사에서 "소비자가 자동차의 결함이라는 것을 증명해야만 한다"고 버티고 있어 아직도 해결되지 못한 상태다. 소비자가 입증하기는 너무나 어려운 문제이기 때문이다. 반면, 가습기 살균제 리콜 문제는 환경부의 주도로 피해 보상 문제 등이 원만히 해결되었다.

만화 교재로 시민 교육을!

나는 사회에 무슨 문제가 생기면 바로 아이디어를 내서 열정적으로 추진하는 스타일이다. 그러다 보니 실무자들이 고생이 많았다. 염색 공장이나 가죽공장에서 독성 폐수를 무단 방출하는 경우가 많은데 이를 감독하기 위해서 감시를 나간 적이 있다. 실제로 공장에서는 은폐하기 위해 출입을 막아서는 살벌한 분위기였다.

환영오염 문제에 대한 국민 불안이 커지던 무렵, 나는 Y에서 서둘러 시민교육을 해야겠다고 생각했다. 딱딱한 홍보자료보다는 쉽게 펼쳐 보고 이해할 수 있는 만화 형식이 좋을 것 같았다. 만화가 신영식 씨를 만나『지구를 살리자』라는 학습 만화를 부탁했고,『숲속의 재판』이라는 유치원 교육 교재도 만들었다. 교재가 나오자마자 강당에 1천 명이 넘는 신청자가 몰려들어 다들 즐거운 비명을 질렀다.

그 다음 해에 북한 도발 사건이 벌어졌을 때도 즉각 회의를 소집하여 어린이 대상의 평화통일 교재를 만들었고 이 교재에 대한 반응 역시 폭발적이었다.

공개 토론의 힘

물론 시민들의 힘만으로는 한계가 있었다. 정부나 기업이 문제를 인식해야만 해결책도 나올 수 있었다. 나는 이슈가 생길 때마다 토론회를 열어 관련 부처나 업계의 책임자들을 토론자로 모시곤 했다.

컵라면이나 사발면의 스티로폼 용기에 100℃의 끓는 물을 부으면 유해물질이 나온다는 연구 결과가 이슈가 된 적이 있었다. 당장 토론회를 열었는데 발표자인 강원대학교 김만구 박사는 그 당시 유학을 마치고 갓 귀국한 환경학자였다. 그가 스티로폼 용기에서 유해물질이 나온다는 것을 발표하자, 참석한 기업체 담당자들은 한국 기업을 망하게 하려고 작정을 했느냐며 벌떼같이 일어나 항의했다. 그러나 토론회란 싸우는 자리가 아니라 해결책을 고민하는 자리이다. 우리는 유해물질이 나오지 않도록 용기 재질을 바꿔야 한다고 주장했다. 식약청에서 나온 한 토론자는 70℃의 물을 부으면 괜찮다면서 기업 편을 들었으나, 우리는 현실적으로 많은 소비자들이 컵라면에 끓는 물을 붓는 습관이 있으므로 용기 재질을 바꿔야 한다는 의견을 굽히지 않았다. 결국 소비자들의 주장이 관철되었다.

재활용 패션쇼와 대물림 전시회

생활 속에서 실천하는 환경운동의 일환으로 재활용 패션쇼를 개최한 일도 기억에 남는다. 아들이 군대에서 입던 군복으로 만든 멋진 여성용 바지와 조끼 세트, 와이셔츠를 이용한 앞치마나 아기옷 등 아이디어가 빛나는 작품들이 쏟아졌다. 매스컴도 관심을 가지고 대대적으로 홍보해주어 성공리에 패션쇼를 치렀다.

또 하나 반응이 좋았던 이벤트는 대물림 전시회였다. 당시는 특별히 골동품으로 인정받지 못하는 고가구는 그 가치를 모르고 무조건 버리던 시절이었다. 그러한 고가구들을 모아 전시하며 버리지 말고 대를 물려 사용하자는 캠페인을 벌인 것이다. 윗대 시어머니께서 시집올 때 입으셨던 활옷을 3대에 걸쳐 입는 사례를 매스컴을 통해 보여주기도 했다. 재활용을 문화로 승화시킨 이벤트라고 생각한다.

달동네에 희망을 준 봉천동 사회복지관

봉천동은 이른바 달동네라고 불리는, 우리의 도움을 필요로 하는 소외된 이웃들이 있는 곳이었다. YWCA는 그 봉천동의 50평짜리 작은 공간에서 봉사 활동을 시작했다. 그것이 수영장까지 있는 6층 복지관 건물로 탈바꿈하던 날은 마치 축제처럼 신이 났다.

건축 비용은 전임 최 회장님 시절에 이승만 대통령 내외로부터 기증받은 그림을 매각한 2억 원을 기반으로 했고, 회원들이 모금했다. 그리고 현대의 고 정주영 회장님이 1억 원을 희사하여 건물을 완공시켰다. 정주영 회장님에게 1억 원을 부탁하는 과정에서 여러 가지 에피소드도 있었지만 준공식날 정 회장님이 테이프 커팅에 참여해주신 것은 이례적인 일이었다. 그 당시 정주영 회장님의 위세는 너무나 컸기 때문에 조그만 단체의 복지관 건립 테이프 커팅 장소에까지 오시는 것은 기대하지 않았다. 회원들이 놀랐던 것은 불문가지의 일이었다.

보람 있었던 활동

돌이켜보면 두고두고 가슴이 뿌듯해지고 보람을 느낄 수 있었던 사업이 몇 가지 있다. 우선 '청소년 유해 감시단'을 만들었던 일이다. 만화방, 비디오방 같은 곳에 감시 모니터단을 파견해서 음란 비디오 등 청소년 유해물을 수거하여 불에 태우는 행사를 열었다. 청소년들을 유해물로 보호하는, 매우 뜻깊은 행사였다.

임대차보호법의 근간을 제공했던 일도 보람 있었다. YWCA에서 수고하던 회원들이 집이나 가게의 임대차 문제로 고충을 겪고 있다는 것을 알게 되어 서민들을 위해 법적인 보호망을 만들자고 주장하였으며 행정쇄신위원회 위원으로서 임대차보호법을 제정할 수 있었다.

미국 환경청(EPA)의 도움을 받았던 기억도 매우 의미 있다. EPA의 직원이 한국에 강연 왔을 때에 미국에서 청소년 환경교육을 위해 어떠한 자료를 사용하고 있는지 문의하고 그 자료를 보내달라고 부탁했더니 본국에 돌아가서 미국에서 사용하는 학년별 자료를 그대로 보내주었다. 이를 번역하여 우리나라 학생이 배울 수 있게 활용함으로써 환경교육에 큰 도움이 되었다.

서울YWCA 회관 건축이라는
커다란 도전

서울YWCA의 건축기성회 회장으로 선출되어, 명동 1가 1번지 서울YWCA 본부, 약 60년 전에 최이권 회장이 건축했던 4층 건물을 헐고 그 자리에 지하 8층, 지상 12층, 연건평 약 5천 평의 새 건물을 신축했다. 1만 명에 달하는 회원들이 십시일반 모금했고, 이사, 위원, 직원들도 후원금을 내놓았다. 몇몇 기업들로부터도 후원을 받았고, 독산동 Y지부와 서초동 무지개아파트단지 안에 있던 서울YWCA교육센터의 매각 대금을 보탰다. 무지개아파트의 교육센터 부지를 둘러싸고는 아파트 주민들과 재판까지 벌인 바 있다. 주민들이 원래 허가되었던 교육센터의 건립을 막으며 공사를 방해하고 주차장으로 사용한 것이다. 6년간을 끌어온 재판 끝에 승소했는데, 이것은 우리나라에서 지역이기주의(님비현상)에 일침을 놓은 첫 승소 재판으로 신문에도 크게 보도되었다. 이 승소로 건축에 모자라는 돈 딱 28억이 기적처럼 들어와서 큰 도움이 되었다.

어쨌든 250억 원짜리 큰 공사를 잘 마감했다. 한국의 NGO 단체 중에서는 가장 큰 여성 단체 건물이고 정부의 도움 없이 완공했다는 데 우리 모두 자부심을 가졌다. 설계로부터 준공까지 10년 동안 애써준 직원들과 회원들의 구슬땀이 이 건물 구석구석 배어 있다고 생각한다.

나 스스로 "불가능은 없다, 믿음으로 구하면 얻을 수 있다"는 신념으로 인간적으로나 상식적으로나 도저히 해결하기 힘든 문제들을 극적으로 해결한 후에 얻은 뿌듯함이 있다. 어린이 회원이 저금통을 깨서 모은 돈, 도우미 회원들의 쌈짓돈 등 작은 모금도 귀하게 여기고 직접 달려가서 받아오며 온 정성을 다한 결과 회관이 건축되었을 때에는 그 감회가 참으로 깊었다.

환경운동에 본격적으로 나서다

아나바다 운동과 재활용 운동, 청소년 운동(Y-teen) 및 교육개혁 운동 등을 꾸준히 해온 끝에 그린스카우트 총재가 되었다. 총재로 재직하는 동안에 서울교육청으로부터 연수 교육 지정 기관으로 인정받았다. 초·중·고등학교 환경 교사 연수 교육은 무료인 데다가 가점도 받을 수 있어서 인기가 높았다. 그린스카우트에서는 교사 연수 교육은 물론 토론회, 신문 활용 교육(NIE), 환경 골든벨 울리기 대회, 청소년 모의 UN환경대표회의 같은 행사를 진행하였다. 환경 캠페인, 환경 교재 발간, 환경 교육 지도자 연수 등에 힘쓰다 보니 '환경교육진흥법'을 이경재 국회환경노동위원장과 제종길 의원 입법으로 국회에 통과시키는 역할도 하였다. 또한 대통령 직속 의료개혁위원 중 단 한 명의 여성으로 위촉되어 의약 분업, 통합 제정, 양한방 협진 체계, 국민건강보험 구축을 마련한 시민 소비자 대표로서 역할할 수 있었던 것도 의미 있는 일이었다. 오랫동안 노력해온 시민 활동의 힘이 모아져 큰 결과를 이룬 것이다.

산업화와 경제 성장의 물결 속에 자정 능력을 잃은 지구에서 인간의 건강한 삶을 유지하기 위해 자연의 순환과 다양한 생물들을 보호해야 한다는 것은 아무리 강조해도 지나치지 않다. 나는 구체적 실천 방법 등에 신경 써서 앞으로 40년 후 인구 100억이 넘어갈 지구의 기후 변화, 식량 부족에 대비하고 수출에 중점을 두고 있는 한국이 환경 라운드로 인한 무역 장벽에 어떻게 대처해야 하는지에 대해 많은 의견을 냈다. 물, 대기, 기후 변화 협약에 대한 조치, 생태계 보호, 멸종 위기 야생동식물 규제에 관한 협약, 내분비 장애에 대한 문제 등을 제기하고 개선하기 위해 노력했다. 유전자 변형 농산물(GMO) 식품에 대해 알리고 우리 농산물 먹기 운동을 펼쳤으며 새만금 간석지 활용과 지속 가능 발전(Sustainable Development)과 환경 문제 다자간 협상(Green Round : GR) 운동도 했었다.

도시철도공사 이사, 방송문화진흥회 이사(MBC), 영상물등급위원회 부위원장, 소비자보호원 이사, 국민건강보험공단 비상임 이사, 지역난방공사 비상임 이사 등을 역임하면서 시민들의 주장을 정책에 반영시키고자 노력하다 보니 주변에서는 일 중독자라는 얘기들을 많이 했다. 하지만 아무 일도 하지 않는 것보다는 지나칠 정도로 일에 몰두하는 게 낫지 않은가. 힘은 들었지만 보람찬 시간들이었다고 생각한다. 일하는 동안 든든한 바람막이가 되어준 이사들과 협조해준 직원들에게 깊이 감사한다.

은혜를 많이 받은 고마운 삶

학생 때나 시민운동에 열심일 때나 내 인생의 슬로건은 한결같이 정직, 성실, 진실함이었다. 열심히 하면 다 잘될 거라는 긍정적 사고방식으로 모든 일을 해왔다. 그러던 중 여러 정부부처와 시민단체에서 나를 선택하여 일을 맡겨주었다. 고마운 일이다. 노력한 것 이상으로 열매를 맺게 해주신 것도 하나님의 은혜라는 생각이 든다. 삶이라는 배에 대가 없이 주신 선물이라는 큰 돛을 달고 뒤에서 불어주는 바람에 의해 힘차게 달려올 수 있었던 은혜, 감사할 뿐이다.

그중에서도 대통령 직속기관인 행정쇄신위원회의 위원으로 위촉되면서 5년간 국민에게 불편을 끼친 제도와 법을 개선하는 일에 일익을 담당한 것은 매우 보람 있었다. 위원으로 재직하는 동안 소비자보호법, 영유아보육법, 임대차보호법 등을 개정하고 특히 환경에 관련해서 폐기물예치금제도, 환경개선부담금제도 등 10여 가지의 법과 제도를 개선했다. 그 외에 정보통신부, 농림부, 환경부, 국토해양부, 보건복지부, 서울시 등의 자문위원을 하면서 NGO 단체와 시민들이 원하는 사안들을 정부와 접목시키는 거버넌스의 역할을 했다. 그 결과 국민훈장 모란장, UNEP글로벌 500인 환경상, 한국YWCA연합회 공로상, 환경부·조선일보 환경교육대상 등 수많은 상을 받기까지 했으니 보람 있는 일을 해온 수고를 과하게 인정받은 것 같은 생각이 든다.

내게 남은 꿈과 비전

NGO 활동을 하면서 가장 어려웠던 점은 자금 마련이었다. 민간 단체들은 마음 편히 일할 터전이 있어야만 활동이 가능하다. 회원들의 회비로는 현실적으로 직원 급여도 충당하기 어렵다. 어느 단체이든지 초기에 일하는 선배들이 고생하여 후배를 위한 터전을 마련해주어야만 안

심하고 봉사 활동을 할 수 있지 않나 싶다. 결국 내가 오래동안 몸담았던 YWCA도 회관을 건축한 후에 임대료 수입이 들어오는 것으로 지속적인 단체 활동을 할 수 있었다. YWCA뿐 아니라 우리나라의 거의 모든 민간 단체들이 선배들의 희생을 바탕으로 어렵게 존속되어왔는데, 앞으로는 사회적으로 시민운동에 대한 인프라가 형성되었으면 좋겠다.

환경 문제에 있어서 남아 있는 가장 큰 과제는 이산화탄소 줄이기, 대체 에너지 개발, 좋은 먹거리 캠페인, 환경 교육 등이다. 이런 것들이 더욱 확산시켜야 할 사업이다.

미국의 수잔 B. 앤터니는 사비를 들여서 50년간 여성의 참정권 획득을 위해 노력했으나 결실을 보지 못하고 사망했다. 그러나 그녀 사후에 여성들에게 참정권이 주어졌다. 이를 통해서 나는 지금 당장에는 안 되더라도 계속 외치면 언젠가는 된다는 신념을 가지게 되었다. 당장 결실을 못 보더라도 비전을 가지고 꾸준히 노력하면 안 될 일이 없다.

서울YWCA가 벌인 운동 중에 1960년대에 전개한 축첩 반대 운동이 있었다. 돈 있는 남자들이 첩을 두는 세태에 맞서 여성의 인권 및 지위 향상 운동을 펼친 것이다. 그로부터 가족법 개정 운동, 부부 공동재산 갖기 운동 등이 이어졌다. 또한 여성 직업인들의 지위 향상을 위해서 은행에서는 창구 직원에 머무르던 여성에게 승진 기회를 주고 권리를 확대하라고 계속 외쳤다. 그 결과 남녀고용평등법이 제정되었고, 청소년보호법, 영유아보호법 등으로 여성의 지위는 계속 향상되었다. 그와 마찬가지로 환경보호에 대한 운동도 지속적으로 목소리를 내고 외치면 허공의 메아리가 되지 않고 언젠가는 열매를 맺을 것이다.

아낌없이
주는 나무

변주선

한국아동단체협의회 명예회장

▨▨☐

서울대학교 사범대학 영어과를 졸업하고 연세대학교 보건
대학원에서 석사·박사 학위를 받았다. 한국걸스카우트연맹 총
재, 세계걸스카우트연맹 아태지역 의장, 한국아동단체협의회 회
장을 역임했다. 저서로 『아낌없이 주는 사랑의 나무』 등이 있다.
국민훈장 동백장(1996), 걸스카우트 최고훈장 '금장'(1998), 비추
미 여성대상수상 해리상(2009), 세계걸스카우트연맹 브론즈 메
달(2005) 등을 수상했으며, 말레이시아 왕으로부터 다투(Dato')
작위를 받았다(2012). 현재 대림성모병원 행정원장, 구로다나병
원 이사장이다.

동대문 상점가에서
인생을 배우다

내 중장년의 생애는 오롯이 걸스카우트 운동에 바쳐졌다. 봉사로 시작한 일이었지만 소녀들을 건전한 사회 일꾼으로 키우자는 취지에 공감해 푹 빠졌다. 세 자녀를 모두 스카우트로 키웠고 남편도 세계연맹 지원 재단과 한국걸스카우트의 후원위원이다. 지난 1994년에는 제18대 한국걸스카우트연맹 총재가 되었고, 그 후로는 세계걸스카우트연맹 아태지역위원회 의장과 세계이사를 맡았다.

동대문 창신동. 6·25전쟁 때 여주 큰댁으로 피난을 간 것을 빼고는 줄곧 내 어린 시절과 함께한 장소이다. 지금도 동대문 쪽은 정비가 제대로 되어 있지 않지만 그때는 일본식 적산가옥 몇 채와 상가 몇 동을 빼놓고는 판자촌들이 대부분이었다. 동대문 밖 비탈에는 자고 나면 새로운 판잣집들이 들어섰는데 억센 함경도 사투리를 쓰는 사람들이 그런 집에 많이 살았다. 나중에서야 알았지만 모두 고향을 뒤로한 채 목숨을 걸고 38선을 넘어온 분들이었다. '북청물장수'라는 말이 있는데 함경도 북청 지방에서 내려온 분들이 수도 시설이 열악했던 그 시절 등지게로 물을 날라 서울 시민들에게 팔면서 생겼던 말이었다. 그 북청물장수들이 가장 많이 살던 곳이 동대문 밖 창신동 일대였다.

아버지는 커다란 상점을 운영하셨다. 맥주 대리점이었는데 하루

종일 북적였다. 나는 학교에 다녀오면 가방을 던져두고 가게에 있는 금고와 계산 장부를 지키는 일을 맡았다. 그러면서 밑으로 줄줄이 자라는 동생들을 챙겼다. 말수가 적으셨던 아버지는 아예 치부책을 나에게 맡겨놓고 출장까지 다녀오셨다. 날마다 수없이 드나드는 상인들과 손님들을 위해 어머니는 끼니 외에도 새참을 자주 내오셨다. 어머니의 지론은 '집에 오는 손님이나 걸인을 그냥 보내서는 안 된다'는 것이었다. 그 시절에는 제대로 된 식당도 많지 않아서 멀리서 온 상인들이나 손님들은 어머니가 내오시는 밥상을 은근히 기다렸다가 끼니를 때웠고, 걸인들은 손님들이 먹다 남은 밥그릇이 나오기를 가게 밖에서 기다리고 있었다.

어머니는 참으로 특이한 분이었다. '자, 여기 밥이 있으니 배고픈 사람은 드시오'라고 절대로 티를 내지 않으셨다. 상인들이나 손님들의 손이 닿을 만한 곳에 밥그릇과 국그릇을 놓아두시고, 걸인들이 먹을 만큼 남은 밥과 반찬을 정갈하게 챙겨놓으셨다. 음식을 나누어주는 것을 좋아하셔서 월말 가까이 되면 떡도 푸짐하게 하시고 전도 넉넉하게 부쳐서 동네 잔치를 벌이셨다. 지금도 아버지가 운영하시던 가게 터와 그 빌딩이 동대문 옆에 남아 있지만 아무튼 그 시절 우리 집은 동대문 먼 곳에서 온 상인들이나 손님들이 끼니를 해결하는 집으로, 아기를 안은 걸인이나 늙은 행려병자들이 비를 피하고 어머니가 주시는 약값이나 시주로 위기를 면할 수 있는 가게로 소문이 나 있었다. 그렇게 남을 위해 가진 것을 아끼지 않고 주는 마음을 가진 자비로운 어머니였다.

20여 년 전 어머니께서 세상을 떠나셨다. 나는 맏딸로 어머니의 옷가지와 유품을 수습하면서 정말로 놀랐다. 평생 '부잣집 마님' 소리를 들으셨던 분인데 그분의 옷장 속에는 변변한 옷가지 하나가 없었다. 내가 이처럼 제대로 된 옷가지 하나를 사드리지 못했던가. 가슴을 치며 생각을 해보니, 그래도 철따라 예의는 꼭 갖춰드렸는데 어머니는 당신이 걸치고 계시던 옷가지까지도 어딘가에 벗어놓고 오시곤 하셨던 것이 분명했다. 패물함에 그 흔한 금반지 하나가 없었다. 쌍가락지 정도는 우리 형제들이 이런저런 기념일 때 해드렸던 기억이 있는데 그런 것들마저도 종업원들의 대소사에나 친척들에게 아낌없이 주어버렸던 것이 확실하다.

일제 시대에 초등학교를 겨우 마치고 서울로 나와 남의 가게 점원으로 출발하여 여벌옷을 사 입지 않고 근검절약하며 십리 길 이내는 절대로 차를 타지 않고 걸었다는 아버지는, 월급을 고향집에 보내 여주군 개군면에서는 할아버지가 아들 덕분에 농토를 제일 많이 늘렸다는 소리를 들었다고 한다. 나는 그런 아버지로부터는, '돈을 아끼는 법, 정확하게 계산하는 법, 신용을 지키는 법'을 배웠다. 그리고 비록 초등학교도 나오시지 못했지만 평생 나보다 어려운 사람들을 먼저 챙기셨던 어머니로부터는 '아낌없이 남을 배려하는 법'을 배웠다. 나는 결혼 전 다섯 명의 동생을 돌보며 혹독한 부모 수업을 치렀다.

새벽부터 가게 문을 열고 밤늦게까지 거래처들을 돌아다니며 손님을 만나야 하는 아버지, 그리고 시도 때도 없이 밥을 하고 끝없이 아버지 뒷감당을 해야 했던 어머니 대신, 나는 내 밑으로 태어난 여동생 셋과 남동생 둘을 돌봐야 했다. 동생들이 학교에서 돌아오면 무슨 과제를 받아 왔나 숙제 검사도 하고, 심야 학습도 시켰다. 철따라 옷을 갈아입히고 나이에 맞는 예방 접종을 맞히고, 아픈 동생을 들쳐 업고 병원으로 가는 일까지도 내가 해야 할 일이었다. 공납금을 제대로 챙겨주는 일은 물론이고 수업 진도를 놓치는 일은 없는가, 지난 학기에 비해 성적이 올랐는가 떨어졌는가를 세심하게 점검하는 것도 나의 몫이었다. 셋째는 여고 시절에 유난히 사춘기 티를 냈다. 성적도 들쭉날쭉했다. 나는 어머니 대신 매를 들고 그 아이를 채근했다. 그 아이가 명문 대학에 합격했을 때, 내가 학부형 대신 교무실로 찾아가 자주 진로 상담을 드렸던 담임 선생께서 셋째를 교무실로 불렀다.

"네가 그런 대학에 들어갈 거라고는 나도 예측하지 못했다. 이 일이 큰언니 덕이라는 것쯤은 너 자신이 더 잘 알고 있을 거다. 그 빚을 큰언니께 평생 두고 갚아야 할 거야."

셋째는 머리를 떨구며 눈물을 흘렸다. 지금까지도 그 동생은 내 옆에서 몇십 년 동안 병원 업무를 돕고 있다.

사랑하며 신뢰하며

6남매의 맏이로 크면서 나는 조물주가 인간에게 나누어주는 시간은 그리 긴 것이 아님을 깨달았다. 건강하고 암기력이 좋을 때 열심히 공부하고, 평생을 운용해나갈 전문 지식과 전문 영역을 확보하여 자기 세계를 갖는 것이 중요하다는 것을 어려서부터 자연스럽게 깨달았다.

성장하여 가정을 이룬 다음부터는 부부 두 사람이 각자의 일에 최선을 다하되 서로 시너지 효과를 내줄 수 있는 2인 3각의 행보를 맞추어 나가야 한다. 그렇게 세월을 소중하게 보낸 후 경륜이 쌓이고 나면 평생 가꾸어온 전문성과 인적 네트워크와 신용을 밑천으로 사회와 국가를 위해 봉사해야 한다. 그 사회, 그 나라가 필요로 하는 큰 그릇이 되어 쓰임을 받는 것이 인간으로 태어난 궁극적인 보람이라는 철학을 가지게 되었다.

돌이켜 생각해보면 이상하게도 초등학교 시절부터 대학에 이르기까지 나는 친구들과 스승님들로부터 지나친 사랑과 신임을 받았다. 처음에는 '서울내기, 있는 집 아이, 척하는 아이' 정도로 생각해 다소 거리를 두다가도, 반장 선거 때가 되면 모두 나를 지목해주었다. 왜냐하면 집에서도 6남매의 맏이 노릇을 하며 일하는 것이 몸에 배고 지저분한 것은 우선 치우고 봐야 하는 습성 때문에 학기 초가 되면 선생님이 시키시지 않아도 남아서 교실 청소에 화장실 청소까지 하고 가는 나의 뒷모습을 친구들이 잊지 않았기 때문이었다.

대학에 들어가서는 영문학에 몰두하였다. 셰익스피어의 희곡을 원문으로 읽고, 그의 연극은 리처드 버튼 같은 웨일스어를 쓰는 정통 배우가 연기해야 한다는 것도 배웠다. 붉은 벽돌로 지은 동대문 밖 제기동 사범대학 강의동에서 라일락 향기가 황홀했던 계절에 피천득 교수님께서 창가에 기대어 눈을 지그시 감고 영시를 외우시던 모습이 지금도 눈에 선하다. 키가 크시고 멋쟁이셨던 장왕록 교수님이 그 유명한 펄 벅의 『대지』나 스콧 피츠제럴드의 『위대한 개츠비』를 번역하실 때는 나를 조수로 써주셨다. 덕분에 공부도 하며 용돈까지 벌 수 있었다. 참으로 행복한 대학 생활이었다. 6남매의 맏이로 컸던 경험 때문이었던가. 그 시절부터도 나는 교수님들의 생신을 꼭 챙겼다. 작은 선물이라도 준비하고 정성스러운 카드를 써서 교수실에 찾아가 뵈면 그렇게 좋아하실 수가 없었다. 피천득 교수님은 세상을 뜨실 때까지 나를 딸처럼 아껴주셨고 반포 길가에 있는 가게에서 팥죽이나 크림을 잡수시며 꼭 아기 같은 눈웃음을 지어주셨다.

"주선아! 네가 와주어서 오늘 오후가 정말 행복하구나."

주위의 스승님들과 집안 어른들을 정성껏 모시는 일은 내게 중요한 덕목이었다. 그 마음은 오늘날 나이 들어서도 마찬가지이다. 매년 가을철에 수확한 사과를 보내주시는 고교 시절 담임 선생님을 나는 무척 존경한다. 후학을 잘 교육시키기 위해 노력하시는 스승님께 마음껏 존경을 드리고 싶다.

졸업을 한 1964년에 나는 친지의 중매로 당시 군의관이었던 남편을 만나 결혼하게 되었다. 처음 만났을 때를 돌이켜보면 우리는 많은 대화를 나누었던 것으로 기억된다. 서로의 집안 얘기부터 각자의 철학, 삶과 꿈에 대해 세 시간 동안 진지하게 이야기를 나누었다. 충분한 대화를 주고받으며 나는 이 사람이 바로 내가 찾는 사람이라고 판단했다. 다섯 번째 만났을 때 그이는 결혼을 제안했다. 직설적으로 "사랑합니다. 결혼해주세요!" 하는 게 아니라 너무 이론적이라 처음엔 주저했다. 그러나 진심 어린 그이의 태도에 감동해서 적어도 이 사람하고 결혼하면 "내가 원하는 대로 나의 삶을 살아갈 수 있겠구나"라는 결론을 내려 그이의 프로포즈에 "Yes"라고 했다.

결혼 후 그이는 결혼 전에 했던 약속을 잘 지키기 위해 무척 노력했다. 그리고 최선을 다하며 지켜가고 있다.

그중에서도 첫째, 결혼이란 여자가 시집가는 것이라는 생각에서 벗어나 공부하고 발전하려는 두 젊은이가 함께 사는 것이라는 의미를 부여했다. 그래서 우리는 책상 두 개를 놓은 방 하나에서 신접살림을 시작했다.

둘째, 김치찌개를 잘하는 나보다는 독서와 자기 발전의 길에 열심히 노력하는 나를 더 좋아한다는 것이었다. 그리고 부부가 함께 발전해나가는 것이 꿈이라고 했다. 이러한 표현들이 내가 추구하는 삶과 부합되어 오늘까지 50년을 잘 살며 내가 하는 일에 많은 물적, 정신적으로 큰 도움을 주고 있다. 그래서 나는 온 정열을 다해 남편에게 아낌없는 사랑을 주면서 함께 성장해왔다.

교사로서, 아내로서, 그리고 병원 경영자로서

영어 교사로 교단에 섰을 때도 나는 제자들에게 영어를 잘하는 선생으로만 보여지기를 바라지 않았다. 부모처럼 아이들을 돌보며 늦게 남아서 함께 공부를 해주며 진도가 떨어지는 학생들을 챙겨서 내가 맡은 학급이 언제나 선두 그룹에 낄 수 있도록 노력하였다. 그 시대는 중학교 평준화가 막 시작됐기에 좋은 가정에서 자란 우수한 학생은 15퍼센트 내외뿐이었다. 나머지 학생들은 교사가 관심을 가지고 챙겨주지 않으면 모두 학습 부진아가 되었다. 그래서 85퍼센트의 학생들에게 큰 관심을 가지고 전력을 기울여 그들과 호흡을 맞추었다. 그리고 완벽한 영어 수업을 위해 최선을 다했다. 그 결과 내가 가르친 반의 평균 점수가 항상 15~20점은 높았다. 그런 결과로 교장 선생님은 내가 오로지 영어 수업만 하고 퇴근해서 아이들을 모유 수유할 수 있게 허락해주셨다. 여교사가 아주 귀했던 시절의 얘기다. 교육자로서 내게 맡겨진 모든 학생들에게 나의 정력을 기울였다고 자부한다. 7년 동안 아낌없이 사랑을 제자들에게 주었다.

그 후 남편은 서울 외곽 영등포 쪽 지금의 병원 자리에 터를 잡고 정말 성실한 외과의사로 일했다. 수원과 오산, 멀리는 평택에서까지, 열심히 문진하고 세심하게 체크하고 환자에게 정성을 다하는 젊은 외과의를 찾아 환자들이 밀려오기 시작하였다. 나는 남편의 의사로서의 사명감을 높이 평가한다. 몇십 년을 외과의사로 집도해왔지만 한 건의 의료사고도, 한 사람의 불평하는 환자도 없었다. 나는 그에 대한 확신한 신념을 가지고 있다. 어떤 어려운 환자도 그의 손으로 완전히 고칠 수 있을 거라고 나는 믿고 있다.

병원이 너무 바빠서 나의 체력으로는 더 이상 교단에 설 수 없게 되었다. 남편이 야간 수술을 하면 나도 같이 밤샘을 하기가 일쑤였으니 그 다음 날이면 졸려서 수업을 진행하기가 힘들었던 것이다. 결국 한창 교육에 보람을 가지고 전념하던 때에 나는 교단을 떠나게 되었다.

집에서 세 아이를 키우면서 나는 남편을 가장 효율적으로 도울 방법을 생각했다. 나 자신이 병원의 시스템을 알아야 하고 앞으로 병원을 키워나가기 위해서는 선진 의료 운영 체계를 배워야 한다는 것을 절감하였다. 남편과 진지하게 상의하여 병원 행정과 경영에 관한 공부를 시작하였다. 아들이 서울대학교 의과대학에 입학한 후 나는 병원 행정학 석사 과정을 시작해서 보건학 박사를 마쳤다. 그리고 병원 경영에 최선을 다해 30개 병상에서 시작한 병원을 400여 병상으로 키우는 데에 한몫을 했다. 나는 팔을 걷어붙이고 환자도 직원도 모두 행복한 병원을 만드는 데 힘을 다하였다. 매주 화요일 관리자회의를 30년 이상 지속하고 있다. 해외 출장을 갔을 때도 한국 시간에 맞추어 어김없이 인터넷 전화로 회의를 한다. 환자들이 편하게 찾아오는 병원을 만들고 싶다. 오늘의 대림성모병원을 신뢰하고 건강을 맡기는 모든 분들께 감사를 드린다.

학교를 그만두고 병원을 위해 열심히 일하는 나에게 남편은 사회적으로 내가 발전할 수 있는 길을 찾기를 권유했다.

"이제는 병원 말고 당신의 역량을 키우고 좋아할 수 있는 일을 찾아보는 것이 좋을 것 같아. 당신의 전공인 교육사업이나 사회교육을 할 수도 있겠지."

남편은 결혼 전 했던 약속을 잊지 않았던 것이다. 수술과 병원 경영으로 딴 데 눈 돌릴 겨를도 없는 줄 알았는데 아내의 성장에 대해서도 깊은 관심을 갖고 있었다. 나도 긍정적인 마음으로 여러 가지를 생각했다. 그러나 세 아이들에게 엄마의 손길이 필요한 때라 내가 할 수 있는 일은 자원봉사 정도였다.

제일 먼저 시작한 봉사 활동은 포도알 같은 눈망울과 신록을 떠올리게 하는 녹색 제복을 입은 소녀들을 위한 것이었다. 나는 1971년부터 친구 소개로 한국걸스카우트에서 분과위원을 맡게 되었다.

걸스카우트 소녀들의
꿈을 후원하며

우리나라의 걸스카우트 운동은 1946년 광복과 건국의 공간에서 시작되었다. 그 참담했던 6·25전쟁 때에도 부상자들을 보살피고 배고픈 고아들을 곁에서 돕는 운동을 해왔다. 지금까지 70여 년 동안 한국걸스카우트는 수많은 소녀들에게 꿈을 실어주고 비전을 보여주어 세계시민으로서 커갈 수 있는 리더십을 키우는 데 많은 노력을 해왔다. 이 땅의 소녀들의 진심 어린 작은 외침이 걸스카우트 운동을 통해 메아리가 되어 널리 퍼지면서 세상을 아름답게 하고 있다고 생각한다.

44년 동안 나는 걸스카우트 지도자로서 많은 국내외 행사에 참석하는 기회를 가졌다. 그러면서 미래의 어머니인 소녀들을 잘 키워야 국가가 튼튼해질 수 있다는 생각을 굳혔다. 특히 총재 시절에는 전국 오지를 찾아다니며 걸스카우트 지도자들에게 희망을 주고 대원들과 함께 활동하면서 스스로 많은 것을 배웠다. 유니폼을 대물림할 만큼 여건이 어려운 곳에서도 열심히 봉사하고 자아실현을 위해 노력하는 대원들에게 한없는 애정을 갖게 되었다. '예빈 변주선 훈련 기금'은 그러한 산간 벽지의 지도자들에게 해외 훈련의 기회를 주어 시야를 세계로 넓힐 수 있게 하기 위해 출연한 것이다. 지도자들이 깨어나야 우리의 소녀들이 세계를 무대로 큰 꿈을 펼칠 수 있다. 소녀들의 꿈을 실현할 수 있는 프로그램은 무엇이나 다해주고 싶었다.

6년 동안 아태지역위원회 의장으로 재임하면서 아시아 태평양 지역 방방곡곡을 돌아다녔다. 태평양 지역의 피지, 사모아, 키리바트, 쿡아일랜드 같은 곳의 소녀들은 가난하여 충분한 교육을 받지 못하고 있다. 그러나 걸스카우트를 통해 섬 밖의 소녀들과 우정을 나눔으로써 많은 것을 배울 수 있다는 희망을 갖고 아주 열심히 참여하고 있다. 나는 그들이 세계연맹 회원으로서 좋아하는 프로그램에 참가할 수 있도록 세계연맹 등록금을 보조해주기로 했다. 내가 섬을 방문하면 다들 너무 기쁘게 매달리며 좋아했으므로 20여 년이 지난 지금도 그 소녀들이 눈에 선하다. 순박한 눈망울에서 나는 그들의 무한한 가능성을 느꼈다.

인도, 방글라데시, 스리랑카, 네팔 지역은 아태 지역에서도 최빈국에 속한다. 이 나라들을 방문하면서 그들이 간절히 바라는 것이 어떤 것인지를 알 수 있었다. 깊은 사랑과 놀이를 통한 즐거움이었다. 나는 방글라데시를 방문했을 때 손자들에게 엽서를 썼다. 그리고 이런 질문을 던졌다. "Do you know what the word 'poor' really means?"

손자들은 너무 풍요로운 가운데 자라와서 '가난'의 의미를 느끼지 못한다. 가난의 운명을 물려받을 수밖에 없는 그곳의 소녀들은 걸스카우트 프로그램을 통해 희망을 배웠다. 프로그램에 참가하는 그들의 눈망울이 생동감 있게 빛나는 것을 나는 읽을 수 있었다.

스리랑카에서는 여죄수 교도소를 방문했다. 그곳에도 걸스카우트대가 조직되어 있었다. 순수한 걸스카우트 프로그램이 수감자들까지 순화시킬 수 있다는 데 자긍심을 가져본다. 무용과 손재주 등을 보이면서 행복해하는 모습을 읽을 수 있어 가슴이 뭉클했다. 그들에게 제공하는 순화 교육으로 걸스카우트 운동만큼 적절한 것이 없다고 생각했다.

캄보디아와 태국, 네팔 걸스카우트에는 걸스카우트 아태친선회 기금으로 사회적 보조금을 준 적이 있다. 캄보디아에서 시작한 '3L(Life, Long, Learning) 프로젝트 프로그램'은 소녀들이 일생의 생업을 준비하도록 하는 직업교육이었고, 태국에서는 물고기를 길러 소녀들의 건강을 위해 단백질을 공급하는 사업을 열심히 하고 있었다. 우리들의 성의 있는 기금 모금이 자라나는 소녀들에게 큰 힘을 주고 있음을 생각할 때 가슴 뿌듯하다.

브루나이나 말레이시아 같은 회교 국가들에서는 가정교육, 특히 부모들의 철저하고도 완벽한 교육 태도에 무척 놀랐다. 단정한 머리와 복장, 언행을 보면 저 어린 소녀들의 태도가 어쩌면 그렇게나 아름답고 지적일까. 철저한 가정교육을 통해서 사회생활과 자아 발전 그리고 예의 바른 행동을 위해 노력하는 그들의 모습에 감동하며 우리들의 자유스럽고 방만한 자녀 교육 세태를 다시 돌아보게 된다.

걸스카우트의 국제적 봉사 활동을 통해 귀한 분들도 많이 만났다. 말레이시아 파항 주의 아지자 왕세자비와는 가족들까지 함께 오가는 관계를 오랫동안 유지하고 있고, 여자로서는 드물게 다투(Dato') 작위까지 파항 주의 왕으로부터 부여받았다. 다투 작위는 말레이시아의 왕이 사회 발전에 공헌한 사람에게 수여하는 것으로서, 나는 청소년 지원을 위해 아태 지역 후원회를 창설하는 등 국제적 리더십을 발휘한 점과 아동의 권리 증진에 기여한 공로를 인정받아 작위를 수여받게 되었다. 덴마크와

브루나이의 공주들도 긴밀하게 관계를 맺고 모금 활동에 적극적으로 동참하고 있다. 영국 스코틀랜드 출신으로 세계걸스카우트연맹 회장을 역임한 헬렌 레어드 박사와는 반세기가 넘는 교류를 이어오고 있다. 작고 한 필리핀의 아키노 전 대통령과도 봉사의 의미를 서로 공감하는 사이였다. 이분과는 가족과도 함께 교분을 쌓으며 가깝게 지냈다.

의장의 임기 동안 지구를 세 번 이상 돌았다. 지금도 나는 아태 지역과 세계 소녀들을 위한 기금 모금 활동차 1년에 3회 이상은 외국 출장을 간다. 이렇게 걸스카우트 지도자 생활을 하면서 전 세계의 많은 어린 친구들과 지도자들과 교류하고 봉사하면서 소녀들과 지도자들을 격려하고 후원해왔다. 내 혼신을 다해 그들에게 사랑을 바쳐왔다.

세상을 바꾸는
어린이의 힘

나는 꿈이 가득한 아동들에게 무한한 사랑을 느낀다. 그들의 성장 과정을 지켜보면서 나 자신의 꿈을 꾸기도 한다. 나는 2001년부터 2015년 3월까지 한국아동단체협의회 회장직을 맡아왔다. 대한민국의 어린이가 행복한 삶을 살고 존중받아야 한다고 생각한다.

나는 소녀와 어린이들에게 세상을 넓게 보는 눈을 길러주는 것이 그들을 성장시키는 비결이라고 생각한다. 한국아동단체협의회 회장직을 맡으면서 글로벌 리더십 프로그램을 통해 아동들의 식견을 넓히는 일과 대한민국아동총회를 통해 아동의 권리와 자아의식을 넓히는 일, 이렇게 두 가지 사업에 역점을 두었다. 보호아동뿐 아니라 우리 아동의 모든 문제를 복지부 정책으로 해달라고 장관에게 수없이 건의했다. 그리하여 아동정책과가 신설되었고 이는 아동 문제를 신중하게 다루는 계기가 되었다. 해마다 전국 각지에서 모인 천여 명의 아동 지도자의 예비 총회를 거쳐 대한민국아동총회를 연다. 이 모임을 11년간 이어온 대한민국아동총회 출신 선후배 임원들에게 나는 큰 박수와 응원을 보낸다. 아동총회를 통해 성장해온 참가자들이 앞으로 국가와 사회를 위해 큰 역할을 할 수 있으리라 믿는다. 그들은 우리 사회의 큰 자산이다.

그동안 아동총회 참가자들 가운데 선발하여 미국 뉴욕과 워싱턴 등 주요 도시 탐방 프로젝트를 진행했다. 워싱턴에서는 백악관과 주미한 국대사관, 뉴욕에서는 국제연합(UN)과 유니세프 본부를 방문하면서 국제적인 감각을 기르게 한 이 프로젝트에 나는 큰 자부심을 느낀다. 아이들과 면담과 토론의 시간을 가진 한덕수 주미대사께서 그들의 질문을 받고는 제목과 내용을 지도자들이 아닌 본인들이 직접 만들었다는 사실을 알고 감탄하신 기억이 난다.

2015년 브라질 상파울루에서 열린 국제로터리연맹 세계대회에서는 열두 살짜리 소녀가 2만 명의 참석자들에게 이렇게 힘주어 외쳤다. "You are never too young to change the World(여러분들은 세상을 바꾸는 데에 결코 어리지 않다)!" 자신감 있는 이 한마디가 기성세대들에게 큰 경종을 울려주었다.

아동 청소년기에 이런 다양한 국제 경험을 하게 되면 그들은 자신도 모르게 글로벌 인재가 되는 것이다.

내가 가진 탤런트를 미래의 지도자인 아동과 청소년을 위해 아낌없이 줄 수 있다는 것은 나에게는 커다란 축복이었다. 그에 감사하는 마음으로 나는 '아낌없는 봉사'에 일생을 바쳐왔고 앞으로도 봉사를 계속할 것이다.

항상 감사하는 마음으로

내가 45년간 봉사자의 선두에 서서 행사와 모금을 위해 최선을 다할 수 있도록 소중한 마음으로 후원해주고, 국내와 국제적인 행사에 함께 참여해준 사랑하는 많은 걸스카우트 지도자들의 따뜻한 마음에 깊은 감사의 뜻을 표한다. 그리고 내가 받은 많은 영광을 평생 살아가면서 함께 나누고 그분들을 사랑하며 살아갈 것이다.

또한 오늘날까지 건강하게 소녀들과 아동들에게 사랑을 가득 나누며 보람 있는 일을 할 수 있었던 것도 모두 가족들의 성원 덕분이다. 세 남매가 성장해서 각자의 배우자들과 함께 모두가 국민의 건강을 책임지는 의료업과 학문에 정진하고 있어 더욱 큰 보람을 느낀다. 그리고 나의 봉사에 적극적인 후원자들이 되어줌을 감사히 생각한다. 내가 해외 출장으로 오대양 육대주를 마음껏 넘나들 수 있도록 뒷받침해주고 결혼 후 50년을 한결같이 후원하며 나의 활동에 배려와 긍정의 정신을 부여하는 남편 김광태 박사에게 특별히 고마움을 전하고 싶다.

따뜻한 마음으로 일생을 남을 위해 배려하셨던 어머니로부터 나 역시 남을 섬기는 삶을 배웠다. 또한 어려서부터 아버지의 사업을 도와 드렸던 경험은 내가 일생 동안 병원 운영에 열심히 전념할 수 있는 경영 마인드를 키워주었다. 어머니, 아버지께 큰 감사를 드린다.

세상에 한 인간으로 태어나 보람 있는 삶을 살게 해주신 천주님께 무한한 감사를 올린다. 나이 든 나에게 누군가 지난 세월에 대해 묻는다면 나는 자신 있게 말할 수 있을 것이다.

'여한(餘恨)이 없습니다'라고.

역사 속 여성 리더십을 찾아서

정현주

(사)역사 · 여성 · 미래 상임대표

■■□

이화여자대학교 사학과를 졸업하고 같은 대학원에서 석사 · 박사 학위를 받았다. 경기도 가족여성연구원 원장, 서울시 북부여성발전센터 소장, 한국여성정책연구원 책임연구원을 역임했다. 저서로 『근대여성 63인의 초상』(공저), 『한국여학사협회 60년사 1950~2010』(공저) 『사회발전을 향한 여성통합 30년 성과와 전망』(공저) 『대한민국 제1공화국의 여성정책』 등이 있다. 제13회 여성주간 기념 대통령 표창장(2008)을 받았다. 현재 이화여대 사학과 연구교수, (사)역사 · 여성 · 미래 상임대표이다.

격동의 70, 80년대와
나의 젊은 날

　　내가 대학을 다닌 1970년대와 직장 생활을 본격적으로 시작했던 1980년대를 돌아보면, 70년대는 국가 사회적 측면에서, 80년대는 여성운동의 측면에서 말 그대로 격동의 시대였다. 대학 4년 동안 격렬한 데모로 인해 해마다 한 학기는 휴교했고, 설레는 오월 축제도 1학년 때 오빠와 함께 가본 것이 유일했다. 우리 동기들은 메이퀸도 뽑지 못했다. 이후 아예 메이퀸 제도가 없어졌다. 나는 이념 서클에 가입한 데모 주동자는 아니었다. 그래도 주변에 있는 많은 이들의 데모에 심정적으로 동감했다. 돌이켜보면 휴머니즘에 바탕을 둔 자유민주주의를 지향했다고 기억한다.

　　대졸 여성에게 마땅한 취업의 길이 없었던 시절, 몇몇 신문사 기자 시험에 실패하고는 대학원에 입학하여 석사를 마쳤다. 그 후 학교 내 연구소를 거쳐 지인의 소개로 중학교의 임시교사를 하고 있던 중 1983년 한국여성개발원(현재의 한국여성정책연구원)이 164명의 규모로 출범한 것은 개인적으로 일생일대 행운이었다. 공채 공고가 나자 나는 시험 필수과목이었던 여성학 책을 빌렸다. 대학 시절에는 개설되지 않았던 과목이었으나, 밤새도록 공부하여 합격하였다. 이후 나의 삶은 한국여성개발원과 뗄 수 없다. 생계는 물론 직장 탁아 혜택, 그리고 이러저러한 사회적 인연이 여기로부터 비롯되었다. 이렇게 나는 1970년대 산업화와 민주화운동의 소용돌이를 거쳐 1980년대 여성운동과 여성 정책의 밑그림을 그렸던 시기를 함께할 수 있었다.

여성운동의 새로운 물결

1980년대는 새로운 여성운동이 꽃핀 시기였다. 우리나라 여성운동은 개화기부터 시작되어, 일제강점기에도 독립운동, 여성 교육운동, 농촌 계몽운동 등 다양한 방향으로 전개되었으며, 해방 후 많은 여성단체들이 국가 건설과 문자 계몽운동, 생활 개선, 여성 지위 향상을 목표로 활동했다. 그러다가 1970년대에 서구의 여성학 이론이 소개되었고, 1980년대에 들어와 여성 문제를 가부장제 사회구조에서 파생된 것으로 보고 주로 여성 근로자, 여성 농민과 빈민, 매 맞는 여성 등 기층 여성의 문제 해결을 도모하는, 이전과는 다른 여성운동이 시작되었다. 대학에서 여성학 강의가 확대되었고 동시에 여성연구소들이 출범하였다. 또한 소위 진보적 여성단체가 조직되었고, 여성학회도 결성되었다. 이 시기 출범한 한국여성개발원은 무(無)에서 유(有)를 창조하듯이 여성 정책 수립을 위한 조사 연구, 양성평등 교육, 시범 사업, 여성 정보 자료실 운영 등의 사업을 펼쳤다.

1980년대와 이후 1990년대를 거치며 여성 문제 해결 또는 여성의 지위 향상을 위한 많은 법률이 제정되었고, 제도가 마련되었다. 이 시기를 통해 성격이 다른 여성단체 간의 연대도 활발하게 이루어졌다. 정치와 공직 분야 여성 진출 확대를 위한 여성할당제 성취가 대표적이다. 그러나 2000년대에 들어 여성운동은 더 이상 정책을 주도해나가지 못하고 있다. 남녀평등 정책이 완성되어 더 이상 여성운동의 필요성이 없어진 걸까? 여성단체들은 연대해서 쟁취할 공통의 주제를 찾지 못하고 있다.

현대 여성은 행복해졌는가?

지난 30년간 한국의 여성 정책은 성공적으로 제도적 정착을 이루었다. 그로 인해 여성들은 이전보다 행복해졌는가? 그래서 여성과 함께 사는 남성도 행복한가? 여성운동과 여성 정책의 목표는 같다. 여성 차별이 없는 사회, 그래서 남녀가 평등한 사회, 결국은 남녀의 행복이 실현되는 사회이다. 과연 그렇게 되었는가? 여성 억압의 핵심 고리인 가부장제 사회구조가 비록 많은 부분에서 개선되었으나, 평등한 미래 사회를 전망하기에는 부족하다. 현대 여성은 일상생활에서 아마도 인류 역사 이래 가장 높은 수준의 권한과 복지를 누리고 있다고 얘기할 수 있다. 그러나 여성의 취업과 직장 생활, 출산과 자녀 문제의 해결에 여전히 답을 주지 못하고 있다. 이런 문제가 종합적으로 표출된 것이 저출산 현상이다.

20세기는 여성들의 공적 영역 진출이 이전 어느 시대보다 성공적인 시기였다. 그 대가가 저출산이다. 능력과 재능을 발휘하려는 워킹맘에게 자녀 출산과 양육은 이중고, 삼중고만 안겨줄 뿐이다. 저출산 문제와 더불어 여전히 낮은 여성의 경제활동 참가율, 여성의 낮은 정치적 대표성 등은 그간의 여성운동과 여성 정책의 한계를 말해준다.

역사 속 여성의 경험 찾기

내가 생각하고 있는 여성운동의 새로운 대안은 여성사이다. 역사 속에서 여성정책의 새로운 단서를 찾자는 것이다. 서구의 여성운동은 '여성의 역사적 역할, 경험 되찾기'에서 시작되었다. 그러나 우리나라의 경우 여성운동에서 여성사는 크게 관심을 받지 못했다.

이제 늦었지만, 5천 년 역사 속 여성의 역할을 찾아내어 의미를 부여하고, 역사를 재해석하는 작업이 필요하다. 선사시대 유물과 유적지에서 역사 시대와는 다른 평등한 관계의 여성의 흔적을 이해하고, 고대국가 등장 이후 여성 사학자 거다 러너가 얘기하는 '주변화의 긴 역사'로 추락하게 된 '여성의 침묵'의 원인을 역사적으로 규명해야 한다. 잃어버린 여성의 삶의 궤적을 추적 복원해야 한다.

흔히 우리는 "어떤 특정한 역사적 사건에서 여성이 한 일이란 무엇인가?"라고 질문한다. 이 질문에 대답하려면 여성이 떠오르지 않는다. 등장한 인물은 남성일 수밖에 없다. 그러나 질문을 바꾸어 "독립운동에 여성들은 어떤 역할을 했으며, 여성들은 당시 독립운동을 어떻게 생각했고, 어떤 경험을 했는가?"라는 질문을 한다면 역사 속 여성들에 대해 전혀 다른 결론을 낼 수 있다. 즉, 여성의 주체적인 역사적 경험이 드러날 수 있다. 이렇게 여성사는 기존의 반쪽짜리 역사에 나머지 반쪽을 채워 넣는 일인 동시에 전체 역사를 새로 쓰는 작업이며 미래 남녀 평등 사회를 이룩하기 위해 보다 더 큰 역사를 볼 수 있게 하는 도구이다. 여성사를 통해 남녀간의 '차이'를 인정하고, 분리보다는 상호 소통하며 의존하는 관계로 나아가는 법을 배울 수 있다.

20세기가 획득한 가장 값비싼 성과가 '남녀 평등의 이데올로기'이다. 21세기에 들어와서 여성운동이 주춤하고, 여성 정책이 실효성이 없다고 해서 이 이데올로기를 버릴 수는 없다. 남성과 여성이 함께 가꾸어야 할 남녀 평등의 미래 사회에 대한 비전을 갖고 역사에서 교훈을 얻고, 이를 남성과 여성이 함께 나누어야 한다.

우리 역사에서 찾아보는
여성 리더십

역사를 바라보는 가장 큰 의미가 오늘의 삶에 어떤 교훈을 줄 수 있는가이다. 구체적으로 여성의 리더십에서 교훈을 찾을 수 있으며, 바로 현실에 적용할 수 있다.

전통사회 여성 리더십, 오늘날 여성 리더십의 원형

인류는 시대마다 그 시대가 요구하는 역사적 역할을 수행해왔다. 시대마다 고유한 역할과 사명도 있으며, 시대를 관통하는 불변의 역할도 있다. 불변의 역할은 대대로 여성의 유전인자를 통해서 개개인에게 전해오는 것이다.

남녀칠세부동석이나 내외법이 엄존했던 가부장제 조선시대에도 여성들은 '안채 문화'의 리더였다. 여성들에게 정치나 사회 활동이 허용되지 않았던 그 시대, 가정과 가문이라는 틀 안에서 활동했던 한계는 있으나 당시 여성들은 여성 특유의 기질을 발휘하여 생활의 여러 분야에서 리더십을 발휘했다.

한희숙은 조선 후기 여성 리더십의 특징으로 네 가지를 꼽는다. 첫째, 설득의 리더십. 어머니가 된 여성들은 자손의 교육을 관리하고 훌륭하게 키워 성공으로 이끄는 것이 여성의 임무라고 생각했다. 여성 스스로 여훈서과 유교 경전을 두루 섭렵하며 공부하고 자기 개발을 위해 책읽기와 글쓰기에 노력했다. 때로는 엄하게 때로는 현명하게 자녀를 설득하여 교육했다. 김만중의 어머니 윤씨는 두 아들이 잘못하면 회초리를 들어가면서 배움을 재촉했다. 가문을 이어갈 아들의 성공을 위해 자극을 주고 힘을 북돋우면서 자손의 성공을 통해 스스로의 성취감도 달성했다.

두 번째는 치가(治家)의 리더십이다. 아무리 당시 사회가 여성의 사회 활동을 금했던 시대일지라도 집안이 위기에 처했을 때 여성들은 직접 경제활동에 나서 집안을 이끌어나갔다. 삯바느질, 길쌈, 양잠, 때로는 가지고 있는 가재도구나 옷가지를 팔아 가족을 부양하였다. 어려운 살림을 꾸려가기 위해서 검소와 절제는 기본이었다. 왜란과 호란, 붕당정치 등으로 부침이 심한 사회에서 집안일에 신경을 쓰지 않는 남편이나 아들 대신에 토지와 노비, 가문의 식구들을 '법도 있게, 치밀하게' 이끌어가는 치가의 리더십을 보였다.

셋째는 보살핌의 리더십이다. 양반가는 대부분 종가를 중심으로 공동체를 이루고 살았다. 양반가 여성들은 가족과 가문의 화목을 위해 친인척을 관리하는데, 너무 박하지도 후하지도 않게 어려운 가족을 돌보았다. 서출과 노비, 걸인도 불쌍히 여기고 품었다. "베푸신 것이 깊어 어머니가 돌아가실 때 여러 종들이 부모를 잃은 것처럼 슬퍼했다. 여러 친척들은 은혜로움을 죽을 때까지 잊지 못했다"고 술회하는 경우도 많았다.

넷째는 섬김의 리더십이다. 양반 여성들의 가장 중요한 일은 '봉제사 접빈객(奉祭祀接賓客)'이었다. 여성들은 효를 바탕으로 부모와 시부모를 극진히 섬기고 집안사람들을 모셨다. 가문의 유지를 위한 봉제사를 위해서는 새벽부터 밤늦게까지 정성을 바쳤다. 또한 손님 접대, 즉 접빈객은 단순한 집안일이 아니었다. 가문을 유지하기 위해 반드시 필요한 일이었다. 접빈객을 위해 여성들은 술과 다양한 음식을 준비했다. 자신의 삶보다는 가정과 가문을 먼저 생각하고 이와 관련된 사람들을 배려하는 섬김의 리더십을 보여주었다. 이러한 조선시대 양반 여성들의 리더십은 국내 정세와 경제적 궁핍 등 어려움 속에서도 가족과 가문 공동체를 살리는 '살림의 리더십'으로 나타났다. 이는 다분히 복합적이고 다중적인 것으로 삶의 주인공으로서 역할을 다하였다. 그러나 조선의 신분제와 가부장제 사회구조 속에서 가족 중심, 가문 중심의 리더십이라는 시대적 한계를 갖고 있었다.

여성 독립운동가들의 살림의 리더십

조선은 일제의 강압에 의해 문호를 개방한 후 멸망의 위기를 맞게 되었고, 결국은 일제의 식민지가 되었다. 이 과정에서 여성들은 여성으로서의 자각과 함께 가문이나 가족의 범위를 넘어 민족과 국가를 생각하는 것으로 사고와 행동의 범위를 넓혔다.

명성황후 시해 사건(1895) 후 가족과 함께 의병 운동에 참가하여 여성들을 모집했으며, 일제강점기에는 만주로 가서 군자금을 모으는 등 독립운동을 지속한 여성 의병장 윤희순, 여자교육회를 설립하고 안창호 등 애국지사를 옥바라지한 남자현, 이토 히로부미를 사살하고 옥중에 갇힌 아들 안중근에게 "사나이 세상에 태어나 조국을 위해 싸우다 죽는 것 그보다 더한 영광 없을지어니 비굴치 말고, 왜놈 순사를 호령하며 생을 마감하라"는 편지를 보낸 조마리아, "세상의 반, 여성이 같이 해야 조선 독립은 가능하다"고 주장한 김마리아, 임시정부의 며느리 정정화, "우리 여자가 없으면 세계를 구성할 수 없을 것이며 또한 우리 민족을 구성하지 못할 것이다"라고 한국 여성의 존재성을 강조한 오광심······.

이와 같이 일제강점기 여성 독립운동가들은 자식을 올바르게 기르고자 하는 설득의 리더십과 더불어 가족을 이끌어간 치가의 리더십, 임시정부 등 다른 독립운동가에 대한 보살핌과 섬김의 리더십을 실천했다. 여기에 여성도 독립운동에 직접 뛰어들어야 한다는 등 근대적 여성 의식이 뚜렷하였다.

여성성, 리더십의 새로운 덕목

이러한 역사 속 여성 리더십의 전통을 현 대통령에게 적용해보고자 한다. 박근혜 대통령은 한국여성정책연구원에서 개최한 '2014년 여성신년인사회'에 참석했을 때만 해도 "우리나라가 어려운 시절 가정에서 아이들에게 용기와 힘을 주고 인재를 기른 것도 어머니이며 처진 가장의 어깨에 힘을 실어준 것도 여성이었다"며 "새로운 변화의 길에 여성들 안에 잠재된 섬세함과 강인함, 인내와 저력을 최대한 발휘한다면 변화에 부응하는 큰 자산이 될 것이라고 확신한다"고 말했다. 바로 여성 리더십의 장점을 말한 것으로 공감이 가는 얘기였다. 그러나 지금까지 대통령이 국민에게 보여준 것은 전혀 여성(적) 리더십을 가진 여성 리더의 모습이 아니었다.

박 대통령이 대통령 후보였던 시절, 일부 여성계는 우려를 표명했다. 박 후보에게는 '여성성'이 없고 '명예남성'이라는 것이다. 생물학적으로 여성이지만 여성으로서의 정체성이 없고 단지 '남성성'으로 얘기되는 '냉정' '정치적 계산' '통제' '군림'이 연상되는 전형적 남성적 카리스마를 가진 정치인이라는 것이다. "많은 여성들이 경험하는 출산과 양육, 일과 가정 양립의 어려움 등을 경험하지 않았다, 정치적 파워게임에만 익숙하다, 여성의 멘토가 될 수 있나" 등의 의문을 제기했다.

그러나 당시 박 후보를 지지했던 여성들은 다른 면을 보았다. 박 후보에게 보이는 소위 '남성성'은 가족사의 특별한 배경이 있고 정치를 오래 해왔기 때문에 기존의 정치 세계에서 살아남기 위해 습득된 사고나 행동 방식이 표출된 것으로 보고, 내면에 '여성성'을 갖고 있어 이전의 대통령과는 다른 새로운 '여성' 대통령의 시대를 열 것이라고 기대하고 지지했다. 앞에서 인용한 축사에서 보듯이 박 후보는 여성으로서 여성에 대한 애정을 갖고 있으며, 여성 특유의 부드러움, 섬세함, 다정함, 배려, 섬김, 유연성 등 대체로 여성성이라고 표현되는 덕목을 가지고 있고, 대통령이 되면 이러한 특성이 국정에 반영되리라는 것이다. '여성'이 대통령이라는 사실만으로 '성 역할에 대한 고정관념에 기반한 견고한 남녀

유별 사회'의 벽을 깨는 계기가 될 것이라는 데 대체로 동의했다. 나아가 기본적인 여성성에 남성적 카리스마가 더해져 이상적인 '여성' 대통령의 모델을 만들어낼 수 있다는 기대도 했다.

그러나 최근 이러한 기대에 회의가 든다는 의견이 많다. 우선 대통령의 주변에 여성을 찾아보기 어렵다. 비록 기업 현장이나 공공기관 등에서는 여성들이 약진하고 있다는 평가도 나오지만, 이 정부가 이전의 정부에 비해 여성의 등용에 매우 인색하고 여성의 능력에 대한 인식이 부족하지 않느냐는 것이다. 여성 등용 외에 무엇보다도 정국을 운영하는 방식에서 남성적 정치의 폐습을 벗어나지 못하고 있는 것 같다.

광복 후 70년의 세월이 흘렀다. 세월이 흘렀음에도 한국 여성의 DNA에는 자녀 교육에 대한 설득의 리더십, 가정을 꾸려가는 치가의 리더십, 어려운 사람 등 가족과 주변을 보살피는 보살핌의 리더십, 겸손함의 섬김의 리더십, 한마디로 '살림의 리더십'이 있다. 가족만이 아니라 사회와 국가 전체를 살리려는 살림의 리더십을 갖고 있는 것이다. 어찌 보면 시대적 변화에 따라 '여성성'의 리더십에서 '남성성'을 더하는 리더십으로 발전했다고도 생각된다.

올해 인구학적으로 한국 사회가 '여초(女超) 시대'에 들어섰고, 대졸 진학률에서도 남성을 능가하였다. 이러한 변화에 따라 사회의 모든 영역에서 남녀의 역할에 큰 변화가 요구된다. 여성과 남성이 사회의 모든 역할을 반씩 나누어 하자는 '남녀 동수 운동'도 펼쳐지고 있다.

이러한 시대적 변화를 볼 때 현재의 박근혜 대통령에게 기대를 해본다. 지금까지는 '여성성'보다는 '남성성'을 더 보여주었다면 박 대통령의 DNA에도 분명히 있는 '여성성'을 좀 더 드러내는 것이 시대적 변화, 국민의 눈높이에도 더 맞는 일이 되지 않을까. 우리의 할머니, 어머니같이 보살핌과 설득과 섬김의 리더십, 그리고 알뜰살뜰 살림을 꾸리는 치가의 리더십을 실천적으로 눈에 띄게 드러내는 것이다. 대한민국 최초의 여성 대통령, 세계적으로도 몇 사람 안 되는 여성 대통령인 박 대통령이 반드시 성공한 대통령으로 남기를 바라는 마음에서이다.

여성사 연구를 통한 풀뿌리 여성운동

세상을 살리는 '살림의 리더십'이 한국 여성의 유전인자에 있다. 이제 이것을 어떻게 찾아내 여성 개개인이 자기의 것으로 만들 것인가가 문제이다. 비단 대통령만이 아니라 소녀부터 직장여성, 주부, 할머니까지 모든 여성에게 현안인 것이다. 그러면 무엇을 할 것인가?

첫째는 '역사 속 여성 발견하기'에 힘써야 한다. 범위와 규모의 측면에서 볼 때 학자도 참여해야 하지만 국가적 차원의 지원이 필요하다. 역사적 진실(史實)에 입각한 사료 발굴과 연구가 체계적으로 이루어져야 한다. 이를 위해 현재의 국립여성사전시관이 국립여성사박물관으로 전환되어 신축되기를 기대한다. 이미 세계적으로 70여 개의 여성(사)박물관이 건립되어 있다는 점에서 한국의 국가적 위상에 걸맞는 여성사박물관이 건립되어야 한다.

둘째, 이러한 국가 차원의 일 외에 여성들 스스로 지역사회 중심으로 여성사 바로 알기 운동을 전개해야 한다. 일본의 경우 지역단위로 수많은 여성사 연구 동아리가 조직되어 활동하고 있다. 여기에는 학자는 물론 일반 주부도 참여하고 있다. 마침 한국사가 2017년 대학수학능력시험 공통필수 과목이 됨에 따라 초등학생들 사이에 역사 공부 바람이 불고 있다고 한다. 이 기회에 자녀를 기르는 주부들이 지역 단위의 역사(여성사) 공부 모임을 풀뿌리 조직으로 구성했으면 좋겠다. 이를 위해서는 역사를 전문으로 하는 민간단체의 활성화와 단체간 네트워크가 필요하다. 이는 곧 여성운동으로 발전해갈 것이고, 현 여성운동의 정체 상태를 깰 수 있는 촉진제가 될 것이다.

셋째, '여성사 바로 알기 운동' 즉 풀뿌리 여성운동의 활성화를 위한 다양한 프로그램 개발이 필요하다. 여성운동은 헌신성을 기반으로 한다. 이를 위해서는 이 운동을 통해서 얻어갈 수 있는 그 무엇이 제시되어야 하며, 동시에 참여에 재미가 곁들여져야 한다. 얻어갈 수 있는 것이라면, 자녀 교육에 도움이 된다든가, 이 운동을 통해서 전문성을 길러갈 수 있다든가, 결국 이를 통해 또 직업으로 발전할 수 있는 가능성을 주어야 한다. 이를 위해서는 정교한 교육 프로그램을 창안하고 운영 매뉴얼을 마련해야 한다. 프로그램의 기본적인 골격이 세워지면 여기에 다양한 재미를 줄 수 있는 교육 혹은 진행 방법이 모색되어야 한다.

이와 같이 '여성사 바로 보기 운동'이 풀뿌리 운동으로 전개되면, 한국의 여성운동에 새로운 활력을 줄 수 있으며, 국립여성사박물관 운동도 촉진될 수 있을 것이다. 궁극적으로는 사회 구성원들에게 균형 잡힌 역사관을 보급하여 남녀 평등 사회 실현에 기여할 것이다.

꿈꾸는 자가
창조한다

조 은 희

서초구청장

■■□

이화여자대학교 영문학과를 졸업하고 서울대학교 국문학과에서 석사학위를 받았다. 『경향신문』 기자를 거쳐 청와대 문화관광비서관, 행사기획비서관, 국회 양성평등실현연합 공동대표를 역임했고, 여성 최초로 서울시 정무부시장을 지냈다. 저서로 『한국의 퍼스트레이디』 등이 있다. 범시민사회단체연합 좋은자치단체장상(2014), 유권자시민행동 대한민국유권자대상(2015)을 수상했다. 현재 서초구청장이다.

여자는 다섯 번 탄생한다

나무는 겨울에 나이테를 새겨 제 몸속에 감춘다. 변신을 거듭한 내 인생의 마디마디에도 남들이 잘 모르는 땀과 눈물이 배어 있다. 고난 없는 영광 없다고 했던가. 공인으로 일하고 있지만 나에게도 감춰놓은 눈물이 없을 수는 없다. 그러나 지금 돌아보니 내 삶의 모든 어려움들은 나를 키워준 고마운 스승들이었다.

여자는 다섯 번 탄생한다는 말이 있다. "계집애로 태어나 여자, 여성, 여인, 여사에 이르기까지 다섯 번 새 인생을 맞는다"는 것이다. 이어령 선생의 말이다. 대학교 때 그분의 강의를 듣기도 했던 그러나 캠퍼스를 벗어나고부터 내 인생은 그보다는 더 변화무쌍했다.

나는 참 다양한 직업을 거쳐 이 자리까지 왔다. 기자, 청와대 비서관, 비정부기구(NGO) 대표, CEO, 교수, 서울시 1급공무원, 부시장, 그리고 현재의 서초구청장에 이르기까지. 내가 지나온 이정표들이다. "탄생에는 출산이라는 고통이 따른다"고 이어령 선생은 말했다. 여자가 다섯 번 탄생한다면 출산의 고통을 그만큼 겪어야 한다는 뜻이다. 그 정도까지는 아니겠지만 나도 삶의 이정표들을 하나하나 지나올 때마다 새로운 탄생을 맞는 설렘과 함께 벅찬 도전도 겪어야 했다.

셰익스피어를 가리켜 천 개의 마음을 가진 인물이라고 말한다. 작품 속에서는 천 개의 얼굴을 그려냈지만 셰익스피어는 하나다. 나 또한 마찬가지다. 다양한 코스를 거쳐왔지만 나 조은희는 하나다. 로마로 가는 길은 열 가지나 된다는 서양 속담이 있다. 모든 길은 로마로 통하지만 그 길들이 다 똑같지는 않다는 것이다. 내가 걸어온 길도 마찬가지다. 여러 길을 지나왔지만 내가 가는 방향이 달라진 것은 아니다. 마치 강물이 산과 들을 지날 때마다 모습이 달라지지만 결국에는 바다로 나아가듯이.

셰익스피어의 희곡 「리어왕」에는 "내가 누구인지 말할 수 있는 자는 누구인가?(Who is it that can tell me who I am?)"라는 대사가 나온다. 이를 자신의 소설 제목으로 삼은 작가 이인화는 소설에서 "나는 누구이다"가 중요한 것이 아니라, "나는 누구이고 싶다"가 더 중요하다고 말한다. 예전에 나는 이 구절을 읽으면서 눈이 반짝 뜨이는 느낌이었다. 그렇구나! 지금 내가 누구인가가 중요한 것이 아니구나. 앞으로 내가 어떤 인물이 되고 싶은가가 훨씬 더 중요하구나! 이인화 작가는 내가 존경하는 후배이기도 하다. 그래서인지 그의 말은 마치 나를 위한 것인 듯 더욱 실감나게 다가왔다.

작가 이인화에 따르면 "인간은 실재하는 것이 아니라 욕망하는 것"이며, "내가 되고자 욕망하는 그 사람이 바로 나"이다. 나는 이 대목에서 '욕망'이라는 단어를 '꿈'으로 바꿔서 읽었다. 즉 '꿈이 곧 나'라는 뜻으로 받아들였다. 인간은 결국 그가 꿈꾸는 대로 되어가는 법이다. 꿈이 곧 그 사람이고, 꿈이 그 사람의 일생을 이끌어간다. 나의 지나온 날들을 돌아볼 때도 이 말에 수긍하지 않을 수 없다.

어릴 적 꿈이 나의 인생길을 이끌었고, 지금의 나를 만들었다. 아직도 나는 어릴 적부터 내가 되고자 했던 그 사람을 향해 나아가고 있다. 서초구청장으로서 무척 바쁜 나날을 보내면서도 나는 날마다 꿈을 꾸고,

그것을 현실로 만들어가고 있다. 그런 의미에서 나의 꿈은 아직 현재진행형이다. 내가 꿈꾸는 것들은 언젠가는 또 다른 탄생이라는 새 이정표를 내 인생길에다 세워줄 것이다.

꿈은 책갈피 속에서 피어난다

내 최초의 꿈은 무엇이었던가. 나의 인생을 지금 이 자리에까지 이끌고 온 운명과도 같은 그 꿈은 어떤 것이었던가. 이제는 나에게마저도 아스라해진 그 꿈을 찾기 위해서는 시계바늘을 돌려 내가 단발머리 소녀였던 때로 거슬러 올라가야 한다.

꿈 많은 학창 시절 문학소녀가 아니었던 사람이 있을까. 내가 자라날 그 시절에는 국어 선생님을 선망하고, 시집을 끼고 다니는 것이 마치 유행과도 같았다. 나 또한 꿈 많은 문학소녀였다. 책 읽기와 영화 보기를 밥 먹기보다 좋아했다. 이건 공연한 과장이 아니다. 실제로 책을 읽다가 밥 때를 놓쳐 어머니에게 핀잔을 들은 일이 한두 번이 아니었다. 그건 내 집중력이 남보다 뛰어나서가 아니다. 책에 빠져들기 딱 좋았던 나만의 비밀 장소가 있었기 때문이었다.

어릴 적 우리 집에는 마당 한구석에 연탄을 쌓아놓는 광이 있었는데, 나는 틈이 날 때마다 책을 품에 안고 그곳으로 숨어들어 갔다. 아무에게도 훼방받지 않고 내가 좋아하는 책을 마음껏 읽기 위해서다. 그 광은 햇볕이 잘 들지 않아 대낮에도 어둑어둑했다. 그러나 나에게 그곳은 어머니 뱃속처럼 아늑한 나만의 작은 영토였다. 그곳에서 나는 이런저런 책들을 닥치는 대로 읽으며 미래의 꿈을 키워나갔다.

삶은 책과 책 사이의 빈틈에서 피어난다고 한다. 이제 생각해보니 어릴 적 내 꿈은 책갈피 사이에 들어 있었다. 내가 읽은 책들은 나에게 꿈을 불어넣어주었다. 책을 통해 나는 연탄광처럼 조그만 나의 세계에서 넓은 미지의 세계로 호기심의 더듬이를 뻗칠 수 있었다. 한 권의 책이 한 사람의 일생을 좌우하는 경우가 많다. 어릴 적에 읽은 책일수록 그 영향력은 크고 오래간다. 책갈피 속에 들어 있던 꿈들은 운명처럼 다가와 나의 삶을 미지의 곳으로 이끌어갔다.

그 시절에 읽은 책들 가운데 헤르만 헤세의 『데미안』은 문학소녀라면 누구나 한 번은 거쳐야 할 통과의례와도 같은 책이었다. "새는 알에서 나오려고 투쟁한다. 알은 새에게 하나의 세계이다. 태어나려는 자는 하나의 세계를 깨뜨려야 한다." 많은 사람들의 입에 오르내리는 『데미안』의 명구다. 어린 나의 가슴에도 이 구절은 사금파리처럼 날아와 박혔다. 그리고 새로운 도전에 나설 때마다 나는 "태어나려는 자는 하나의 세계를 깨뜨려야 한다"는 이 구절을 떠올리며 힘을 얻곤 했다. 여자에게 새로운 탄생이야말로 하나의 세계를 깨뜨리고 날아오르는 것을 의미한다. 내 이력 중에는 서울시 최초의 여성 부시장이 들어 있는데, 그것은 우리 사회의 굳은 틀 하나를 깨뜨려버린 날갯짓이었다고 생각한다.

책에도 암컷 수컷이 있다고 했던가. 어린 시절 내가 애독했던 책 가운데는 『삼국지』가 들어 있다. 이를 주위 사람들에게 말하면 대개는 의외라는 표정을 짓는다. 문학소녀와 『삼국지』는 잘 어울리지 않는다는 뜻일 것이다. 하지만 나는 『삼국지』를 꽤 좋아해 책으로 여러 번 읽었고, 시리즈로 만들어진 영화도 세 번이나 보았다. 이상하게도 나는 남자들의 세계라 할 영웅 이야기, 역사와 정치, 비즈니스 등 스케일이 큰 주제들을 좋아했다. 이는 아마도 어머니의 영향이 컸던 때문이라고 짐작한다.

어머니는 어린 나에게 "여자라고 솥뚜껑만 만지며 살아서는 안 된다"고 입버릇처럼 말씀하셨다. 아버지도 마찬가지여서 여성의 사회 참여에 적극적인 생각을 갖고 계셨다. 두 분은 지금도 내가 사회생활을 하는 데 가장 든든한 후원자이자 지원군이시다. 어머니는 나의 교육에 많은 열성을 쏟으셨다. 지금보다 어려운 시절이었음에도 불구하고 피아노를 비롯해 다양한 특기 교육을 받게 했다. 하지만 나는 피아노보다는 책이 더 좋았다. 피아노 학원에 가라고 하면 교재를 장독대에다 숨겨놓고는 몰래 연탄광에 숨어들어 갔다. 그러곤 시간 가는 줄 모르고 책 읽기에 빠지기 일쑤였다. 이상하게도 나는 〈소녀의 기도〉를 치며 신데렐라의 꿈을 꾸기보다 『삼국지』를 읽으며 제갈량의 신묘한 계책이나 천하대세 같은 단어에 더 마음을 뺏겼다. 유비, 조조, 손권이 엮어가는 파란만장한 스토리는 끼니를 잊게 할 만큼 어린 나를 매혹시켰다.

"삼국지를 읽으면 사람이 보인다"는 말이 있다. "삼국지를 열 번 읽은 사람과는 논쟁하지 말라"는 말과 같은 맥락일 것이다. 『삼국지』는 나에게 사람을 보는 눈을 틔워주었고, 세상을 보는 시야를 트이게 했다. 『삼국지』는 단지 소설이거나 흘러간 이야기책 정도가 아니다. '한-중-일 신 삼국지'라는 표현이 언론에 자주 등장할 정도로 삼국지는 오늘 우리 시대의 이야기이기도 하다. 아무튼 『삼국지』 같은 남성적인(?) 책을 통해 인생을 바라보는 눈은 좀 더 깊어졌고, 미래에 대한 꿈은 좀 더 넓어졌다. 공직자로서 또 행정가로서 내 삶의 행보가 보통 여성들보다 활달하다면 그것은 어린 시절 『삼국지』 등의 책을 읽었던 덕분이라고 해도 괜찮다.

문학소녀에서 기자로

읽기와 쓰기는 동전의 양면처럼 붙어 다닌다. 책 읽기가 나에게 가져다준 유익 가운데 하나는 메모 습관이다. 책을 읽다가 마음에 쏙 드는 구절을 만나면 놓치기 싫어서 얼른 노트에 적어두곤 했다. 그렇게 반복하다 보니 나중에는 쓰는 것이 몸에 붙어서 습관이 됐다. 그때 적어놓은 노트가 꽤 많았었는데 이제는 다 어디로 가고 없다. 하지만 노트는 사라졌어도 그 노트에 적어놓은 구절들은 두고두고 내 가슴속에 남아 삶의 자양분이 되고 나침반이 되었다.

습관이 운명을 만든다고 하는데, 독서와 메모 습관은 나를 자연스럽게 신문기자의 길로 이끌어갔다. 사회생활의 시작은 늦었다. 결혼하고 아이까지 낳고 난 뒤에야 신문사 문을 두드렸다. 가정부터 꾸리고 나서 사회생활을 해야 한다는 부모님의 뜻을 따른 결과다. 남편은 "당신은 공부보다 활동적인 일이 더 어울린다"며 기자가 되기를 권했다. 당시 나는 대학원에 다니면서 학문 연구의 꿈을 가꾸던 중이었지만 기자로 방향을 틀었다. 기자로서의 첫발은 중앙지가 아닌 지방지에서 뗐다. 남들보다 뒤늦은 출발이었기에 선택의 여지가 많지는 않았다. 결혼을 해서 두

살바기 아들을 둔 기혼 여성이 신문기자가 된다는 것은 당시로서는 쉽지 않은 일이었다. 중앙지는 나이 제한에 걸려 응시의 기회조차 없었다. 하지만 뜻이 있는 곳에는 길도 있었다. 고맙게도 내가 지원한 신문사는 기혼 여성도 응시가 가능했고 나이 제한을 두지도 않았다.

특종은 기자의 피를 끓게 만드는 요물이다. 특종을 위해서라면 물불을 가리지 않는 것이 기자들이다. 특종을 많이 했다는 것은 민완기자, 명기자라는 말과 뜻을 같이한다. 특종은 기자라면 누구나 꿈꾸는 영예의 훈장이다. 반면에 낙종을 했다는 것은 무능력한 기자라는 꼬리표가 된다. 한 사람이 특종을 했다는 것은 경쟁사의 수많은 사람이 낙종했다는 것을 의미한다. 물 먹었다고들 하는데, 그 쓰리고 초라한 맛은 먹어본 사람만이 안다. 그래서 기자들은 특종에 목을 매고 피 튀기는 경쟁을 벌인다.

기자로서 사회의 첫발을 내디딘 나도 특종에 승부를 걸기로 했다. 남보다 늦은 출발을 만회하기 위해서라도 특종은 좋은 기회였다. 문제는 특종이 마음먹는다고 되는 일이 아니라는 데 있었다. 하고 싶다고 특종을 한다면야 모든 기자들이 다 민완기자 소리를 들을 것이다.

운명의 여신은
터프가이를 좋아한다

기칠운삼(技七運三)이라고들 말한다. 실력이 칠이면 운이 삼이라는 것이다. 특종이 그와 비슷하다. 실력과 노력만으로는 안 되고 행운이 따라야 특종을 한다. 하지만 운도 실력이다. 노력하는 자에게는 행운도 따른다. 마키아벨리는 『군주론』에서 "행운의 여신은 거친 남성을 좋아한다"고 말했다. 소심하고 숫기 없는 남자는 여자의 마음을 사로잡을 수 없다. 과감히 대시하는 터프가이만이 행운의 여신을 차지할 수 있다는 것이다. 운명은 순종하는 자는 끌고 가지만 반항하는 자에게는 끌려간다고 한다. 특종도 마찬가지여서 앉아서 기다리기보다 과감히 대시하는 자에게 행운이 찾아온다. 나도 특종을 찾아 터프하게 대시하기로 마음을 먹었다.

기자 초년병 시절부터 난 억척스럽게 특종을 찾아 발에 땀이 나도록 뛰었다. 이때 기억에 남는 일이 1990년 대구 4·3보궐선거 당시 '정호용 씨 부인 자살 소동'과 정씨의 후보 사퇴 사건이다. 정호용 씨는 언론의 시선을 피해 미국으로 도피했다. 나는 그를 쫓아 캘리포니아 산호세까지 날아갔다. 그리고 정씨의 집 문 앞에 쪼그리고 앉아서 그가 나오기만을 기다렸다. 지나가던 흑인들이 흘끔흘끔 쳐다봤지만 개의치 않았다. 무서움보다는 특종 욕심이 더 앞섰다.

고달픈 밤에는 별들이 더 많이 뜬다고 했던가. 산호세의 밤하늘은 어찌 그리도 별이 총총하던지……. 반짝이는 별 하나에 지루함 하나를 지워가며 밤을 꼬박 새웠다. 긴 기다림의 밤 끝에 아침이 되자 집 안에서 된장찌개 냄새가 흘러나왔다. 이제 됐구나 싶었다. 마침 그날이 어버이날이라 정씨는 당연히 가족들과 함께 있으리라 생각했다. 하지만 착각이었다. 잠시 뒤 문이 열리자 정씨는 안 보이고 부인과 딸만이 모습을 드러냈다. 정씨는 기자가 쫓아올 줄 알고 이미 딴 곳으로 도피한 뒤였다. 특종의 꿈이 한순간에 날아갔다. 헛수고한 것이 분하고 허무했다. 정씨의 부인이 "이렇게 왔으니 밥이라도 같이 먹자"고 권했지만 뿌리치고 내 숙소로 돌아왔다. 그리고 침대에 풀썩 주저앉아 한참을 엉엉 울었다.

하지만 그 일이 아주 헛수고였던 것만은 아니다. 그런 나의 독한 승부 근성은 그 뒤로 계속 발휘돼 다른 특종을 여러 개 물어올 수 있었다. 그로 인해 타 언론사를 비롯해 정치권 인사 등 많은 사람들이 나를 억척 기자로 주목하기 시작했고, 이는 중앙지로 자리를 옮기는 계기가 됐다. 뒷날 내가 DJ(김대중 전 대통령)의 정계 복귀 구상을 특종으로 터뜨리게 된 것도 그런 승부 근성이 가져다준 행운이었다.

기자 생활 중 가장 뿌듯한 보람 중의 하나가 1995년 DJ 정계 복귀와 관련한 '괌 구상' 특종이다. 정계 은퇴를 선언하고 해외에 나가 있던 DJ의 정치 재개 행보는 당시 정치권 판도를 뿌리째 뒤흔들 메가톤급 이슈였다. 정계 복귀를 기정사실화한 DJ는 분당 여부를 저울질하며 괌에서 휴가를 보내는 중이었다. 이 소식을 들은 나는 앞뒤 안 재고 일단 내 돈으로 비행기 표부터 끊고 봤다. 회사에 보고해 해외 출장 허가를 얻고 출장비도 타내고 해야 하지만, 시간이 아까워서 번거로운 과정은 생략했다. 그리고 주말 휴가를 내고 괌으로 가는 비행기에 무작정 몸을 실었다.

괌 공항에 내리니 두꺼운 겨울 코트를 입은 사람은 나밖에 없었다. 여름옷 챙겨 입을 겨를도 없이 숨 가쁘게 날아왔던 것이다. 마침 DJ가 귀국하는 날이었는데 수소문 끝에 호텔로 달려가니 아직 잠자리에서 일어나지도 않은 이른 새벽이었다. 호텔 방문 앞에서 이제나저제나 하며 한참을 기다리고 서 있었다. 마침내 문이 열리고 그런 내 모습을 본 DJ와 이희호 여사는 깜짝 놀라는 표정이었다. 그리고 내 열의에 감동했는지 비행기 시간이 촉박했는데도 시간을 쪼개어 인터뷰에 응해줬다. 그뿐 아니라 괌 총영사에게 일러서 돌아가는 비행기 편까지 자상하게 챙겨줬다. 그렇게 한 인터뷰가 정가에 큰 반향을 일으킨 'DJ 괌 구상' 특종이 되었음은 말할 나위도 없다.

그때 DJ는 나에게 깊은 인상을 받으셨던 것 같다. 가끔 "생긴 것과 달리 어찌 그리 억척스러우냐"면서, 인터뷰할 때면 질문 하나하나에 성의 있게 답변을 해주셨다. 그런 덕분에 나는 1997년 대선 후보들의 행보가 한창일 때 DJ와의 단독 인터뷰에서 처음으로 전두환, 노태우 두 전직 대통령의 선(先)사면론을 끌어내 특종상을 받기도 했다. 그때까지는 '선 사과-후 사면'이 당론이었는데 동서 화합을 내걸고 전격적으로 입장을 선회했던 것이다.

운명의 여신은 확실히 거칠게 대시하는 터프가이를 좋아하는 모양이다. 이런 나의 억척같은 승부 근성과 적극성은 내 인생에 또 다른 도전을 가져다주었다. 1998년 나는 청와대 비서관으로 발탁되어 기자에서 공직자로 새롭게 변신을 했다.

서번트 리더십
― 낮아져야 바다가 된다

지금도 여기자가 청와대 비서관으로 발탁되는 것은 흔치 않은 일이다. 당시로선 여성이 청와대 비서관으로 임용된 것 자체가 전례가 드문 일이었다. 내가 맡은 청와대 행사기획비서관은 그 이전에는 없던 직책으로, 청와대가 기구를 대폭 축소하면서도 신설할 정도로 주목을 받는 자리였다. 국정 최고 책임자의 이미지를 관리하고, 통치권자의 임석 행사를 기획·조정하는 것이 주요 업무였다. 대통령에 대한 깊이 있는 연구가 전제되어야 하는, 한마디로 '민감한 자리'였다.

젊고 패기 있다는 이유로 발탁됐지만 주목을 받는 만큼 부담도 많았다. 자칫하면 나도 모르는 새 사람들의 눈 밖에 날 수도 있었기 때문이었다. 이를 눈물이 쏙 나도록 아프게 깨달은 에피소드가 하나 있다.

임명장을 받고서 얼마 안 돼 비서실장에게 첫 보고를 하러 들어갔을 때의 일이다. 비서실장은 기자 시절부터 잘 알고 지내던 분이라 가볍게 목례하고 보고를 시작했다. 그랬더니 비서실장이 갑자기 내 말을 끊더니 한마디 던지셨다.

"조 비서관, 인사 다시 하시오!"

엄한 목소리에 정신이 번쩍 들었다. 그렇구나. 이제 나는 기자가 아니라 공직자로구나. 공직자는 공복(公僕)이라고 하는데, 나는 아직도 목이 뻣뻣했구나. 그 뒤로 나는 '기자 티'를 벗기 위해 더욱 신경 써서 노력했다. 목소리에 힘을 뺐고, 자세는 더욱 낮췄다. 그것이 국민을 주인으로 섬기는 공복, 즉 서번트의 자세라는 것을 그때 새삼 절감했다.

서초구청장으로 일하고 있는 지금도 나는 '서번트 리더십' '서버먼트'(servenment : 거버먼트(government)를 바꾼 말)라는 표현을 즐겨 쓴다. 그때 크게 한 수 깨우친 결과다. 처음 청와대에 들어갔을 때 나는 그곳이 막강한 권력을 배경으로 지시만 하면 되는 편한 곳인 줄로 생각했다. 그런데 막상 겪어보니 그곳은 24시간 잠시도 긴장을 늦추지 못하고 고생하는 자리였다. 하지만 종 된 사람의 고생이 커야 주인 된 사람의 즐거움이 커지는 법이다. 그곳에서 나는 섬기는 자의 보람이 무엇인지를 몸으로 체감할 수 있었다.

성경에 "크고자 하거든 남을 섬기고, 으뜸이 되고자 하면 종이 돼야 하리라"는 말이 나온다. 종처럼 자세를 낮추는 사람이 큰 사람이라는 것이다. 노자의 『도덕경』을 보면 "큰 나라는 강의 하류와 같다(大國者下流)"라는 표현이 나오는데, 같은 뜻이라고 하겠다. 가장 낮은 곳에 있는 강이 큰 바다를 이루는 법이다. 낮아져야 높아진다는 것은 동서고금을 막론하고 변함없는 삶의 이치이다. 더 늦기 전에 이를 깨친 것은 나에게 큰 행운이었다. 그 후로 나의 공직 생활은 세상이 보기에 좀 더 높은 자리로 옮겨갔지만 그럴수록 몸을 낮추려고 더욱 애를 쓰게 됐다.

'나는 누구인가'에서 '너에게 나는 누구인가'로

청와대 비서관 이후로도 나의 변신과 도전은 계속 이어졌다. 교수, CEO 등을 거쳐 2008년에는 서울시 여성가족정책관이 됐고, 서울시 최초의 여성 부시장이라는 이정표도 세우게 됐다. 서초구청장이란 자리에도 서초구 최초의 여성 구청장이라는 수식어가 붙어 있다.

이런 이야기를 하기에는 좀 이른 감이 있지만 돌아보니 내 꿈이 내 인생을 이끌어왔음을 깨닫게 된다. 지금의 나는 어릴 적부터 내가 욕망했던 결과라고 할 수 있다. "나는 누구이고 싶다"라는 꿈이 나를 이만큼 만들었다. 셰익스피어처럼 천의 얼굴은 아니지만 내 삶의 스펙트럼은 남들보다 다양하다. 내 삶이 남보다 유별났다면 그것은 내 꿈이 남보다 유별났기 때문일 것이다.

겉으로 보기에는 여러 번의 변신을 했지만 나를 이끌어가는 내 속의 꿈은 변함이 없다. 이는 마치 강이 산과 들을 지날 때마다 여러 모습으로 변하지만 결국에는 바다로 나아가는 것과 같다. 제법 많은 삶의 이정표들을 지나왔다 싶지만 아직 꿈을 향한 나의 여정이 끝난 것은 아니다. 나는 지금도 꿈꾸고 있고, 또 꿈을 향해 나아가고 있다.

사랑을 하면 "나는 누구인가"보다 "상대에게 나는 누구인가"가 더 중요해진다고 한다. '내가 생각하는 나'보다 '상대가 생각하는 나'가 더 중요하다는 것이다. 사랑을 하면 내가 원하는 것보다 상대가 원하는 것으로 관점이 코페르니쿠스적인 전환을 한다. 내 생각이 아니라 상대의 생각에 나를 맞추고 싶어 한다. 그런 내 모습이 상대의 눈에 들 때 그 사랑은 열매를 맺을 수 있다. 사랑을 하면 내 꿈보다 상대의 꿈이 더 소중하게 되는 것이다.

이제까지 나는 내 꿈을 좇아 "나는 누구이고 싶다"를 외치며 숨가쁘게 달려왔다. 하지만 나이가 들수록 "나는 누구인가"보다 "나는 남들에게 누구인가"를 돌아보는 시간이 점점 많아졌다. 그리고 내 생각을 뒤로 밀고 남들의 생각은 어떤지 이전보다 더 귀 기울이게 됐다. 주민들의 투표로 결정되는 선출직 자리에 앉고 보니 더욱 그렇다. 내 생각보다 주민의 생각이 더 중요하고, 내 꿈보다 주민의 꿈이 소중한 것이 기초단체 장이라는 자리다. 주민들의 꿈을 이뤄주는 것은 이제 나의 책무이자 꿈이 됐다.

땀은 꿈의 동사이자 현재진행형이다

요즘 내 꿈속에는 나비 한 마리가 팔랑팔랑 날아다니고 있다. 아주 작지만 아주 거대한 나비이다. 아마 세상에서 가장 큰 나비라고 해도 과언이 아닐 것이다. 내 집무실 벽에 걸려 있는 서초구 지도가 바로 그것이다. 지도에서 보면 서초구는 나비 모양을 하고 있다. 나는 틈 날 때마다 지도를 들여다보며 꿈을 꾼다. 저 나비를 한번 날게 해보자. 저 나비의 날갯짓으로 세상을 뒤흔들 '나비 효과'를 한번 일으켜보자. 셰익스피어는 사랑은 눈으로 보지 않고 마음으로 보는 것이라고 했다. 마음으로 보니 서초가 지도를 박차고 훨훨 날아오르는 것이 눈에 들어왔다.

그 꿈속의 나비를 현실로 끄집어낸 것이 서초구의 세 가지 '나비 플랜'이다. 첫 번째 '나비 플랜'은 도시 개발 장기 계획으로 서울고속버스 터미널 이전, 경부고속도로 지하화 등이 주요 내용이다. 두 번째는 '반딧불센터'로 주민 불편을 덜고자 하는 내 꿈을 실현한 것이다. 반딧불센터는 일반 주택 지역에서 아파트 관리사무소와 같은 역할을 하고 있다. 세 번째는 '서리풀 페스티벌'로 대한민국을 대표하는 문화예술 축제를 꿈꾸고 있다. 예술의전당 등이 자리 잡고 있는 서초의 심장에는 K컬

처가 맥박치고 있다. 그 힘찬 고동을 동력으로 삼아 세계를 향해 한번 날아보자는 것이다.

내가 생각하기에 '꿈'의 동사형은 '꿈꾸다'가 아니라 '땀'이다. '땀'은 '꿈'의 동사이자 현재진행형이다. 앉아서 꿈만 꾸는 자가 아니라 일어나 땀을 흘리는 자가 꿈을 이룬다. 꿈을 이루기 위해 나는 땀을 흘렸고, 또 앞으로도 흘릴 것이다.

내 꿈속의 나비가 세계를 향해 훨훨 나는 것은 상상만 해도 행복해진다. 사랑은 마주 보는 것이 아니라 함께 같은 방향을 보는 것이라고 한다. 나의 꿈과 내가 사랑하는 이들의 꿈이 일치한다면 아마 나는 더욱 행복할 것이다.

제3부

여성들의 경영학 개론

40년 금융 인생을 되돌아보다 **김상경** 꿈을 디자인하는 삶 **안윤정** 노력
은 쓰지만 결과는 달다 **오숙영** 잡초가 약초 되는 커리어 컨설팅 **황은미**

40년 금융 인생을
되돌아보다

김 상 경

한국국제금융연수원 원장, (사)여성금융인네트워크 회장

■■□

성균관대학교 사학과를 졸업하고 서강대학교 경제대학원에서 국제경제 석사학위를 받았으며, 서울대학교 ASP(세계경제최고전략)과정을 수료했다. 아메리칸엑스프레스은행 치프 딜러, 외환은행 사외이사, 기획재정부 연기금투자풀위원, 금융감독원 금융제재심의위원 등을 역임했다. 저서로 『나는, 나를 베팅한다』 『환율, 제대로 알면 진짜 돈 된다』 『나는, 나를 베팅한다 그리고 그후』 『김상경의 외환 이야기』 등이 있다. 금융감독원 감사장(2006), JA공로상(2006), 기획재정부장관 감사장(2013) 등을 받았다. 현재 한국국제금융연수원 원장, (사)여성금융인네트워크 회장이다.

나의 스승,
나의 어머니

2003년 1월, 여성금융인네트워크가 출범했다. 그때부터 지금까지 12년간 회장직을 맡으면서 매 분기마다 금융권의 고위직 CEO, 금융 당국 혹은 국회 정무위원회의 의원들을 초청하여 여성 금융인 임원 만들기 운동을 전개해왔다. 여성금융인네트워크의 역할은 금융권의 양성평등을 실현하는 것이다. 특히 금융권 여성 관리자 비율을 높이는 것이 고학력 여성의 경력 단절을 줄이는 가장 좋은 방법이라고 나는 생각한다. 여성이 경제적으로 부유해지면 전 세계적으로도 출산율을 높인다는 통계가 있다.

딸은 자랄수록 엄마를 닮아간다더니, 나이를 먹어가면서 점점 유난스러워지는 극성은 아무래도 어머니에게서 물려받은 성격인 모양이다. '법 없이도 살 사람'이라 천생 공무원을 할 수밖에 없다는 말을 들을 정도로 돈과는 거리가 멀었던 아버지와는 달리, 어머니는 온 집안의 걱정거리를 떠안고서 늘 무슨 일인가를 벌이고, 수습하고, 관리하셨다. 이런 어머니 밑에서 우리 딸들은 혹독하게 훈련되고 길들여졌다.

딸 셋에 아들 셋. 이렇다 할 큰 말썽 없이 조용하게 학교만 다니던 내 생활에 첫 번째 파란이 일어난 것은 고등학교를 마칠 무렵이었다. 가슴 졸이며 혹시나 하는 생각에 대학 진학의 뜻을 비쳐 보인 것이 화근이었다. 딸을 사랑하셨으나 어머니보다 더 봉건적이었던 아버지는 좋은 남자 만나서 시집 잘 갈 생각이나 하라고 하셨다. 1차 시험은 아버지가 무서워서 아예 볼 생각도 못하고 몰래 치른 2차 시험의 합격 통지서가 날아왔다.

첫 등록금만 대달라고 졸랐지만 아버지는 다 쓸데없는 짓이라며 고집을 꺾지 않으셨다. 나는 아예 식음을 전폐하고 이불을 뒤집어쓴 채 시위를 벌였다. 3일째 되던 날 어머니가 조용히 안방으로 부르셨다. 어머니는 결혼반지를 팔아서 내 대학 등록금을 마련해주신 것이다. 그 시절 등록금이 2만 2천 원, 석 돈짜리 금반지 값이 2만 3천 원. 덕분에 나는 대학에 갈 수 있었다. 그때 어머니의 결단이 없었으면 내가 지금의 이 자리에 설 수 있었을까.

영어와의 전쟁을 선포하다

머리가 조금씩 깨이면서 어떻게 살아야 할까를 고민했다. 밥하고 빨래하고 남편과 아이들 뒤치다꺼리에 인생을 온통 내맡기는 여자들의 전통적 삶의 방식이 바로 나 자신의 문제로 느껴지기 시작했다. 여자는 남편 복과 자식 복이 전부라는 소리를 귀에 못이 박이게 들었지만, 그렇게 판에 박은 듯 살아가는 여자들이 나에게는 무능하게만 비쳐졌다. 싫은 길을 피해가려면 무엇보다 남들보다 튀는 실력을 길러야 한다는 생각이 들었다. 그때 생각해낸 것이 영어 회화였다.

영등포 우리 집 근처에 미군 부대가 있었는데, 부대 내 교회는 민간인들에게도 개방되었다. 평소 영어 욕심이 컸던 나는 고등학교 1학년 때 그 교회 내에서 영어로 채플을 한다는 소리를 듣고 무작정 찾아갔다. 그 후부터 대학에 들어가기까지 3년 내내, 종교와는 상관없이 수요일과 일요일이면 교회에 나가서 그들과 어울렸다. 나는 영어와의 전면전을 선포한 것이다. 부끄러움도 잊고 자존심 따위는 집어던지고 게으름 부리지 않고 모임에 꾸준히 나갔다. 덕분에 점점 발음이 촌티를 벗었고, 미국인 친구들도 사귈 수 있었다.

팔자에도 없는 미군 부대 교회까지 찾아다니며 유난을 떤 끝에 얻은 영어 회화 실력이 후일 나의 장래를 결정하는 데 얼마나 큰 역할을 하게 될지, 그때까지는 꿈에도 몰랐다.

나는 일할 팔자를 타고났다

첫 번째 등록금은 엄마의 반지로 해결했으나, 6개월마다 돌아오는 등록금이 나를 억눌렀다. 등록금 마련을 위해서 뭐든 하지 않으면 대학을 중퇴해야 했다. 과외보다는 전문성이 좀 있는 일거리를 찾아보자는 생각이 들어서 철도청 교량 설계를 하시는 아버지를 졸라서 제도를 배우기 시작했다. 그 당시 경부고속도로 건설이 한창 진행되던 때라 제도를 잘하면 일감은 얼마든지 따낼 수 있었다.

아버지는 철저한 스승이 되어주셨다. 제도는 배울 때는 무척 힘들었지만 배우고 나니 확실한 자산이 되었다. 어느 정도 제도 경력이 쌓이자, 건축설계 사무실이나 토목회사로 불려다닐 정도로 인기가 좋았다. 제도사 아르바이트 덕분에 대학 4년 내내 학비 걱정은 없었다.

대학을 마칠 무렵, 어머니는 아들, 딸의 생년월일을 가지고 당시 유명했던 김봉수라는 점술가를 찾아갔다. 그는 내 사주를 보더니 "평생 직장 생활을 시켜야겠네. 외국도 제집 드나들듯 하겠어. 시집을 가도 꼭 직장을 다녀야만 건강해. 아니면 일찍 죽어." 점술가 김봉수의 말이니 어머니는 이를 철석같이 믿으셨다. 내가 직장을 갖는 것을 적극 지지했을 뿐만 아니라, 시집가서도 직장을 이어가라고 말씀하셨다. 나는 일할 팔자를 타고났으니 시집가서도 직장 생활을 해야겠구나, 하는 생각이 뇌리에 깊숙이 박히게 되었다.

1971년 대학 졸업 후 교사가 될 수도 있었지만, 나는 제도사 아르바이트 경력과 미군 부대에서 다진 영어 실력을 앞세워 '타할 디피유(TAHAL-DPU)'라는 외국계 엔지니어링 회사에 제도사로 입사하게 되었다. 당시로는 꽤 괜찮은 월급을 받으며 사회에 첫발을 디딘 것이다. 거기에서 5년 동안 근무하면서 제도 일 외에도 영문 타이핑을 배워 비서 역할도 해냈다. 그 당시 영어를 하고 타이프를 잘 치면 보수가 꽤 짭짤한 외국 회사 전문 비서로 일할 수 있었다.

고등학교 때 미군 부대 교회에서 영어를 배운 것이 '기초 코스'였다면 첫 직장이었던 타할 디피유는 영어의 '활용 코스'가 되었다.

배움의 열정은
끝이 없다

영국계 차타드 은행에서 처음 받은 월급은 9만 원이었다. 전 직장에 비하면 훨씬 높았지만 하는 일은 전만큼 신나지 않았다. 신입 행원에게 주어지는 일이라고는 남이 작성해놓은 서류를 하루 종일 타이핑하는 것이었다. 게다가 전 직장의 날렵한 전동 타자기와는 달리 구닥다리 수동 타자기로 타자를 쳐야 했으니 퇴근 시간이 되면 어깨가 떨어져나가는 것 같았다.

이 상황을 벗어날 탈출구를 찾자! 비서 업무에서 가장 중요한 것은 빡빡하게 짜인 상사의 스케줄을 무리 없도록 관리하거나 중요한 회의 내용을 기록하여 상사에게 보고하는 것이었다. 특히 영어로 진행되는 회의 내용을 빠짐없이 적는 것은 정말 만만찮은 일이었다. 나는 속기사를 떠올렸다. 그래! 영어 속기를 배우면 되겠다! 수소문 끝에 코리아타임스에서 영어 속기를 배웠다. 그 와중에도 연세대 언어학당에 다니면서 영어 회화까지 수강했다. 직장 생활 몇 년 하면 슬럼프에 빠지기도 한다는데, 나는 슬럼프는커녕 몸이 열이라도 모자랄 지경이었다.

그때 나는 결혼을 해서 딸 둘을 두고 있었다. 다섯 살과 세 살의 어린아이들에게는 아마 엄마의 손길이 부족했으리라. 바쁜 엄마를 이해하기에는 아직 어린 나이였다. 하지만 아이들도 언젠가는 뭐든 열심히 배우려고 애쓴 엄마를 자랑스럽게 여기리라 믿었다.

운명을 바꾼
광고

1977년 1월 어느 날, 선두를 달리는 미국계 은행에서 경력 행원을 모집한다는 광고가 떴다. 당시만 해도 우리나라 기업에 비해 급여나 복지 면에서 천양지차인 외국계 기업, 특히 외국계 은행은 젊은 사람들이 취직하고 싶어 하는 선망의 대상이었다.

내 나이 서른 살. 또 한 번 인생의 전환점이 필요하다는 생각을 하고 있던 나는 별 망설임 없이 다니던 은행을 탈출하기로 마음먹고 즉시 신문에 게재된 주소로 이력서를 보냈다. 며칠을 마음 졸이고 기다리고 있는데 조선호텔로 인터뷰 나오라는 연락을 받게 되었다.

"어느 부서에서 일하고 싶지요?"

면접관의 첫 물음이었다.

"비서로요."

차타드 은행의 타이피스트로서 받은 보수는 만족스러웠지만 일이 지루했고 전망이 보이지 않아 이번엔 비서 일을 해보자고 마음 먹었다.

"봉급은 얼마나 원하지요? 정말 영어 속기를 할 줄 압니까?"

"예, 속기를 할 줄 알고, 월급은 20만 원이었으면 합니다."

나는 차타드 은행에서 받던 것의 두 배도 넘는 조건을 제시했다. 경제적 문제도 중요했다. 고등학교 국어 교사인 남편과 함께 맞벌이를 하고 있었지만 아이가 둘이고 시아버님이 사업에 실패해서 형편이 아주 어려웠던 시기였다.

1977년 5월부터 나는 아멕스 은행에서 비서 겸 텔렉스 오퍼레이터로 근무하게 되었다. 깐깐한 영국 은행과 비교하니 천국이 따로 없었다. 환경이 바뀌니 일이 저절로 손에 붙었다.

10년 후에 나는
무엇이 되어 있을까

아멕스 은행에서의 비서 일은 순조로웠다. 일개 비서에게 외환 딜러가 되어보지 않겠냐는 상사의 제안을 받은 후에는 더욱 그러했다. 상사의 격려는 자신감을 북돋웠지만, 사실 망설이지 않을 수 없었다. 아무리 어머니를 닮아 무슨 일이든 일단 저지르고 보는 성격이라지만, 이번 경우는 단순히 직장을 옮기는 것이 아니라 직업 자체를 바꾸는 것이므로 결단이 필요했다.

서른두 살에 나는 외환 딜러로서 첫 출발을 하게 되었다. 10년 후에는 비서보다 훨씬 전망 있는 직업이 될 것이라고 확신하면서 힘껏 도전해보기로 마음 먹었다.

달러 아줌마가 아니라
딜러입니다

'0.5초의 승부사' '국내 최초의 외환 딜러' '외환 딜러계의 대모'…… 지난 수년간 신문, 잡지 기자들이 내 이름 앞에 붙인 낯간지러운 호칭들이다. 화려한 수식어가 하나둘씩 늘어나고, 외환 딜러였던 나에게 쏟아지는 과분한 찬사에 기쁘기보다는 책임감이 커졌다.

국내에는 아직 '외환시장이 있다'고 말하기도 뭐했던 1979년 가을, 새로운 일에 대한 호기심과 설렘으로 외환 딜러 세계에 첫발을 디뎠을 때에 비하면 확실히 세간의 관심이 높아진 것은 분명하다.

외환 딜러라고 하면, 남대문시장 골목에서 '달러 파세요'를 속삭이는 달러 아줌마나, 카드를 나누어주고 블랙잭을 벌이는 카지노의 딜러를 떠올리는 사람들이 많다. 카지노 딜러 정도의 상상도 그리 나쁘진 않았지만, 외환 딜러란 컴퓨터 모니터에서 수시로 바뀌는 빨간 숫자들을 응시하며 외국 돈을 사고파는 일로 이익을 남기는 사람이었다.

단지 여자라는
이유만으로

여자는 원초적 약자인가?

우리는 수없이 많은 상식에 둘러싸여 살아간다. 그러나 그 상식이 언제나 올바른 것은 아니다. 직장에 다니는 여성은 보통 집에서 살림만 하는 전업주부들보다 똑똑할 거라고 생각하는 것이 일반적인 상식이다. 그 '똑똑한 직장여성'의 길로 들어선 이들 앞에는 자신의 의사와는 전혀 상관없이 '똑똑한 여자랑 결혼하면 피곤하다', '똑똑한 여자는 팔자가 세다' 등등의 언짢은 상식이 도사리고 있다. 내 경우만 봐도 14년의 딜러 생활을 해오면서 딜러 김상경이 아니라 여자 딜러 김상경이라는 꼬리표를 늘 달고 다녔다.

내가 국내 은행에서 능력을 펼쳐보지 못하고 계속해서 외국 은행을 선택할 수밖에 없었던 이유도 무엇보다 '결혼한 여자에다 두 아이의 엄마'라는 악조건을 달가워하는 국내 은행이 없었기 때문이었다. 그때만 해도 여자 행원들은 결혼하면 그만두겠다는 결혼 각서를 써야 했고, 하는 일이라야 창구에 앉아 돈을 세는 것이 고작이었다. 이런 성차별에서 자유로울 수 있었다면 나는 외국 은행에서 몸 바쳐 일하기보다는, 우리나라 외환시장을 일구어간다는 책임 의식과 긍지를 한껏 느끼면서 국내 은행에서 일했을 것이다.

요즘은 예전에 비해 여성의 사회 진출을 바라보는 시각이 한결 나아졌다지만 사람들의 의식은 아직도 변한 것이 별로 없는 것 같다. 여성 직원이 결혼 소식을 알리면 '저 여자 이제 집안일 하느라 비척거리겠군!' 하고 지쳐서 스스로 그만둬주기를 은근히 바라는 상사들이 많다. 여성들 자신부터가 좋은 사람 만나서 잘 사는 게 인생의 최상의 목표인 것처럼 말한다.

성차별의 벽은 바로 여성들의 손으로 허물어야만 한다. 무엇보다 여성들 스스로 짊어지고 살아가는 상식의 허실, '여자는 천성적으로 수동적이고 원초적인 약자여서 보호받아야 행복하다'는 관념에서 탈피하는 일이 최우선이다. 그런 의미에서 내 경험들을 털어놓는다.

출발선부터 시작되는
남녀 불평등

아무리 개방적인 미국 은행이라지만 남녀 차별에서 완전히 벗어날 수는 없었다. 아멕스 본점에서 파견된 미국인들이 우리나라에 지점을 만들기 위해 한국과 한국 문화에 대해 세심한 조사 작업을 했었다. 그때 가장 우선적으로 꼽던 특징이 '한국 사회는 남성 중심적이며 여자는 단지 보조적인 역할을 수행한다'는 것이었다.

1980년, 아멕스는 나와 또 한 명의 남자 딜러를 구성원으로 하여 딜링 룸을 개설했다. 어느 은행이든 딜러는 처음부터 과장 직책을 맡게 되기 때문에 그와 나는 같이 과장으로 출발했다. 하지만 그것은 외형상으로만 동등한 출발이었을 뿐, 딜링 룸 일이 시작되자마자 회사에서는 그를 먼저 두 달간 홍콩 연수 과정에 보냈다. 남자 딜러를 하루라도 더 빨리 키워서 치프 딜러의 역할을 맡기려고 한 것이다.

어려서부터 남자는 대범하고 천성이 활동적이니까 대외적인 일을, 여자는 소극적이고 내성적이니 대내적인 일을 해야 옳다는 틀에 박힌 사고는 외국계 직장에도 에누리 없이 적용되었다. 같은 나이에 같은 수준의 교육을 받고 취직했어도 중요한 사안을 결정하는 자리나 거래처를 방문할 때는 남자 직원을 보내고 사무실 안에서 벌어지는 자잘한 업무들은 여자 직원들에게 맡기는 것이었다.

인간은 어떤 교육을 받느냐에 따라 변화하고 발전한다. 처음부터 그렇게 뒤치다꺼리나 하도록 교육시킨 여성들에게 도리어 '열등하다'는 딱지를 쉽게 붙여버리니 답답한 노릇이 아닐 수 없었다.

그렇게 딜러로서 나의 출발은 평등하지 못했다.

카리스마를 갖춘
보스가 되자

여성 치프 딜러로서 남성들도 하기 힘든 터프한 딜링 룸을 이끌어 가려면 나만의 카리스마가 필요하다. 딜링 룸 구성원이 대부분 남성 딜러여서 부하 직원들의 눈에 나는 언제나 자신감에 차 있고 자기 확신이 서 있으며 목표를 제대로 알고 있는 상사여야 했다. 그런 모습을 보여주려고 나는 부단히 노력했다. 물론 내면의 나 자신은 수많은 고민을 하고 심지어는 두려움에 소심해지까지도 했지만 그런 나의 내면의 모습은 절대 겉으로 드러내지 않으려 했다.

세상의 지도자들은 실제로 자신이 아는 것보다 훨씬 더 확신에 차 있는 태도를 보인다고 한다. 나 역시 그랬고, 아무리 화나는 일이 있어도 부하 직원들 앞에서는 이성적으로 행동하려고 노력했다. 감정에 휘말리면 지는 거라고 생각했다. 어머니의 다혈질 성격을 꼭 빼닮은 나로서는 정말 힘든 과제였지만, 감정이 앞서서 KO패를 당하지 않으려고 부단히 노력했다. 감정 싸움을 하는 사람은 아마추어로 비쳐지기 쉽기 때문이다.

부자들이 흔히 하는 말이 있다. "돈을 벌기도 힘들지만 그 돈을 지키는 것은 더욱 힘들다"는 것이다. 성공도 마찬가지다. 성공하기란 정말 힘들지만 그 성공을 유지하는 건 더더욱 힘들다. 일단 내가 올린 실적은 확실히 윗사람에게 인지시켜야 한다. 잘난 체하거나 허풍 떨라는 게 아니라 내가 기여하여 이뤄낸 실적을 분명하게 주위 사람들에게 인지시켜 내 것으로 인정받아야 한다는 말이다. 겸양이 미덕이라는 전통 때문인지 자신을 내세우는 걸 다들 어색해하지만, 남이 나를 알아주도록 표현을 잘하는 것도 능력이다. 물론 남의 실적을 가로채서 자기 공인 것처럼 속여 보고하는 것은 절대 안 된다.

윗사람은 아랫사람보다 더 공부해야 한다. 그러나 부하 직원이 어떤 분야에서 나보다 더 많이 안다면, 나는 그들이 할 수 없는 다른 것을 지원할 능력을 가지고 있어야 한다. 혹 부하가 나보다 똑똑하여 나를 앞지르더라도 그들의 똑똑함을 인정해주고 지원해주는 게 상사가 할 일이다. 그리고 똑똑한 부하 직원들이 곤경에 처했을 때 빨리 구원해주어야 한다. 그들을 위해 싸울 충분한 가치가 있기 때문이다.

내가 보스로서 노력한 것 중 한 가지 빼놓을 수 없는 것은 유머를 간직하는 일이었다. 유머러스한 태도는 선천적으로 타고나는 거라고들 하지만 노력하면 얼마든지 만들어질 수 있다. 남성이 주도하는 비즈니스 세계에서 살아남는 좋은 방법은 여성 특유의 유머를 잃지 않는 것이다.

조기 퇴직을 결심하며

1993년, 남편이 중국 칭다오로 발령을 받아 3년 동안 해외 근무를 하게 되었다. 나는 우리 은행 대표에게 지나가는 말처럼 그 얘기를 했다. 그런데 부부 간에 6개월 이상 떨어져 살면 법적으로 이혼 사유가 되는 미국식 사고방식과 아내는 당연히 남편을 따른다는 동양의 사고방식을 모두 접해본 미국인 대표는 남편의 중국행이 나의 퇴사로 이어지리라 짐작했던 모양이다. 딜링 룸의 치프로서 내가 맡은 직책의 중요성으로 보아 내가 갑자기 사표를 내기라도 한다면 은행이 큰 타격을 입을 것이라고 생각한 대표는 치프 딜러를 바꾸려고 마음 먹고 그 생각을 재빨리 실천에 옮겼던 것이다.

다른 부서장들이 우리 딜러들에게 '우리나라에서 최고로 인정받는 딜러는 누구냐'고 자꾸 묻는다길래 뭔가 분위기가 심상치 않다는 것은 느끼고 있었다. 내 위로 치프 딜러를 모집하기로 하고 헤드헌터에게 의뢰했다는 것이다. 일이 이렇게 되리라고는 미처 예견하지 못했다. 14년 동안 모든 시간과 노력을 쏟아부었는데 그 결과가 고작 이런 대접이란 말인가.

나는 딜링 룸에서 나와서 하염없이 걸었다. 처음엔 너무 서글퍼서 아무 생각도 하기 싫었는데 조금 진정이 되자 너무 불쾌하고 화가 치밀어서 견딜 수 없었다. 아무리 프로의 세계는 냉정하다지만 너무나 철저하게 이기적인 조직의 생리가 뼈아픈 현실로 다가왔다. 미국에서 근무하는 은행 딜러들은 아침에 출근 잘 했다가도 저녁에 자기 가방도 못 챙기고 그냥 집으로 쫓겨갈 정도로 비정한 세계에서 일한다는 소리를 들은 적이 있었다. 하지만 여기는 문화가 다른 한국이다. 싫든 좋든 적어도 우리 식의 예의를 차려 내게 상의는 했어야 옳지 않았나.

흥분을 가라앉히고 다음 날 대표 직무실 문을 두드렸으나 치프 딜러를 뽑는다는 것이 사실이었다. 딜러로서 이 은행에서 보낸 길고 긴 시간들이 아쉽기만 했다. 나는 서서히 이 은행과의 인연을 정리하고 새로운 길을 모색해야겠다는 생각을 하게 되었다.

그 무렵 은행에서 조기 퇴직제를 곧 실시할 것이라는 소문이 나돌기 시작했다. 한 달이 지나고 두 달이 지나도 소문만 무성할 뿐 구체적인 시행 발표는 나오지 않았다. 그러다가 11월에 드디어 전 은행에 조기 퇴직제에 대한 공고문이 나붙었다. 2년 이상 은행에 근무한 직원에 한해 40명까지 신청 순서대로 사표를 수리할 예정이고, 조기 퇴직자에게는 특별 퇴직금을 지급한다는 것이었다.

은행 측은 특별 퇴직금을 준비하기 위해 엄청난 돈을 투자했다. 한꺼번에 큰돈을 만질 수 있다고 조기 퇴직 제도를 기다린 직원들도 많았다. 공고문을 보는 순간, 갈등이 시작되었다. 결국 공고 사흘째 되던 날, 나는 퇴직 신청서를 내는 쪽으로 마음을 굳혔다. 인사부장은 신청서를 받는 대로 스탬프를 찍어주었는데, 1번부터 40번이 차기까지는 그리 오랜 시간이 걸리지 않았다. 아마 다른 직원들도 수차례 시련을 겪으면서 조직의 냉정함에 회의를 느끼던 참이었던 모양이다.

이제 뒤돌아보지 말자. 그러나 꿈속에서까지 해왔던 딜링을 그만둔다고 생각하니 마음이 텅 빈 것 같고 착잡하기만 했다. 딜러가 아니라면 내가 할 수 있는 일이 무엇인가? 그 한 가지 질문이 머릿속에서 떠나질 않았다.

고생문이 활짝 열린
국제금융연수원

또 하나의 도전과 새로운 출발. 누런 한지에 꼬깃꼬깃 싸두었던 어머니의 결혼반지로 등록금을 마련할 때부터 나는 평탄치 못한 삶을 스스로 선택한 셈이었다. 하지만 딜러 시절 했던 일들이 나의 인생 2막을 설계하는 데 큰 도움이 되었다.

내가 계획한 사업은 국제적 시각을 지닌 금융권의 인재를 본격적으로 양성하는 일이었다. 우선 전문적인 지식을 체계적으로 가르쳐줘야겠다고 생각했다. 급변하는 국제 금융 환경과 기업에 맞는 '맞춤 교육'을 기획해 금융인들에게 가르쳐보자. 그러려면 교육기관이 필요한데, 이건 나뿐만 아니라 국제 금융 분야의 전문가들이 모여서 하나하나 만들어가야 하는 전문적이고 체계적인 교육기관인 것이다.

남들은 마흔아홉이면 은퇴할 나이인데 뭘 새로 시작하느냐고 한다. 그러나 나는 평생 일할 팔자로 태어난 소띠 6월생이다. 여름이라 먹을 건 널려 있으나 힘겨운 일을 묵묵히 해내야 하는 소띠 6월생이다. 이제는 나 자신만을 위해서가 아니라 사회에 기여하는 삶을 살고 싶었다. 결국 내가 대주주가 되고, 외국계 은행 출신 전문가들을 주주로 하여 '한국국제금융연수원'을 세웠다. 금융권 종사자들을 위한 실전 교육 프로그램을 만들어 가르치는 민간 교육기관이었다.

이제는 월급쟁이가 아닌 월급을 주어야 하는 입장이었다. 교육 사업은 정말 쉬운 것이 아니었다. 그럴수록 나는 현장에서 꼭 필요하고 바

로 적용할 수 있는 구체적인 실무 지식과 배경 이론을 가르치려고 노력
했다.

IMF 위기를
헤쳐나가다

연수원을 시작한 지 불과 2, 3년 만에 우리나라에 외환 위기가 닥
쳤다. 국제통화기금(IMF) 구제금융을 받아야 하는 이른바 IMF 사태였다.
온 나라에 한숨 소리가 끊이지 않았다. 웬만한 기업들은 줄도산하였고,
게다가 성인 교육기관은 죄다 망하고 있었다. 기업에 구조조정이 시급한
판에 직원들을 위한 교육 예산을 편성할 리가 없었다.

하지만 실업자들이 쏟아지는 현실을 정부가 그대로 방치할 리는
없을 것이다. 영국도 IMF 경제 위기가 닥쳤을 때 정부가 대대적으로 예
산을 편성하여 실업자들을 위한 무료 교육을 시행했다는 것을 알고 있
었다. 우리 정부도 실업자들을 위한 어떤 방안을 염두에 두고 있을 거라
는 막연한 기대를 가졌다. 언제까지고 이들을 실업자로 남아 있게 하지
는 않을 것이다. 그렇다면 실업자들을 위한 재취업 교육을 준비해야겠
군! 이들이 사회에 나가 다시 취업을 할 수 있도록 아주 실무적으로 프로
그램을 구성해보자.

실업자와 대졸 미취업자 교육 프로그램에 예산을 지원해줄 수 있
는 곳이 바로 정부일 거라는 내 예상은 맞아떨어졌다. 정부가 무료로 수
업료를 지원해주기 시작했다. 수많은 실업자와 대졸 미취업자들이 무료

로 우리 연수원을 다녀갔다. 수강생 중 재취업에 성공한 사람들이 많아지고, 학생들도 우리 연수원에서 자기만의 경쟁력을 길러 신규 취업을 하게 되면서, IMF 시기에도 연수원의 인지도는 차곡차곡 쌓여갔다. 결국 이 프로그램으로 연수원은 어렵던 IMF도 무사히 건너뛰어 굳건히 살아남을 수 있었다.

금융권
양성평등을 위하여

우리나라는 여학생의 대학 진학률도 전 세계에서 가장 높고 그중 우수한 여성들이 금융권에 진입하고 있다. 그러나 금융권의 유리 천장과 유리 벽에 막혀 여성들이 중도에 그만두면서 국가적으로 엄청난 손해를 보고 있다. 채용 시에는 여성의 비율이 절반 정도로 타 산업에 비해 높은 편이지만, 40대로 가면 여성 비율이 17퍼센트대로 대폭 줄어드는 것이다. 연봉이 높아서 금융권 취업을 일컬어 '금융고시'라고도 하지만, 남녀 평균 임금의 차이는 다른 업종보다 월등하게 많이 난다.

금융권 모든 분야에 남녀평등이 온다면 한국의 금융권은 우뚝 서게 될 것이다. 내가 금융권에 첫발을 들여놓았던 1970년대까지만 해도 결혼 퇴직 각서에 동의해야만 했지만 첫 여성 대통령이 탄생한 이후부터 금융권에도 조금씩 변화가 일어나고 있다. 그러나 2014년도 말 기준으로 7개 시중은행의 총 임원 186명 중 6명만이 여성이라는 통계는 여전히 우리를 좌절시킨다.

양성평등은 전 세계 금융권에서도 금융 산업을 발전시키기 위한 시대적인 요구 사항이다. 대한민국의 여성이 경쟁력이 있다는 것은 우리 모두가 잘 알고 있는 사실이다. 여성을 키워야 조직이 큰다는 패러다임은 전 세계 전 산업에서 확산되고 있고, 하루라도 이 시류에 편승하지 않으면 우리나라의 금융 산업은 영원히 뒤처지고 말 것이다.

금융권의 남성, 여성 모두가 화합하여 평등 의식을 갖고 함께 동행할 때 우리나라 금융권의 경쟁력과 신뢰는 회복될 수 있을 것이라 생각한다.

꿈을
디자인하는 삶

안 윤 정

앙스모드 대표

■ ■ □

이화여자대학교 독문과를 졸업하고 같은 대학 교육대학원에서 석사학위를 받았으며, 디자인대학원에서 의상디자인을 전공했다. 제5대 여성경제인협회 회장, 한국패션디자이너협회 회장을 역임했고, 백상예술대상 의상상(1991), 문화체육부장관상(1993), 국무총리상(1997), 산업포장(2002), 국민훈장 목련장(2008)을 받았다. 현재 앙스모드 대표, 메세나협회 이사이다.

패션을
천직으로 삼기까지

　힘들 때도 있었지만 가장 좋아하는 일을 하면서 살아온 지 올해로 40년, 그러나 갈 길은 아직도 멀고 내가 이루고자 하는 일들도 많이 남아 있다.

　나는 딸만 셋인 가정의 장녀로 태어났다. 어렸을 때부터 어머니는 내게 의사나 판사가 되어야 한다고 말씀하셨다. 나도 그런 줄 알고 자랐다. 적성검사를 했더니 이과 계통이 내게 적합하다는 결과가 나왔기 때문에 판사보다는 의사가 되어야겠구나 싶어서 이화여대 의과대학을 목표로 대학입시를 준비했다. 그러나 나는 의사가 되기에는 비위가 너무 약했다.

　의대를 단념한 후, 제2외국어로 독일어를 선택해서 공부했다는 이유로 독문과를 가게 되었다. 그렇게 별다른 생각 없이 갑자기 결정한 전공이 적성에 맞을 리 없었다. 그럭저럭 대학원까지 진학했지만 결국은 독문학을 포기하고 나는 다른 길을 찾았다. 그것이 패션 공부였다.

　그때는 지금처럼 대학에 패션디자인과가 있었던 것도 아니라서 국제복장학원에서 디자인 공부를 했다. 부모님을 실망시켜드리는 것이 죄스러워 비밀로 학원을 다녔는데, 덜컥 대한복식디자이너협회에서 상까지 받았다. 그럼으로써 나는 우리나라 최초의 패션 거장 두 분인 고 최경자 이사장님(국제복장학원)과 김경애 대한복식디자이너협회장님(경기양재학원)을 스승으로 모시고 두 분의 사랑과 후원을 받게 된다. 이후 최경자 이사장님이 1977년에 여성경제인협회를 설립할 때 나도 회원이 되었으며, 1985년 10월에는 김경애 회장님의 뒤를 이어 최연소 대한복식디자이너협회장이 되었다. 88올림픽 때 모든 패션 단체의 대표로서 패션 행사를 주관하고 한국패션협회를 만들 때 발기인으로 참여하게 된 것도 모두 두 분과의 인연에서 비롯된 것이다.

맞춤옷에서
기성복 디자인으로

내가 디자이너로서 처음 의상실을 차린 것이 1975년이었다. 그때만 해도 패션에 대한 일반의 인식이 부족해서 어머니는 나에 대해 이만저만 실망하지 않으셨다. 그런 일을 하는 여자들은 팔자가 세다고 낙심하시는 것이었다. 나는 어머니께 말씀드렸다. 걱정하시는 그런 인생이 아니라고, 남들 하는 만큼, 아니 그 이상으로 잘살겠다고.

나는 평소 예쁘게 옷 입는 것을 좋아했다. 그런데 우리나라 옷을 입어보면 어쩐지 잘 맞지 않고 외국산 옷과 차이가 느껴져서 그 이유가 무엇인지 나름대로 연구해보곤 했다. 내가 옷을 만들면 그 차이를 줄이고 잘 만들 수 있을 것 같았다. 마침내 디자이너가 되어 옷을 만들면서 좋아하는 옷을 실컷 입어봤으니 그 소원은 푼 셈이다.

의상실을 5년 정도 운영하다가 롯데백화점에 입점하게 되었다.

입점하면서 '유어사이즈'라는 코너를 맡았는데, 유어사이즈란 일반적인 기성복과는 사이즈가 다른, 부인들을 위한 기성복을 말한다. 일본 백화점에서 유행하던 것이 우리나라에도 소개되었는데, 그 당시 부인복에는 기성 사이즈가 없었기 때문에 내가 최초로 부인들이 입을 기성복을 만들게 된 셈이다. 당시는 여성들이 모두 다 맞춤으로 옷을 해 입을 때라서 다들 기성복은 안 될 거라고 말렸다. 하지만 맞춤 의상실을 5년간 운영하면서 고객과 약속을 잡고 기다리고 하는 데 지친 나는 무조건 기성복 사업을 시작했다.

그때는 우리나라에 정해진 부인복 사이즈가 없었다. 보그 사이즈부터 일본의 마담 잡지 사이즈까지 죄다 참조해보았으나 한국인 체형과는 맞지 않았다. 적성검사가 보장해준 나의 이과적 적성이 빛을 발했는지, 나는 직접 5년 동안의 의상실 경영에서 얻은 고객들의 데이터를 바탕으로 새로운 부인복 사이즈의 기준을 만들었다. 그것이 정말 잘 만들어져서 오늘날의 대표 사이즈가 되었고, 그 덕분에 우리 앙스모드도 그 시대 백화점의 대표 브랜드가 되는 행운을 잡았다.

디자인에 대한
편견을 넘어

부인복 사업을 처음 개척하면서 어려움도 많았지만 시장을 먼저 선점한 덕분에 10년 동안 특별한 대우도 받았다고 생각한다. 새로 생긴 백화점마다 우리 브랜드를 입점시키려고 했고 오히려 내가 매장 늘리는 것을 주저할 정도였다. 나는 정말 경영과는 거리가 먼 디자이너였던 것 같다. 그때 만약 경영 전문가를 따로 두고 나는 디자인에만 전념했다면 상업적으로 더 성공할 수도 있었을 것이다.

1986년, 디자이너 생활을 시작한 지 10년 만에 나는 회사를 개인에서 법인으로 전환하고 강남 논현동에 본사 건물을 지었다. 또 우리나라 최초의 패션 단체인 대한복식디자이너협회의 회장이 되었다.

그때는 서울의 중심이 강북이었기 때문에 강남으로 본사를 옮기고 나니 직원들, 특히 공장 직원들의 출퇴근이 어려워졌다. 그래서 나는 아침에 지하철역까지 출근할 수 있는 차량을 보내기도 하고, 나중에는 아예 회사 근처에 직원들이 거주할 수 있는 다세대 주택을 지었다. 그렇게 직원들의 복지에 신경 쓴 덕분에 인력난을 해소할 수 있었다.

1986년 아시안게임 때는 디자이너협회에서 유니폼 패션쇼를 열었다. 그때 일부 회원들은 디자이너가 유니폼까지 만들 필요가 있느냐며 부정적인 태도를 보였지만 결과적으로 좋은 반응을 이끌어냈고 문화부에서도 만족스러워했다. 그때부터 디자이너들이 유니폼 디자인을 계속했더라면 더 큰 시장을 창출할 수 있지 않았을까 아쉽기만 하다.

그해 프랑스 파리에서는 세계적인 매머드 패션쇼가 열렸다. 에펠탑 건너편에서 진행된 화려한 행사에 세계 각국의 디자이너는 물론이고 사우디아라비아의 왕까지 참석했다. 나도 우리 디자이너들과 함께 참석했는데, 각국을 대표하는 디자이너들의 무대 사이에 우리나라를 상징하는 올림픽 마스코트 '호돌이' 이미지를 올렸다. 무대의 규모가 하도 어마어마해서 큰 영상 속에서 호돌이가 올챙이로 보이고 만, 차마 웃지 못할 에피소드도 있었다.

노태우 대통령 재임 시절, 여성 경제인들이 청와대를 방문할 기회가 있었다. 그때 대통령께서 예정에 없던 질문을 나에게 하셨다. 우리 회사 이름 ㈜사라가 무슨 뜻이냐는 것이었다. 나는 성경에 나오는 아브라함 부인의 이름이며, 한문으로는 사방으로 널리 퍼지라는 뜻(四羅)이고, 우리말로는 사라는 명령어라고 설명했다. 그리고 나는 패션 사업을 하는 디자이너이며 이 사업은 부가가치 사업인데 소비 사업으로 혹평을 받는다고 어려움을 말씀드리니, 대통령께서 그때 배석한 한승수 상공부 장관에게 패션 사업을 신경 써주라고 얘기해주셨다. 하지만 그 후 바로 장관님이 바뀌시면서 흐지부지되고 말았다.

또 하나 웃지 못할 에피소드가 있다. 1993년, 여성으로서는 최초의 환경부 장관으로 황산성 변호사가 임명되었을 때다. 황 장관과는 오랫동안 모임을 같이해온 친한 사이였다. 당시 황산성 변호사가 국제회의에 참석하면서 블루, 오렌지, 화이트 세 벌의 투피스와 함께 아이보리 컬러의 바지 정장을 준비해 갔다. 장시간 비행기를 타고 가는 동안 입기에 적합하다고 생각해서 준비한 옷이었는데 그 바지가 문제가 되었다. 국회에서 여성이 바지를 입었다고 난리가 났다는 것이다. 일이 시끄러워지자 황 장관이 나에게 바지를 입으면 안 되느냐고 물었다. 나는 정장 바지는 활동복이 아니고 정장이기 때문에 괜찮지만, 너무 문제가 된다면 안 입으시는 게 좋겠다고 하였다. 그러나 황 장관은 계속 바지 정장을 입었고, 그에 관한 기사가 신문에 실리기까지 했다.

지금 생각하면 해프닝 같은 일이지만 그때는 그만큼 옷에 대한 시각이 보수적이었고, 부정적인 인식도 강했다. 텔레비전에 요리 프로그램은 자주 방송되지만 의상에 관한 방송은 한 번만 나가도 시청자들이 부정적인 반응을 보였기 때문에 프로그램이 폐지되는 일도 있었다.

이러한 인식이 결국 우리나라 패션 산업의 발전에도 부정적인 영향을 주었다고 생각한다. 패션이라고 하면 소비를 부추기는 사업으로 간주되어 이런저런 제재를 많이 받았다. 그 후 시장이 개방되면서 국내 패션 디자이너들은 또 어려움을 겪게 된다. 올림픽 이후 수입이 자유화되면서 수입품에 목말랐던 사람들이 무조건 수입품에 올인하는 현상이 벌어진 것이다. 당시는 원단 수입이 금지되었던 시절이었다. 그러다 수입이 개방되자 수입 소재는 19퍼센트의 관세가 붙어서 들어온 반면, 수입 의류는 관세가 8퍼센트밖에 안 되었다. 비싼 원단을 사다가 아무리 옷을 잘 만들어도 고객들은 쏟아져 들어오기 시작한 수입 의류에 열광한다.

이러한 어려운 시기를 거쳐 겨우 숨을 돌릴 만할 즈음에 외환 위기가 닥쳤다. 이른바 IMF 사태가 터지며 소비 시장은 더욱 움츠러들었다. 그 후에는 내셔널 브랜드 디자이너 기업들보다는 수입 업체들이 시장을 장악했다.

여성 경제인으로서 협회 활동을 하다 보니 중소기업에 대한 정책적 지원이 여러 가지 있음을 알고 있었지만, 패션은 제조업에 속하면서도 모든 혜택에서 제외되곤 했다. 언제가 되어야 우리도 저런 혜택을 보고 면제도 받아볼까, 마치 우리만 다른 세계에서 사업을 하는 것만 같았다. 그러다 보니 다른 업계와의 차이는 점점 벌어졌다. 초기에는 패션 기업들이 매출과 경영 면에서 앞서갔지만, 얼마 지나고 보면 어느새 뒤처져 있는 것이다.

우리나라는 전통적으로 섬유 업종이 강한데 언제부터인가 점점 사양 산업이 되었다. 그래서 정책적으로 섬유 발전 7년 계획을 세웠을 때에도 패션은 소외되었다. 패션은 항상 사치 업종에 속했기 때문이다. 패션도 좀 같이 넣어달라고 사정해서 겨우 한 줄 들어갔다.

의류 제품에는 제조일자를 반드시 표기해야 하는 규정이 있다. 옷은 신선도가 중요한 식품이나 의약품과는 달리 디자인이나 컬러, 원단 같은 미적인 요소가 더 중요한데 제조일자를 표기하면 의류업이 불이익을 당할 염려가 있었다. 그래서 한국표준협회의 공청회에 나가 제조일자 표시를 없애자는 발언을 했다가 소비자단체로부터 불매운동을 당할 뻔했다. 다행히 그 소동이 제조일자 표기 방법을 바꾸는 계기가 되었지만, 업계 선두주자의 역할은 항상 힘들고 어려운 것이었다.

모교에서 받은
사랑

1982년, 모교 이화여대에 디자인대학원이 생겼다. 학부에서 디자인을 전공하지 않았던 내가 그때 디자인대학원 1회 졸업생이 되었다. 독문학 전공으로 대학과 대학원을 다니고, 다시 디자인 전공으로 대학원을 다녔으니, 총 8년 6개월 동안 이화여대에 몸담은 것이다. 그동안 동창회 활동에도 빠지지 않았고, 졸업 15년 후에는 홈커밍퀸이 됐으며, 30년 후에는 자랑스러운 이화인이 되었고, 대표로 총장님께 동창회 후원금도 전달하는 영광을 누렸다.

디자인대학원 동창회장으로 있을 때는 이화인의 패션쇼를 열어 장학금을 모금했다. 독문과 동창회에서는 전공과는 다른 진로를 택해서 성공한 케이스라며 교수님들의 인정과 격려를 받았다. 내가 한 가지 사례가 되었는지, 학부 때 전공한 분야에 국한되지 않고 더 넓은 영역에서 활동하며 성공한 후배들도 많이 나오게 되었다. 독문과 동창회는 선후배들이 만나서 격려하며 서로 아끼는 모임이 되려는 노력으로 장학회도 운영하여 잘 진행되어가고 있어서 감사하게 생각한다.

내가 연극계로부터 의상 협찬을 많이 요청받은 것도 독문학을 전공한 덕분일 것이다. 내가 의상실을 운영할 무렵은 연극계도 굉장히 어려울 때였다. 특히 '극단 여인극장'의 강유정 선생님이 연출한 〈맥베드〉의 의상에는 열정을 쏟았다. 이호재, 전광렬, 이경순 같은 분들이 출연한 그 연극은 많은 상을 휩쓸었고, 나도 1991년 백상예술상에서 무대의상상을 받았다. 디자이너로서 최초가 아닐까 싶다. 나의 귀중한 상 중 하나이다.

나누고 베풀며
살아가기를

1995년, 세계화라는 단어가 처음 등장해서 화제가 되었던 때다. 김영삼 대통령의 유럽 순방 때 나도 디자이너 대표이자 여성 기업인으로서 동행하게 되었다. 그때 대기업 회장단도 함께 갔는데 디자이너들이 국내에서 신소재를 접할 기회가 없다고 애로 사항을 얘기하니, 최종현 회장께서 최 부사장께 디자이너들 필요한 것 챙겨주라고 말씀하시고 많은 협조를 해주셨던 적이 있다. 독일에서 대통령과 순방단의 모든 사람들이 자리를 함께했는데 나한테도 한마디 할 기회가 주어졌다.

"저는 패션 디자이너입니다. 디자이너가 하는 일은 부가가치를 더하는 일입니다. 예를 들자면, 여기 계신 모든 분들이 넥타이를 매고 계시네요. 그 넥타이 값은 단돈 몇 달러부터 몇백 달러까지 천차만별입니다. 그 값을 만드는 것이 디자이너의 역할이죠."

내 이야기에 모든 사람들이 관심을 가졌기 때문에 이제 패션 분야에 제대로 지원이 이루어지겠구나 기대했다. 그러나 그 후 얼마 되지 않아 IMF 사태가 터졌다. 패션은 또 관심 밖으로 밀려나고 많은 패션 업체들이 업계에서 사라졌다.

나도 그때 적지 않은 타격을 받았으나 살아남은 것이 다행이라고 스스로를 위안했다.

앞에서도 말했지만, 디자이너의 길을 걷기 시작하며 부모님께 팔자 드센 여자 되지 않겠다고, 부모님이 원하는 삶을 살겠다고 약속했었다. 그 때문에 나는 사업을 할 때도 매사에 조심하면서 모험을 하기보다는 안전한 길을 선택하곤 했다. 또 남편과 아이들에게도 피해가 가지 않도록 항상 안정권 안에서 사업을 해나가는 것을 우선시해왔다.

IMF로 어려울 때도 우리 회사는 사내에 어린이집을 만들어 디자이너와 공장 직원들의 아이들을 돌보았다. 중소기업이 이런 어린이집을 운영한다고 주위에서 모두 부러워했고 외국 기업에서 온 방문객들은 이런 좋은 일을 하면서 왜 보여주지 않았느냐고 의아해할 정도로 모든 분들이 칭찬하는 시스템이었다. 그런데 10년을 운영하다 보니 점점 직원들의 결혼도 늦어지고 아이들도 적어져서 어린이집을 닫았는데, 그 후 정부에서 직장 내 어린이집 정책이 쏟아져 나왔다. 나는 항상 새로운 것을 너무 빨리 시작했다가 손해 보는 스타일인 것 같다.

나는 일을 하느라 바쁜 중에도, '아들 딸 구별 말고 둘만 낳아 잘 기르자'던 시대에 2녀 1남, 3남매를 낳았다(제왕절개를 세 번이나 했다). 아이들이 유치원, 초등학교에 다닐 때는 다들 생일파티를 요란하게 한다. 선물도 화려하다. 나는 친구들하고 한 번만 생일잔치를 하고 생일선물 대신 고아원이나 성심원 같은 데에 휠체어라든지 필요한 물건을 보내자고 아이들을 설득했다.

"옛날에는 먹고살기가 힘들어서 갖고 싶은 것 먹고 싶은 것들을 생일날 몰아서 해줬던 거야. 요즘 너희는 평소에도 갖고 싶은 것 다 갖고 먹고 싶은 것 다 먹잖아. 그러니까 생일날만큼은 너희들이 선물을 받는 대신 부모 없는 아이들이 갖고 싶어 하는 걸 선물해주면 좋지 않을까."

아이들도 내 말에 전혀 불만이 없었다. 그래서 이때까지 그렇게 해왔다. 나는 항상 행복은 많은 사람들과 나누어야 한다고 생각한다. 아이들도 그런 생각으로 세상을 살도록 교육해왔다.

디자이너협회장을 1991년에 그만두고 나서는 1년에 한 번씩 개인 패션쇼를 하얏트 호텔에서 디너 패션쇼로 열었다. 우리 고객들과 외부 손님들을 초청해서 식사를 대접하며 패션쇼를 하는 것인데, 이렇게 행사를 할 때마다 심장병이나 안면기형으로 고통받는 어린이들에게 수술을 해줬다. 손님들은 내게 패션쇼를 하면 돈이 많이 벌리니까 수술도 해주는 거냐고 물으신다. 그때마다 나는 행사를 할 수 있는 것이 고마워서 나누는 거라고 대답한다. 옛날에는 내 말에 의아해하는 분들이 많았다. 지금은 나눔과 베풂의 문화가 많이 발전했는데 그때만 해도 사람들의 인식이 부족했던 것이다.

물론 아직도 충분하지는 않지만, 그동안 많은 변화와 발전이 있었다. 기업도 달라졌다. 우리나라 기업메세나협회가 인가를 받은 것이 1995년 이민섭 문화부장관 시절이다. 그때만 해도 메세나의 의미조차 낯설었으나, 20년 동안 기업이 문화예술계에도 많은 역할을 했다고 생각한다. 나는 그때 문화부 산하 단체장이었기에 중소기업으로는 유일하게 기업메세나협회의 창립 회원이 되었다.

아직도 내겐
갈 길이 멀다

나는 여성 기업인이 별로 없던 시절에 매출이 좀 되는 기업의 경영인이었고 여성경제인협회의 전신인 여성경제인실업회의 발기인이었기에 협회에 대한 애착이 컸다. 그때는 나도 많이 어리고 어머니 세대의 어르신들과 임원을 같이 해왔기에 부회장만 20년 정도 했었다. 그리고 2007년부터 2009년까지 5대 회장을 역임했다.

취임 당시 나는 네 가지 공약을 했었다. 여성기업지원센터를 세우는 것, 여성기업 공공구매 5퍼센트, 경제인들의 화합과 회원들의 친목, 그리고 육아 정책에 대한 것이었다. 여성기업지원센터를 세우는 일에 대해서는 여당의 반대가 심했다. 1년을 버틴 끝에 간신히 지원센터를 여성경제인협회에 소속시켰다. 또 여성기업 공공구매 5퍼센트는 정말 힘든 일이고 미국에만 있는 법이기에 곤란할 거라고 생각했는데 어려웠지만 그때 여야 의원님들이 많이 도와주셔서 2008년에서 2009년에 걸쳐 국회를 통과했다. 그때 도와주신 산자위 소속 의원님들께 감사드린다. 남성 기업인들은 요즘같이 여성 파워가 막강한 때에 왜 그 법이 필요하냐고 반대하였다. 나는 그동안 남성들이 많은 혜택을 보지 않았냐고, 아들들만 교육 혜택을 받기도 한 우리 세대에서 여성 기업인에게 그 정도도 양보 못 하느냐고 맞받아쳤다. 그리고 여성 기업인들이 부모나 가족의 상을 당했을 때 협회 이름으로 도우미를 보냈는데 반응이 너무 좋았다. 경비가 많이 든다고 반대하는 의견도 있었는데 실제로는 작은 경비로 큰 호응을 얻었다. 감사 메일도 많이 받았다. 작은 일에도 감사해하는 것이 여성 기업인의 세심함이 아닐까?

그런데 보육 정책 문제는 생각보다 어려웠다. 기득권의 이해관계가 걸려 있기도 해서 좀처럼 해결책이 보이지 않았다. 우리 회사에서 10년 동안 직장 내 어린이집을 운영해왔기에 쉬울 줄 알았는데 생각보다 문턱이 높았던 것이다. 나는 고학력 여성의 유휴 노동력을 활용하면 된다고 생각했다. 고학력 여성들을 단기 교육시켜서 어린이집 운영 자격증을 주고 자기 집에 어린이집을 만들게 하면, 어린이집 건물을 짓지 않고도 보육 문제가 많이 해소될 것 아닌가. 그러나 내 아이디어는 결국 실현되지 못했다. 요즘도 보육 문제 때문에 사회 전체가 골머리를 앓고 있는 것을 보면, 아쉽기만 하다.

업계의 선구자로서 나름대로 노력하고 혼신을 다해 사업에도, 가족에게도, 사회에도 이바지하려고 했다. 최근 들어 수입 시장 개방과 해외 직구의 유행, SPA 시장 난립으로 디자이너가 설 자리는 점점 좁아지고 있다. 반면 내셔널 브랜드를 내세운 사람들은 세계시장과 국내시장을 잘 컨트롤하며 많이 성장했다. 그런 걸 보면 역시 나는 경영자 감은 아니었다는 생각이 든다. 나는 옷이 좋아서 이 직업을 선택했지만 경영 공부를 한 것도 아니고 디자이너가 경영까지 해야 하니 너무 힘들어서 딸들은 나보다 좋은 직업을 가지기를 바랐다. 큰딸은 음악을, 작은딸은 미술을 전공했는데 결국은 둘 다 패션 쪽 일을 하게 되었다. 아들은 위스콘신대에서 생명공학을 전공하여 다른 직업을 가졌지만 두 딸이 패션 사업을 이어가게 된 것이다. 앞으로 우리 아이들은 나와는 다른 시장에서 일을 해나갈 것이다.

어쨌든 나는 내 일과 디자인을 계속 할 것이고 작은 일이라도 끊임없이 목표를 세워 차근차근 해나갈 것이다. 다음 세대에는 내 작은 소원의 씨앗이 크게 꽃피기를 바란다.

우리 아이들은 어려서부터 나와 함께 케냐나 탄자니아 선교 활동을 다녀서 아프리카 선교의 꿈도 갖고 있다. 어느 날 아이들이 내게 물었다. "우리는 왜 케냐에서 느낀 마음을 돌아와서는 잊어버리게 될까요."

나는 대답했다. "갈 때마다 다시 느끼고 그러면서 봉사하는 마음도 커지는 거란다."

아이들과 함께 그 꿈을 이루었을 때, 나도 작은 자서전을 쓰려고 한다. 5년 후인지 10년 후일지…… 오늘은 그저 내가 살아왔던 삶과 앞으로의 계획을 간단하게만 정리해보았다.

노력은 쓰지만
결과는 달다

오 숙 영

오즈리서치 대표, 서울예술대학 교수

■■□

이화여자대학교 사회학과를 졸업하고 같은 대학원에서 석사학위를 받았으며, 성신여자대학교에서 소비자학 박사과정을 수료했다. 저서로 『좀 더 쉽게 광고를 말한다』(공저) 등이 있다. 국제지구촌학회 공로상(2012), 올해의 이화인상(2007), 건강보험심사평가원 공로상(2013) 등을 받았다. 현재 오즈리서치 대표, 서울예술대학 광고창작과 교수, 채널에이 시청자위원회 부위원장, 건강보험심사평가원 비상근 평가위원·심사위원 및 자문위원, 학교법인 중앙의숙 재단이사이다.

■ ■ □

출발점부터 노력해야만 했던
나의 인생

"에미나이가 왜 울어?"

내가 태어나고 두세 달이 지나서 집으로 돌아오신 아버지가 처음 하신 말씀이다.

평양 출신의 아버지는 6·25전쟁 중 남한으로 오셨고 지금은 세종시가 된 충청남도 연기군에 사시던 엄마를 만나서 결혼했다. 2남 3녀 5남매 중 나는 둘째이다. 언니의 뒤를 이어 계속 딸을 보게 된 아버지는 너무나 실망하셔서 집에도 안 들어오셨다. 몇 달 만에 오셔서 내가 우는 게 화가 나서 나를 집어던지다시피 했을 정도로 남아선호사상이 철저하신 분이다. 북한의 명문학교 출신으로 이북에 계실 때도 고등학교 교사를 하셨고 남한에 오셔서도 경찰 공무원을 하신 분임에도 뿌리 깊은 가부장적 사고를 가지셨다.

자라면서 눈치로 체득한 것은 부모님의 관심과 사랑을 받기 위해서는 공부를 잘해야 한다는 것이었다. 그래서 열심히 공부하여 초등학교 때부터 전교에서 최상위 석차를 차지했고 명문학교인 이화여중에 입학하고 나서부터는 집 안에서의 내 인생이 풀리기 시작했다. 명문학교 욕심이 많은 부모님의 자부심이 계집애라는 불만을 상쇄한 것이다. 좋은 학교에 진학한 자녀를 둔 사람들을 부러워하는 것은 예나 지금이나 한국 부모들의 공통점인 것 같다.

아무튼 어려서부터 가정 내에서도 매우 노력하면서 살아야 되는 인생이 시작되었다.

대학 전공 선택은 중요한 전환점

어떤 전공을 택하느냐가 일생을 좌우할 수도 있다. 나는 전공에 대한 사전 정보도 없고 다만 전공과의 이름만으로 막연히 편견만 가진 상태에서 문리대학 인문사회계열에 입학하여 2년간 전공 탐색의 시간을 가지게 되었다. 부모님은 이화여대에서는 영어영문학과가 가장 좋은 학과라며 권유하셨으나 어문학 계열은 내 취미에 맞지 않았다.

사회학. 전혀 모르던 분야였는데 전공 탐색 과정에서 인간관계에 대한 학문이며 사회현상에 대한 관찰을 바탕으로 한다는 등의 설명을 듣고 매우 흥미롭고 재미있어서 선택하게 되었다. 문학을 좋아하는 사람이 있고, 관계를 잘 맺고 풀어가는 사람이 있는 등 각자 모두 성격이 다른데 부모들은 대부분 남들이 인정해주는 전공을 강요한다. 요새는 취직이 잘 되는 전공이 가장 인기 있다. 그러나 아무리 인기 학과를 나왔어도 취직이 되고 안 되고는 본인의 열정에 달려 있다. 스스로 흥미를 가지지 못하는 분야를 전공한 사람은 열정을 가질 수가 없다.

나는 사회학을 전공하였고 '사회통계'와 '사회조사방법론' 두 과목을 이수한 덕분에 적성에 잘 맞는 직장에 취업을 하게 되었다.

취업은 했으나
산 넘어 산

　　대학 졸업과 동시에 입사하고 나니 입사 서류 외에 '결혼 후 퇴사 각서'를 제출하는 제도가 있었다. 청운의 꿈을 안고 전공을 최대한 활용해서 일을 잘해보자는 생각으로 신나게 출근하자마자 '결혼 후 즉시 퇴사'한다는 서류에 도장 찍고 사인을 하라는 것이다. 갑자기 맥이 빠지면서 안 그래도 집에서 부모님이 아들과 차별대우하여 서러운데 사회에서는 더욱 억울한 대우를 받게 되나 보다 싶었다. 더구나 내가 입사한 회사는 그 당시에 가장 앞서간다는 언론기관으로 현재 연합통신의 전신인 합동통신사 소속 광고홍보실(나중에는 '오리콤'이라는 광고대행사로 분리 독립) 조사부였는데도 그런 제도가 있었으니 그 당시 사회가 여성에게 얼마나 부당했는지 짐작할 수 있을 것이다.

　　내가 당장 제도와 사회를 바꿀 수는 없고, "분명히 내가 남자보다 더 잘하는 것이 많을 것이다. 최선을 다해서 나의 능력을 개발해보자" 하는 오기가 생겼다. 사소한 일까지도 최선을 다해서 처리하였더니 회사에서 나는 어느덧 "전설의 미스 오"라는 별명으로 불리게 되었다. 오히려 그 후부터 나는 결혼 후 퇴사는커녕 임신하고 아이를 기르면서도 특혜를 받아가며 일하는 직원이 되었다. 부당한 제도를 극복하려면 불만을 가지기 전에 남보다 더 노력을 해야 한다는 교훈을 얻었다.

　　결국 차별대우를 극복하긴 했지만 이를 위해서 나는 이루 말할 수 없는 고생을 해야 했다. 남보다 일찍 출근했고, 잠시도 쉬지 않고 일거리를 찾아다녔다. 상사나 동료가 어떤 요구를 하기도 전에 완벽히 일을 처리하기 위한 육체적 정신적 애로는 너무나 많아서 일일이 나열할 수도 없다. 그러나 이런 노력이 완전히 몸에 배어 지금까지 나를 유지하는 기본이 되었고 그것이 성공의 요인이라고 생각한다.

비행기 출퇴근이라는
새 역사 탄생

보통 비행기를 탄다면 해외여행을 연상하겠지만, 내가 처음 비행기를 이용한 것은 국내 출퇴근을 위해서였다.

고생은 했지만 회사 안에서 일 잘한다는 명성을 얻었기에 다른 광고회사에서 리서치팀을 신설하면서 나를 초대 팀장으로 영입하려 했다. 자녀들 때문에 풀타임 근무는 못 한다고 했더니, 주 6일 근무가 대세이고 심지어 주 7일까지도 예사였던 그 당시 상황에서 주 5일 근무에 오전 10시 출근 오후 5시 퇴근이라는 파격적인 특혜까지 주었다. 집안일을 도와주시는 아주머니와 시간 맞춰 교대할 수 있도록 배려를 받는 조건으로 재취업을 하게 된 것이다. 그런데 그렇게 좋은 조건으로 근무한 지 딱 2개월이 된 순간, 남편이 지방 발령을 받게 되었다. 직장여성의 능력 발휘를 방해하는 여러 가지 제약이 있는데 그중 하나가 가족 문제다. 나 역시 그 순간 그 제약을 실감했다. 내 커리어를 위해 별거를 할 수도 없고 난감하였다.

엄마가 출근해도 아들이 울지 않게 겨우 적응된 때였고, 평생 일하기에 딱 좋은 직종이라는 생각으로 재취업을 기뻐한 것도 잠시, 다시 회사를 그만두고 남편의 근무지인 지방으로 옮겨야 되겠다고 결정했다. 그런데 의외로 회사에서 이왕 시간을 봐주고 있었으니 주 3~4일만 근무하라고 제안해왔다. 근무 시간도 첫 비행기로 사무실에 오전 늦게 도착, 오후 일찍 퇴근하여 비행기로 돌아가는 조건이었다. 그리하여 나는 서울과 대구 사이를 5년간 출퇴근하는 전무후무한 기록을 세우게 되었다. 당연히 정식 근무자와 같은 대우를 받으며 차장에서 시작하여 부장, 국장의 자리까지 올라간 것이 대구에서 서울로 비행기 출퇴근할 때였다.

어떻게 하면 그런 대우를 받고 근무할 수 있었느냐는 질문을 많이 받는데, '사회적 여건'이 가장 큰 원인이었다고 생각한다. 무엇보다도 그 당시에는 광고대행사가 매우 팽창, 발전할 때였다. 좋은 인력이 회사의 경쟁력이고 경쟁 입찰에서 승리해야 광고를 수주할 수 있었기에 전투에서 쓸 수 있는 인력을 놓치면 안 되는 시기였기 때문에 내가 그 혜택을 누릴 수 있었던 것이다.

즉 시대를 잘 탔다는 말을 흔히 하는데, 사회 발전과 직업의 발전을 예견해야만 사회생활이 잘 풀린다. 직업을 선택해야 되는 기로에 있는 젊은이들은 어떤 직업이 시대상에 맞는지 살펴봐야 한다. 고속 성장을 하는 업종에 종사하게 된 것이 내가 특혜까지 받으며 직장 생활을 하게 된 가장 큰 요인이었다. 그러나 나와 같은 업종에 근무했던 사람들 가운데 아무도 나 같은 혜택을 받지 못했다. 그러니 사회적, 시대적 여건만 믿을 게 아니라 자신의 가치를 높이려는 본인의 노력이 따라야만 할 것이다.

자기만의 무기를
개발하라

잔잔한 물 위를 우아하게 떠다니는 오리도 물 밑에서는 힘겹게 발장구를 치듯, 외부에서 보기에는 내가 순조롭게 사회생활에 적응한 것처럼 보이겠지만 고생길은 그 후에도 지금까지 계속되고 있다.

나의 본업인 조사 업무에는 여러 분야가 있는데 우선 통계 분석이 필요한 양적인 조사가 있고, 좌담회 형식으로 모임을 진행하고 거기서 나온 결론을 분석하는 질적인 조사가 있다. 그 당시 새롭게 한국에 도입된 질적인 조사가 나에게는 기회였다. 여론조사와 소비자 조사의 응답 대상은 거의 소비의 주역인 주부들로 여성들이다. 여성 대상으로 회의를 진행하려면 사회자도 같은 여성이어야 대화를 잘 이끌어나갈 수 있다. 선배 여직원이 퇴사하는 바람에 입사 후 2년차가 되면서 나에게도 사회를 보고 진행하는 기회가 주어졌다. 원래부터 얘기하기를 좋아하던 나는 물 만난 고기처럼 재미있게 핵심을 파악하는 진행을 잘하여 회사에서 인정받기 시작했다. 그런 질적인 조사 방법은 진행이 잘되었는지 아닌지를 관찰실에서 파악할 수 있기 때문에 즉각 나의 실력을 인정받을 수 있었다. 남자 직원들은 대부분 얘기하는 걸 별로 좋아하지 않기 때문에 나보다 훨씬 진행을 힘들어했다. 그러다 보니 좌담회 진행에 관련된 업무는 저절로 나에게 넘어오고 그 분야가 활성화되면서 나의 몫이 커졌다.

적성에 맞는 영역을 찾아서 자기만의 주무기를 개발하는 것이 자신의 가치를 높이는 데 매우 중요하다. 나는 성공리에 가망성 있는 업종을 선택했고 업무 내용에서도 자기 길을 찾았다고 본다.

그 회의 진행이라는 것은 정신적으로 육체적으로 매우 피곤한 일이다. 일을 하는 동안에는 피곤도 못 느끼고 몰입하여 즐겁게 일하는 건 적성에 맞기 때문일 것이다. 시간에 쫓겨가며 하루에 두세 그룹씩 회의를 진행하는데, 끝나고 나면 탈진하여 꼼짝하기도 힘들 정도이다. 숙련되었다고 해서 덜 피곤하지는 않은 것이다.

회사 창업은
새로운 인생의 서곡

두 아들이 중고등학교 시절, 방학 중 호주에 어학연수를 다녀와서는 조기 유학을 가고 싶다고 조르기에 겁 없이 호주로 유학을 보냈다. 그런데 막상 아이들이 가고 나니 아직도 정서적으로 분리가 덜 된 부모와 자식이 매일 전화하면서 이런저런 고충을 얘기하는 것만으로는 부족해서 수시로 호주에 가봐야 안심이 되는 상황이 많아졌다. 그런데 월급쟁이 생활이란 자유가 없었다. 눈치 보면서 1년에 한 번의 하계 휴가만 다녀올 수 있을 뿐이었다.

오랫동안 샐러리우먼 생활만 해온 내가 내 사업을 한다는 것이 선뜻 엄두가 나지는 않았다. 광고대행사 고참 국장으로 고액 연봉이 보장되어 있는 마당에 창업해서 그만큼의 수입을 올릴 수 있을까 하는 불안함도 있었다.

그런데 회사를 창업한 후 내 생활은 완전히 달라졌다. 나는 월급쟁이 시절과 창업 후의 시절로 내 인생이 확연히 구분됨을 느낀다. 일정한 급여를 받되, 큰돈을 벌지는 못하지만 위험 부담이 없는 매우 꾸준한 생활이 급여 생활자의 삶이다. 항상 일정한 궤도를 그리면서 살 수 있다는 것이 장점이다. 회사 창업 후의 생활을 요약해서 얘기하면 내 생활을 내가 스스로 조절할 수 있는 '자유' 한 가지를 얻은 대신에 영업, 직원 관리, 사무실 관리, 프로젝트 선택 등 수십 가지의 신경 쓸 일이 생겼다. 내가 내 마음대로 시간을 조절할 수 있는 선택의 자유 한 가지를 얻은 대신 감당해야 하는 대가는 수없이 많다.

그렇게 힘이 들지만 회사 운영만 잘되면 대부분 창업에 만족해한다. 나 자신도 마찬가지다. 왜냐하면 자유로운 시간 활용이라는 가장 귀중한 자산을 얻어 완전히 다른 인생이 시작되었기 때문이다. 대부분 창업을 하려면 자본이 미리 준비되어야 한다고 생각하겠지만, 가장 중요한 것은 평소에 관련 업무 능력을 준비하는 것이다. 여기서 능력이라 함은 남보다 잘할 수 있는 경쟁력을 갖추어야 한다는 말이다. 누구나 약간만 노력해도 나처럼 할 수 있다면 그것은 능력이 아니다. 쉬운 예로 식당은 많은 사람이 차릴 수 있다. 그러나 남보다 더 싸고 더 맛있게, 주방장의 힘이 아니라 나 스스로 할 자신이 없이 식당을 하면 거의 실패한다. 그래서 창업은 성공하면 매우 달콤하나 그 준비 과정은 매우 어렵고 결단이 필요하다.

아직 끝나지 않은
인생 드라마

내가 하는 업무인 통계 처리 관련 일은 대부분의 사람들이 골치 아파서 싫어하는 업종이다. 나도 학창 시절에는 쳐다보고 싶지 않았던 과목이었다. 대학 졸업하자마자 취업되어 오래도록 월급 받았으니 본전 이상을 뽑은 것이고 더 이상 공부를 할 생각이 없었다. 그런데 우연히 은사님을 만난 자리에서 석사과정에 들어오라는 권유를 받았다.

나이 40대에 모교인 이화여대 사회학과에서 석사과정을 시작했는데, 대학원의 지도교수는 학부 시절 같은 사회학과의 동기였다. 그렇게 하여 받은 사회학과 석사 타이틀로 덕성여대 사회학과 사회조사방법론 관련 전공의 겸임교수로 임용되었다. 덕성여대 역사상 가장 장기간 겸임교수로 근무하였고, 지금은 서울예술대학 커뮤니케이션학부 광고창작 전공의 교수로 강의를 하고 있다. 개인 연구실이 주어지고 교수 생활을 하게 되니 새로운 인생의 2막이 시작된 기분이었다.

교수가 되려고 대학원에 간 것은 아니었지만, 인생이란 어떻게 될지 모르는 것이다. 무엇이든 준비가 되어 있으면 예상치 못한 새로운 세계가 열릴 수 있다. 지금은 박사 수료 후 최종 논문 과정을 밟고 있는데 이번 지도교수는 나의 후배다. 조만간 박사학위를 받게 되면 또 어떤 기회가 생길지 모르겠지만 기대가 된다. 아직도 내 인생의 드라마는 끝나지 않았다.

위기는 나 자신

사회생활을 그만두고 싶은 생각이 여러 번 있었다. 나의 경우는 가족들 때문이었는데, 가족이란 힘든 일을 할 때 이겨낼 수 있는 근간이 되기도 하지만 포기하게 하는 이유이기도 하다. 남편의 지방 발령 때에도 나의 사회생활을 포기해야겠다는 생각을 했었고, 작은아들이 밤에 두세 시간씩 이유도 없이 우는 버릇이 있었는데 잠도 제대로 못 자고 아이를 달래다가 회사 나가 일을 하려니 몸이 너무 고단하여 스스로 포기하고 싶은 경우도 많았다. 결국 주부의 입장에서는 가족 문제 때문에 일을 포기하게 되는 경우가 가장 많다. 내 몸이 아프면 아무것도 못 하게 되는 것이다. 스스로의 건강 관리가 사회생활의 가장 중요한 기본이다.

직장에서의 중요한 위기는 상하 동료 간의 갈등이다. 아무리 실력이 있어도 주변과 화합하지 못하면 회사를 떠날 수밖에 없다. 의외로 회식 자리나 노래방에서 실수를 저지르고 회사에서 밀려난 경우가 많다.

또 본인을 인정해주지 않는 것 같은 분위기가 감지되면 대부분의 사람들은 참지를 못한다. 승진 인사철에 가장 많이 회사를 떠나는데 본인은 승진에서 누락되고 나보다 실력이 없어 보이는 동료가 승진하면 참지 못하는 것이다. 인생은 길게 봐야 한다. 한두 가지 사소한 일을 너무 확대 해석하여 스스로 포기하는 것을 가장 경계해야 사회생활에서 성공할 수 있다.

수명까지 갉아먹는
직장 생활

내가 처음 광고대행사에 입사했을 때만 해도 우리나라에 광고대행사는 세 개밖에 없었다. 그렇게 앞서가는 업종이자 희귀한 업종이었고, 이후 20년 가까이 매년 20~30퍼센트씩 드라마틱하게 성장했다. 지금은 대기업들이 거의 다 그룹 내 자체 광고대행사를 만들었고, 근래에는 완전 정체 또는 쇠퇴기를 맞았다. 내가 근무할 때는 기업들이 대행사에 광고를 맡기되 그냥 일을 주는 것이 아니라 경쟁 입찰을 거쳐서 선정하기 때문에 회사들이 그 기업의 광고를 따기 위해서 전쟁을 벌였다. 내가 한 첫번째 프리젠테이션은 기업의 광고를 따내기 위한 입찰에서 소비자 조사 결과를 발표하는 것이었다.

어린 시절부터 남 앞에서 얘기하는 것을 좋아하고, 많은 사람들 앞에 나서서 말을 해본 경험이 수없이 많았고, 당연히 발표할 자료를 수없이 검토하고 연습해서 소수점 이하까지도 다 외운 상태에서 발표장에 갔다. 그래도 내가 발표할 시간이 다가오니 너무 떨려서 내가 하는 말이 무중력 상태의 허공에서 울려오는 소리처럼 들렸다. 10분에서 15분 정도 되는 발표 시간이 어찌 지나갔는지 모르게 갔다.

그런데 나만 떠는 게 아니라 큰 프로젝트에서 발표를 맡은 직원들은 모두 긴장을 한다. 발표 내용을 메모한 종이를 손에 들면 부들부들 떠는 게 보이니까 책상 위에 놓고 읽는 사람들이 대부분이다. 그래서 성공리에 수주하게 되면 마치 전승을 거둔 용사처럼 기분이 좋아서 술 퍼 마시며 회식을 하고, 실패하면 자책하며 술을 마신다. 준비를 위해서 보름에서 한 달간 합숙까지 해가며 잠을 설치고 고생하는 건 다반사다. 그렇게 스트레스의 강도가 심하고 불규칙한 생활을 하는 업종에 근무하다 보니 내가 모셨던 상사들 가운데에는 지금 생존해 있는 사람이 없다. 가장 오래 사신 분이 60대에 암으로 사망했다. 50대에 식물인간이 되었다가 사망하신 분도 있다. 일도 좋고 돈도 좋지만 자기 수명 깎아먹는 것도 잊고 일에 매달리는 것이다. 지금도 한국 기업에는 수명을 깎아먹는 근무 행태가 너무 많다.

나는 어차피 스트레스를 받아야 하는 거라면 내 본업에만 충실하면 되는 나의 전문 영역인 조사 업종으로 창업하여 돌파구를 찾았다.

위기가
기회가 된다더니

1997년 회사(오즈리서치) 설립 후에 처음으로 외부에서 수주한 일은 수입 화장품 '에스티로더'의 브랜드 소비자 조사였다. 조사 계획을 완료하고 뉴욕 본사와도 합의를 끝낸 후에 조사를 하려던 시점에 이른바 IMF 사태라는 외환 위기가 정말 쓰나미처럼 몰려왔다.

환율이 1달러에 2천 원에 육박하니 수입 단가가 확 올라가고 국민들이 자율적으로 나서서 금을 모으자고 하는 어려운 형편에 소비자들이 비싼 수입 화장품을 살 리가 없다는 생각이 들면서 조사 계획도 그냥 수포로 돌아가나 보다 싶었다. 그런데 웬걸? 백화점에서 가격 인상이 되었어도 매출이 외환 위기 전보다 훨씬 많아졌고 미리 계획했던 소비자 조사도 하게 되었다. 그때에 조사를 해보니 옷은 안 사 입어도 "얼굴 피부는 망가지면 회복하기 어려우니 피부에는 돈을 써야 한다"는 것이 소비자들의 논리였다. 그리고 경제 위기라는 것이 부유층에게는 오히려 좋은 기회인 경우가 많았던 것이다.

그렇게 시작한 에스티로더와는 10년 넘게 매년 거래하며 깊은 인연을 이어왔다. 창업 초기의 경험으로 부유층 상대의 사업은 바람을 타지 않는다는 것을 체험했으므로, 그 후부터는 부유층 대상의 조사 업무를 특화했다. 다른 조사회사에서는 시도하지도 못하는 부유층 네트워크를 구축하고 고부가가치의 좋은 아이템을 선정하여 금융 위기 등 어려운 시절도 잘 넘길 수 있었다. 사람들은 흔히 외부 경제가 어려워지면 같이 불안해하고 자신감을 잃는데 사실 아무리 위기가 와도 기회는 꼭 있다는 것을 유념해야 된다.

여성이라서
유리할 때도 있다

내가 근무하던 회사에서는 초기에는 거의 전문직으로 키울 대졸 여성을 채용하지 않았다. 결혼하면 어차피 퇴사시키기 때문에 교육을 시켜봐야 단절될 테니 길게 봐서 키울 가치가 없다고 생각했기 때문이다. 그러나 나와 같은 전문직 여성들이 결혼 후에까지 능력을 발휘하다 보니 점차 여성 인력을 보는 시각이 달라지고 요새는 오히려 남성보다 여성 직원이 더욱 많은 경우도 있다.

그런데 내 경험에 따르면 여성이 귀한 곳에서는 오히려 여성이기 때문에 더욱 빛을 보는 경우가 많다. 내가 사회생활을 하면서 많이 들었던 말이 "우리 딸도 국장님(나)처럼 키워서 당당하게 인정받았으면 좋겠다"는 말이었다. 남성들 사이에서 더욱 눈에 띄는 존재이기 때문에 훨씬 유리할 때가 많았다. 유리 천장이라고 지레 겁먹고 자신감을 잃을 필요는 없다. 숙련된 여성이 적은 분야에서는 오히려 눈에 띄어서 발탁되는 경우도 많다.

조사업계의
이런저런 에피소드

선거 때만 되면 일이 많아져서 좋으면서도 스트레스를 많이 받는다. 불안한 후보자가 선거일을 2, 3일 남겨놓은 상태에서 또다시 여론조사를 해달라고 의뢰해오는 경우도 많다. 당장 이틀 후면 조사의 신뢰도가 판가름나니 보통 스트레스가 아니다. 당락 예측이 틀리기라도 하면 회사 문을 닫아야 될 판이고 표 차이가 많이 나도 신뢰도가 추락하게 되니 불안하기는 마찬가지인데, 아무튼 결론적으로 몇십 년 동안 조사했던 결과 최소의 오차로 정확한 결과를 예측해서 다행이지만 항상 마음을 졸일 수밖에 없다.

부유층 대상의 조사를 많이 맡다 보니 모 백화점에서 연간 1억 이상 구매하는 VIP 고객 대상으로 조사를 의뢰받은 적이 있다. 한 군데 백화점에서만 1억 이상을 구입하는 부잣집은 과연 어떨까 궁금해하면서 가정을 방문했는데 역시 깔끔해 보이는 주부가 나오길래 깊이 머리 조아리며 인사를 했다. "사모님의 인상이 좋습니다." 그런데 그분은 가사도우미였고, 겸연쩍어하면서 거실로 안내하는데 그곳에 전혀 VIP 고객 같지 않게 소박한 진짜 사모님이 계셨다.

고가의 회원권을 팔고 싶어 하는 회사의 의뢰로 소비자들이 어떤 사항을 가장 희망하는지 알아보는 조사를 한 적이 있었다. 표적 집단 면접법(Focus Group Interview : FGI)이라고 해서 회의를 통한 조사를 실시했는데 연령별, 성별로 분류해서 조사를 진행하게 된다. 회원들을 위해 어린 자녀들이 좋아하는 멋진 생일파티 이벤트, 승마 등 고급 스포츠 체험 같은 프로그램을 만들겠다고 하니 조사에 참여한 학부형들이 모두 함께 회원권을 구입하여 단번에 10여 명의 회원을 모집했다. 의견 조사가 목적이지 회원권을 파는 자리가 아니었는데도 자녀를 위해서는 물불 안 가리는 심리와 따라하기 좋아하는 심리는 특히 부유층에서 심하다.

젊은이들이여,
헝그리 정신을 기르자

조사 업계는 남성 인력보다는 여성 인력을 선호한다. 소비자들이 여성에게 거부감을 덜 느끼기 때문이다. 그래서 대학이나 대학원에 재학 중인 제자들에게도 일을 시켜보고 예전부터 열심히 하던 기존 조사원도 활용해본 결과 아줌마들의 압도적인 승리였다. 젊은이들의 경우, 조금

힘든 일은 며칠은커녕 하루 만에 손들고 곧바로 포기하는 이들이 거의 대부분이다. 나이 많은 아줌마들은 아이들 학원비라도 보탤 생각으로 일이 아무리 어려워도 목표를 달성하고 좀 더 일을 많이 달라고 부탁해온다. 그러다 보니 어느 조사회사에서나 아르바이트 인력의 고령화 현상이 생겼다. 헝그리 정신은 나이 많은 여성들이 강해서 우리나라의 가정경제나 국가경제를 지탱하는 건 이들 여성들인 것 같다. 그러니 젊은 사람들을 보면 저렇게 나약해서 어떻게 어려움을 이겨 나가겠나 싶고, 요새 심각한 청년 실업 문제의 원인으로 젊은이들이 힘든 일을 기피하는 현상도 중요하게 꼽히지 않을까 하는 생각도 든다.

최근 들어 더욱 힘든 여건에 있는 북한이탈주민 여성들이 조사원으로 일을 하기 원해서 현재 교육을 시키고 있다. 이들이 남한의 기존 아줌마들보다 더욱 정신력이 강하기 때문에 또 다른 판도 변화도 예상된다.

베푸는 삶을 살고 싶다

"나 스스로에게 능력이 없으면 내가 하고 싶은 대로 못 한다"는 사실을 뼈저리게 깨달은 경험이 많아서, 나는 지금까지 일단 나의 수입이 있어야 한다는 생각으로 살아왔다. 어릴 때 우리 집은 동네에서도 가장 잘사는 부자로 떵떵거리고 살던 집이었다. 그러나 내가 결혼한 후에는 몰락하여 수십 년 누렸던 영화가 그야말로 꿈 같은 옛날 얘기가 되었다. 그러다 보니 내가 열심히 번 돈을 친정에 많이 썼다. 집이 어려워졌기 때문에 돈을 벌고 싶은 욕심도 생기고 사회적으로도 성공했으니, 어려운 가정 형편은 어찌 보면 더욱 일을 하게 하는 원동력이 되었던 듯하다.

가족끼리 베풀면 가족이 화목해지거늘, 그러한 베풂이 더욱 확대되어 더 많은 어려운 이들에게 베풀면서 살 수 있기를 바란다. 그 전초전으로 10여 곳의 NGO 단체에 매달 기부를 하고 있고 제자들에게도 장학금을 주면서 하나씩 실천해나가고 있으나 이를 더욱 확대하고 싶다.

부자란
스스로 노력하는 사람

타인에게 베풀겠다는 꿈을 실천하려면 일단 가진 게 있어야 한다. 부유층 상대의 여론조사 업무를 많이 하는 나는 주위 사람들로부터 부자 되는 방법이 뭐냐는 질문을 자주 받는다. 대답해보자면, 부자들의 공통점은 "매우 노력하면서 산다"는 것이라고 말할 수 있다.

실제로 외국 컨설팅 회사에서 한국 부자들에 대한 실태 조사를 의뢰한 적이 있었다. 흔히 부자들은 부모로부터 물려받은 재산이 많거나 주식 배당금이나 받고, 현재는 건물 임대 수입이나 받으면서 탱자탱자 노는 사람들일 거라고 생각한다. 그러나 조사해보니 그들은 거의 생업을 가지고 있었고 그 일에 정말 열정을 바치고 있었는데, 그 생업에서 나오는 소득이 가장 큰 수입원이었다. 즉 부모로부터 재산을 물려받은 사람이 아니라 자수성가를 한 사람이며 현재 꾸준히 노력하고 있는 사람들이 대부분이었다.

　나의 인생 교훈도 "노력은 쓰지만 결과는 달다"이다. 내가 살아오면서 터득한 깨달음을 그들의 삶으로부터 확인한 셈이다.

잡초가 약초 되는
커리어 컨설팅

황은미

(사)커리어컨설턴트협회 회장, EM컨설팅 대표

■■□

이화여자대학교 비서학과를 졸업하고 연세대학교 경영대학원에서 매니지먼트를 전공했다. 전문직여성한국연맹(BPW Korea) 22대 회장, 중앙인사위원회 위원, 노동부 정책평가위원회 위원을 역임했으며, 지속가능경영대상의 지속경영인상(2010), 올해의 이화인상(2007) 등을 수상했다. 현재 (사)커리어컨설턴트협회 회장, EM컨설팅 대표, 청년고용촉진특별위원회 위원이다.

커리어 컨설팅의 기초가 된
헤드헌팅

어깨 아래로 내려온 긴 머리에 뽀글뽀글 파마를 한 여성이 사무실 안으로 들어섰다. 내가 헤드헌팅 사업을 하고 있으니 좋은 일자리가 있으면 소개해달라고 후배가 추천한 여성이다. 영어도 잘하고 성격도 상냥했으나 직무 경력이 3년 정도밖에 안 되어서 고객 기업에 선뜻 추천하기엔 여러모로 부족한 여성이었다. 나는 그의 잠재력을 평가하면서 조심스럽게 얘기를 꺼냈다. 사무직에 근무하려면 일단 헤어스타일부터 바꿔야 한다고.

1997년 당시, 나는 새로 한국에 진출하려는 글로벌 유통 기업의 인사 대행 업무를 하고 있었다. 맥킨지컨설팅 컨설턴트 출신인 유럽계 CEO가 회사 설립을 준비하며 인력 채용 업무를 맡긴 것이다. 그가 여기저기서 추천받은 사람들의 이력서를 나에게 주면 역량과 잠재력을 평가하여 배치할 부서와 직무 직책을 추천했다. 업무 스킬이 부족하지만 인재라고 판단되면 교육도 담당하였다. 그때 외환 위기가 닥쳤다. 주 고객인 외국계 금융기관부터 구조조정이 시작되었고 우리 회사와 거래하는 글로벌 기업들도 대부분 채용을 동결했다. 그러나 이 글로벌 유통 기업에 수십 명의 다양한 인재가 채용된 덕분에 나는 어려운 시기를 잘 넘길 수 있었다. 당시 그 CEO는 한국 여성들을 매우 높게 평가해서, 나이와 성별, 학력, 경력을 따지지 말고 그 일에 가장 적합한 적임자를 구해달라고 요청했다. 순간 나는 그 뽀글뽀글 파마했던 여성이 떠올라 추천했고, 결국 채용됐다. 내가 그녀를 추천했던 이유 중 하나는 결단력이었다. 그녀를 소개한 후배 얘기를 들으니 나를 만나고 돌아가는 길에 미장원에 들러 파마 머리를 전부 풀고 사무직에 어울리는 헤어스타일을 만들었다 한다. 그녀는 화장품 바이어를 하다가 미국에 유학하여 PR 석사를 받고 돌아와 외국계 기업의 홍보를 담당했다. 어느 날 영어를 더 잘하고 싶다고 아이 둘을 데리고 싱가포르에 가서 몇 년 살기까지 한 당찬 여성이다. 현재는 외국계 기업 홍보 임원으로 재직 중이다.

어린 날,
삶의 향기가 되어준 예술

내 직업은 커리어 컨설턴트이자 커리어 개발 전략가이다. 경력을 토대로 미래의 진로 및 직업 설계에 관한 자문 활동을 한다. 대학생부터 은퇴자까지 그들이 가진 커리어 고민을 객관적으로 분석하여 자신에 대한 이해를 바탕으로 자기 문제를 스스로 해결하는 능력을 키우도록 돕는다. 커리어컨설턴트협회 회장을 맡을 만큼 전문가가 되었지만, 사실 나의 어렸을 적 꿈은 지휘자가 되는 것이었다. 이화여자중학교 시절 지휘상을 받은 이후 막연히 지휘자가 되고 싶다는 꿈을 꾸었다. 이화여고 때에는 음악 선생님이 성악을 하라고 권하기도 하셨다. 이래저래 음악에 대한 재능은 있었던 것 같다. 하지만 타고난 예술적 재능을 직업과 직접적으로 연결시키지 못했다. 지휘에서나 성악에서나 스스로 세계 무대에서 활약할 만큼 뛰어난 재능은 가지지 못한 것 같다고 생각했다. 또한 1970년대 초엔 한국의 국력도 약했고 그렇다고 집안의 재력이 든든했던 것도 아니어서 성공하기가 어려웠다. 무엇보다도 가장 중요한 내 도전 정신도 부족했다.

음악을 업으로 삼지는 못했지만 노래를 잘하고 음악을 좋아하는 화목한 가정 환경은 나의 성장기에 좋은 영향을 미쳤다. 가족이 모였다 하면 자연스럽게 어우러져 중창을 하였다. 대학에 들어가서는 음악, 미술, 연극, 무용 등 예술 분야를 다양하게 접하며 행복한 추억을 만들었다. 방송국 프로듀서로 시작하여 언론사 광고, 한국에서 기업이 세운 최초의 상업 예술 공간인 호암아트홀과 갤러리 총책임, 이후 제일기획 스포츠 마케팅과 음반 사업, 그리고 은퇴 후 옥외 광고 회사 CEO를 거친 오빠 덕분에 마리아 칼라스 같은 세계적인 성악가와 예술가들을 가까이에서 볼 수 있는 큰 행운을 얻은 것도 감사한 일이다.

대학 3학년 때는 이화여대에서 기획한 우리나라 최초의 록뮤지컬 〈갓스펠〉의 배우 열두 명 중 한 사람으로 선발되었다. 〈갓스펠〉은 누가복음을 뮤지컬로 만든 것인데 나는 막달라 마리아 역이었다. 내가 선배 언니와 함께 부른 곡 〈By my side〉는 매우 아름다워 공연이 끝난 후에도 여기저기 초청되어 축가나 특송을 하곤 했다. 작품이 인기를 끌어 4학년 때 재공연을 하였다. 이 공연이 끝난 후 방송 출연도 하고 영화음악 삽입곡도 부르고 음악 방송의 시그널 뮤직도 녹음하며 즐거운 추억을 만들었다. 양희은과 트윈폴리오를 키운 방송국 프로듀서가 집까지 찾아와 가수가 되기를 적극 권하여 자칫하면 연예인이 될 뻔했다. 그 시절엔 연예인이 되면 시집을 잘 못 간다고 할 때여서 부모님과 오빠가 반대했다. 나도 대중가수가 되는 걸 원하진 않았지만, 지금도 인생에서 행복했던 순간을 떠올릴 때면 〈갓스펠〉 공연 때 무대에서 노래하는 장면이 제일 먼저 떠오른다. 어린 시절 예술과의 만남은 삶의 향기가 되어주었다.

글로벌 문화 익힌 첫 직장

내가 처음 직장에 들어간 1977년에는 여성이 진출할 수 있는 직종이 아주 제한적이었다. 비서, 타이피스트, 경리, 영업 지원 부서, 리셉셔니스트 등이 대부분이었다. 고3 담임 선생님의 적극 권유로 비서학을 전공한 나는 영문 속기를 배웠기에 일반 사무직 직원보다 월급이 30퍼센트나 높은 조건으로 뱅크오브아메리카에 채용되었다. 입사 전 영문 속기와 영어 시험을 보았고, 면접에서는 용산 미군 부대 내 미국 교육기관에서 미군들을 가르쳤던 경험과 IBM에서의 인턴십 경험, 그리고 영어 회화 클럽에서 다양한 경험을 쌓은 것이 좋은 점수를 받았다.

입행했을 당시 뱅크오브아메리카에는 미국, 호주, 필리핀, 미국 교포, 아일랜드, 싱가포르, 홍콩 등 다양한 국가에서 온 외국인들이 많이 근무하고 있었다. 그들과 일하면서 자연스럽게 글로벌 문화를 배웠다. 일주일에 한번 개최하는 회의에 들어가서 영문 회의록을 작성하고 비즈니스 감각도 키웠다. 새로 한국에서 근무할 외국인들이 한국 사회에 빨리 적응하도록 돕는 일도 보람 있었다. 특이한 것은 그들이 한국으로 이사 올 때면 엄청난 양의 아기 종이기저귀를 실어 온다는 것이었다. 외국

여성들이 해외에 출장을 갈 때면 늘 화장솜을 잔뜩 사 오곤 했다.

그 당시엔 한국 기업들이 외국 은행에서 달러를 앞다투어 대출받던 시대여서 은행이 활황이었다. 매년 월급이 20~40퍼센트까지 인상되었고 한국 기업과 비교가 안 될 정도로 복지 혜택이 많았다. 입행 초기에는 여성들이 결혼하면 은행을 그만두어야 한다고 들었는데 내가 결혼할 때엔 그런 관행이 사라졌다. 남녀 차별은 있었다. 미국 은행인데도 입사 동기 중 남성이 먼저 승진했다. 영업, 심사와 중요한 자리는 다 남성들 몫이었다. 여성들이 관리자로 승진하기 시작한 것은 꽤 세월이 흐른 뒤였다.

지점장 비서를 거쳐 인사과로 옮기면서 새로운 커리어가 시작되었다. 인사부 업무 중 채용, 교육·훈련 업무를 주로 하였다. 1985년 국제통화기금(IMF)/국제부흥개발은행(IBRD) 총회가 서울에서 개최된 것은 내게 좋은 기회였다. 재무부에서 총회가 진행되는 동안 일할 사람들을 채용하였다. 나는 지원하여 합격하였고, IBRD 총재 비서실에서 근무하게 되었다. 비서실에는 총재와 16년 동안 함께 일해온 Executive Secretary, Junior Secretary, 스피치 원고를 작성하는 스태프들이 있었는데 나는 그들과 함께 일하며 정말 소중한 경험을 하였다. 그리고 개도국 대표들이 IBRD로부터 차관을 얻기 위해 줄줄이 찾아오는 것을 보며 한국도 경제적으로 빨리 발전하기를 간절히 희망하였다. IBRD 총재를 만나러 오는 분들은 보통 선물을 가지고 왔다. 카펫을 들고 오는 대표도 있었다. 그런데 규정상 소액의 선물이 아니면 받을 수 없다고 하여 그 선물들은 대부분 IBRD 소유가 되었다.

그 후 기업 금융을 하는 심사부서로 옮겨 전자금융시스템을 통한 통합적 기업자금관리시스템을 기업에 마케팅하는 마케터가 되었다. 내가 하는 업무는 선진 금융 기법을 마케팅하는 것이었다. 고객 기업이 주로 외국 기업이고 내가 만나는 고객이 지점장, 사장, 재무 관리 임원이어서 마케팅 업무를 하는 데에 어려움은 없었다. 한국 기업을 대상으로 마케팅을 할 때엔 보험회사 영업직원으로 오해받기도 했다. 90년대 초반만 해도 마케팅을 하는 여성이 드물었기 때문이다.

1990년대 초의 어느 추석, 나는 포스코 자금부의 남성 고객 두 명과 함께 런던 외환 시장을 방문하기 위해 출장을 가게 되었다. 그 당시엔 결혼한 여성이 남성들과 해외에 출장을 가는 것을 이해하지 못하는 집안도 꽤 있었다. 맏며느리로서 그것도 추석에 해외 출장을 가게 되었는데도 흔쾌히 승낙해주셨던 시어머님과 남편이 마냥 고마울 뿐이다.

헤드헌팅 사업에 뛰어들다

나는 결혼하고 첫 아이를 낳은 직후부터 23년간 친정어머니와 살았다. 시어머님은 교사여서 아이를 돌봐줄 수 없으셨고, 내가 결혼한 그해 친정아버지가 돌아가셔서 친정어머니도 나도 함께 사는 것이 좋았다. 직장 다니면서 아이를 키우는 것이 쉽지 않아 아이들이 어느 정도 클 때까지는 내가 하고 싶은 일이 있어도 덮거나 미루고, 집과 회사만 왔다 갔다 했다. 그러다가 아이들이 커가면서 정신적으로 여유가 생기니 다시 나를 위한 일을 찾고 싶어졌다.

1995년 7월 나는 장기적으로 할 수 있는 일을 찾고자 창업을 결정하고 18년간 다녔던 은행을 퇴사하였다. 내가 잘할 수 있는 업무가 마케팅이었지만 그때까지 다뤄온 선진 금융 기법이 한국의 외환 규정상 제한적인 점도 있었고, 아무리 금융 상품이 좋고 서비스가 좋더라도 고객이 마지막 결정을 할 때면 여신 규모나 다른 금융 혜택 등과 비교하게 되어 다른 금융기관보다 불리할 때가 있었다. 내가 퇴직을 결심했을 때엔 2년여 공들인 유럽 지역 프로젝트가 그런 이유에서 다른 금융기관으로 결정되어 많이 상심했을 때였다. 내 나이 마흔을 갓 넘은 때여서 아이들도 중학교에 들어갔으니, 가능하면 자금이 적게 들어가고 오래 할 수 있으며 내가 가진 경험을 바탕으로 사회에 공헌하고 후배들에게도 나누어줄 수 있는 사업을 해야겠다고 생각했다. 국제 아트페어 사업과 헤드헌팅 사업을 준비했는데, 국제 아트페어는 미술 시장이 좋지 않아 포기하고 헤드헌팅 회사인 EM컨설팅을 설립하였다

1995년 당시 헤드헌팅 사업은 국내에 헤드헌팅 회사(서치펌)이 열 개도 안 되는, 희소한 분야였다. 첫 직장 뱅크오브아메리카에서의 업무 경험도 큰 도움이 됐다. 헤드헌팅은 전문성을 갖춘 정통 서치펌으로서 포춘 500 기업이 고객이었다. 기업에게는 인재 발굴의 파트너, 후보자에게는 커리어의 성공을 돕는 컨설턴트로서 나의 철학과 맞는 기업을 선택하여 동반자 위치에서 사업을 하였다. 나는 경영 원칙을 정하고, 기독교인으로서 인류에 해를 끼치는 사업을 하는 기업과는 거래를 하지 않았다.

통상 채용 의뢰가 오면 적임자를 찾아 두세 명 후보자를 추천한

다. 나는 사업 시작 후 경쟁력이 있는 여성들의 성공을 돕기 위해 남성이 할 수밖에 없는 직종 외에는 매번 여성을 포함시켜서 추천하였다.

　　새로운 사업본부를 구축하려는 기업에서는 본부장급부터 과·차장급까지 기업문화에 맞는 조직 구성에 대해 컨설팅을 요청하기도 한다. 기존의 직원을 교체하기 위해 비밀리에 채용 의뢰를 하는 경우도 간간히 있다. 파생상품이 금융기관의 투자상품으로 붐을 이루던 시절, 한 금융기관에서 외국의 본사로부터 지시받은 시장조사를 우리에게 부탁해왔다. 현재 그 업무에 종사하는 전문가 숫자와 경력별 연봉 수준까지 포함된 조사여서 쉽게 무상으로 제공하기 어려운 서비스였다. 하지만 고객사에서 채용 인력을 위해 예산을 확보하고 조직을 구성할 수 있도록 하기 위한 시장조사였기에 기꺼이 정보를 제공했다. 그 정보에 따라 다수의 인력 채용 요청을 받았음은 물론이다.

　　홍콩에 아시아 지역 본부를 둔 어느 금융기관에서 CEO를 찾을 때 일이다. 검증된 적임자를 추천해주었는데도 더 좋은 후보자를 찾아보겠다며 채용을 미루었다. 홍콩 헤드헌팅 회사를 통해 찾아보겠다고 하더니 6개월 이상 세월만 보내다가 결국 내가 추천한 후보로 결정하였다. 이 일을 하다 보면 모래사장에서 보석을 찾는 심정이 들 때도 많다.

　　헤드헌팅을 시작하고 나서 제일 크게 놀란 것은 직장 생활 시작 후 직장이나 직무가 맞지 않아 마음 고생하는 사람이 너무도 많다는 사실이었다. 나는 사업 초 그들을 돕기 위해 토요일을 커리어 컨설팅을 하는 날로 정하고 무료 컨설팅을 시작했다. 그들의 고민을 듣고 커리어를 전환하거나 직장 내에서 하고 싶은 직무를 찾는 것을 도와주고, 필요한 역량을 찾아 준비하도록 도와주었다. 취업이 될 듯 될 듯하다가도 번번이 마지막 관문을 넘지 못해 불합격하는 사람에게서 그 결정적인 이유를 발견하여 컨설팅을 해주고 마침내 취업에 성공했을 때는 큰 보람을 느꼈다. 한마디의 핵심적인 충고로 그 사람이 변화될 때엔 정말 신난다.

요동치는 직업 시장

1998년 외환 위기 직후엔 실직자가 쏟아져 나오면서 직업 시장이 완전히 요동쳤다. 평생직업의 필요성이 부각되면서 이 기회에 극에서 극으로 커리어를 전환한 사례들이 이어졌다.

정부의 엄청난 지원과 함께 벤처기업 설립이 붐을 이루고, 100년 만에 올까 말까 하는 기회라 하여 '묻지 마 투자'가 성행하였다. 한쪽에서는 실업자가 쏟아져 나오는데 벤처기업에서는 직원을 구하기 어려웠다. 국내 대기업 화학회사의 7, 8년차 영업직원이 단기간 그래픽 디자인을 공부한 후 벤처기업의 신입 웹사이트 그래픽 디자이너로 취업한 사례를 보면 지금은 상상할 수도 없다.

2000년 이후 헤드헌팅 회사가 많이 생겨나면서 채용을 헤드헌팅 회사에 맡기는 기업도 늘어났다. 대리급까지 채용 의뢰를 하니 헤드헌팅 기업 간에 인재를 선점하려는 경쟁이 시작되었다. 기업들은 훈련시키지 않아도 입사하자마자 곧바로 쓸 수 있는 사람을 찾았다. 이력서를 부풀려 쓰는 후보자도 자주 눈에 띄었다. 헤드헌팅 사업 환경이 바뀌면서 나는 보람과 성취감을 느끼면서도 인재풀이 좁은 한국 사회에서 후보자가 점점 상품화되는 것 같아 갈등하였다.

전문화된 인턴십 프로그램 시작

나는 헤드헌팅 사업을 통해 배우고 느낀 노하우와 경험을 자산으로 사회를 위해 공헌하기로 결심하고 새로운 일들을 시도했다. 2001년엔 지인인 인사 전문가와 함께 국내에서 처음으로 전문화된 인턴십 프로그램을 만들어 시행했다. 서구의 학생들은 대학 시절 인턴십을 통해 직업 탐색을 하는데 우리는 인턴십의 중요성이 알려지지 않은 것이 안타까워 만든 것이다. 영국에서 도입한 적성 프로그램과 영어 면접을 거쳐 학생을 선발하여, 다양한 교육을 시키고 자신이 선택하고 싶은 직무를 인턴십을 통해 경험할 수 있도록 하는 맞춤 프로그램이다. 온갖 인적 네트워크를 동원하여 국내 글로벌 기업과 컨설팅 기업, 미대생을 위해서는 미술 기획회사에서 근무할 수 있도록 자리를 마련하였다. 대학생들이 졸업 후 진출할 분야를 잘 선택할 수 있도록 사명감을 가지고 시작한 프로그램이라 성공적으로 끝났으나 기회비용이 너무 크고 진행 과정에서 마음 고생이 많아 한 번으로 그쳤다. 그래도 프로그램 진행 과정을 기록으로 남기고 필요한 분들에게 도움을 주기 위해 책자로 묶어 각 대학에 보냈다. 몇 년 후 인턴십의 중요성이 부각되면서 여러 대학에서 그 책자를 보고 자문을 구해왔던 걸 생각하면 힘은 들었지만 보람된 시도를 한 것 같다.

그 와중에 직업병을 호되게 앓기도 했다. 평소 인재를 찾기 위해 아주 바쁠 땐 하루 일고여덟 명의 후보자를 인터뷰하기도 한다. 적임자라고 판단되면 두 시간에 걸쳐 심층 인터뷰를 하다 보니 목이 혹사당했다. 2002년 4월 어느 날 갑자기 목소리가 나오지 않았다. 국제무역연수원에서 이틀간의 강의와 100명이 넘는 수강생 모의 면접을 한 후 생긴 일이다. 목소리를 잃으면 무엇을 하고 살아야 할까 생각하니 막막하고 무섭기도 했다. 음성 클리닉을 다니며 회복이 되었지만, 그 일은 목소리 관리의 중요성을 크게 느낀 계기가 됐다.

BPW한국연맹과의 만남

헤드헌팅 사업을 할 당시 나는 영리 사업을 통해 얻은 지식과 경험을 비영리단체인 BPW한국연맹(전문직여성한국연맹)을 통해 나누고 싶었다. BPW는 세계 95개국이 회원으로 가입하고 있는 대표적인 여성단체 중 하나로, 국제연합(UN) 경제사회이사회의 1급 자문단체이다. 한국연맹은 전국 25개 클럽의 전문직 여성들과 비즈니스를 하는 여성들로 구성되어 있다. 1993년에 회원이 되어 틈틈이 봉사를 했다.

전문적인 진로 지도 사업

연맹의 진로지도위원장을 맡았을 때엔 젊은 직장여성들과 중·고등·대학생들의 진로 지도를 위해 크고 작은 진로 지도 행사를 열었다. 2000년 6월에는 사무직 여성에게 유리한 산업을 분류하여 직무 내용, 자격, 직업의 장단점, 직업 전망, 전직하기 위한 방법, 보수, 교육기관을 보여주는 책자를 단체 이름으로 발간하였다. 그런 자료가 없었던 시절이라 이틀간 행사를 할 때 대학에서 오신 분들로부터 많은 감사 인사를 받았다. 책을 기획하고 원고도 거의 직접 쓰고 출판을 하기 위해 비용까지 마련하느라 매우 힘들었지만 참 보람된 프로젝트였다.

BPW세계연맹에 인턴십 프로그램을 기획·제안하여 2000년부터 매년 대학생들을 미국, 스위스, 호주, 태국 등에 파견해 글로벌 인재를 키우는 사업도 하였다. 나는 1998년 비서학과 총동창회 회장으로서 창립 30주년을 맞이하여 후배들을 위해 한 달간 1억 1천만 원을 모금한 바 있었다. 이 기금으로 해외 인턴십 프로그램을 만들어 학생들을 선발해 BPW세계연맹에 보냈다. 내가 기획하고 BPW세계연맹과 한국연맹, 이대 비서학과 동창회와 연결한 일이었기 때문에 한국연맹은 재정적 부담 없이 좋은 성과를 냈다. 이 프로그램은 그 후 10년간 지속되었다.

2007년 BPW 아태지역 회의가 한국에서 열렸을 때엔 35세 이하의 젊은 전문직 여성들을 위한 Young BPW 세계대회가 함께 열렸다. 이때 나는 Young BPW 세계대회 조직위원장을 맡아 18개국에서 참석한 젊은 여성들에게 한국 문화를 알리고 네트워킹할 수 있는 플랫폼을 만드는 재미있는 경험을 했다. 3년마다 열리는 BPW 세계총회, 아태지역 회의에 참석하면서 나는 국제적 감각과 비전을 키울 수 있었다. BPW세계연맹의 멘토링 위원, 훈련·개발·고용위원, 경영기술 상임위원장을 거치는 동안 국제 무대에서 한국의 위상도 변화하는 것을 체감하였다.

사업과 BPW 활동, 나만의 전문성을 높이기 위한 공부 등으로 바쁘게 지내던 중 교통사고로 죽을 고비도 넘겼다. 2008년 5월이었다. 무방비 상태에서 당한 3중 충돌이었지만 기적적으로 살았다. 교통사고는 이후 BPW 활동과 커리어 컨설팅뿐만 아니라 내 삶 전반에 전환점이 된 감사하고 고마운 경험이다.

BPW한국연맹 회장을 맡고

2009년 11월 BPW한국연맹 회장직을 맡게 되었다. NGO 활동은 봉사를 하며 자신을 성장시킬 수 있는 기회라고 생각한다. 그래서 임기 동안 매년 정해진 행사 외에 우리 단체의 장점을 살려 국제 NGO다운 사업을 하기 위해 두 가지 목표에 집중했다. 첫째, 회원들에게 실제적으로 '혜택'이라고 느낄 수 있는 일을 하자! 둘째, 국내외에 우리 단체의 위상을 높일 수 있는 일을 하자!

회원들에게 조금이라도 혜택이 돌아가는 일이라면 열정적으로 추진했다. 예를 들어 상을 당하는 전국의 회원들을 위해 조기를 제작했고, 회원들의 건강 관리를 위해 녹십자건강증진센터와 양해각서(MOU)를 체결하여 특별 할인을 받고, 신체검사 후 질병이 발견되었을 때 관련된 전문 병원에서 곧바로 수술을 받을 수 있도록 하였다. 골프 동호회도 발족하고, 옥션을 통해 기금을 모아 시니어들만을 위한 모임도 운영하였다. 전 회원을 무료로 부여에 초대하여 백제 문화 탐방과 사진 콘테스트 행사도 열었다. 평생학습 분위기를 조성하기 위해 외부 인사 초청 강연도 자주 열었다. 글로벌 이슈에 관심을 갖도록 회원들에게 고급 정보를 제공하는 것에 주력했고, 특히 2011년 2월 국제연합(UN) 본부에서 개최된 UN여성지위위원회 같은 회의에 대해서는 UN여성기구 창설 배경부터 자세한 회의 내용을 알렸다. 회원들에게서 국제 NGO 단체의 일원임이 느껴진다는 메일을 받았을 때 보람을 느꼈다.

가장 중점적으로 비중을 둔 사업은 BPW세계연맹이 세계적으로 펼치고 있는 여성의 지위 향상을 위한 두 가지 운동, WEP(Women's Empowerment Principles, 여성 강화 원칙)와 Equal Pay Day, 그리고 외국 유학생 멘토링 사업이다.

WEP와 Equal Pay Day 캠페인

WEP는 2010년 3월 UN여성개발기금(UNIFEM)과 UN세계기업 협약기구(UN Global Compact)가 기업에서의 여성 권한 강화를 위해 공동으로 제시한 일곱 가지 원칙이다. 기업이 이 원칙을 지키겠다는 서약을 하도록 운동하는 것이다. 반기문 사무총장도 적극 지원하고 있다. 우리는 2010년 9월 여성가족부와 공동으로 서울 G-20 정상회의 기념 국제 세미나를 개최했다. WEP를 소개하고 기업과 계약을 체결하고 여성에게 동등한 기회를 주는 기업의 사례도 발표하였다. 2010년 10월 미국 대사 추천으로 일본에서 개최된 제1회 아시아태평양경제협력체(APEC) 여성 기업인 서밋에 한국 대표로 참가하였을 때에 한국에서 소개한 WEP를 APEC 여성 기업인들에게 소개하기도 하였다.

Equal Pay Day 캠페인은 경제협력개발기구(OECD) 통계를 기초로 매년 여성과 남성의 평균 임금의 격차를 근무 일수로 계산해서 널리 알리는 캠페인이다. 유럽의 BPW 회원들은 여러 단체가 연대하여 이 캠페인을 열심히 하고 있는데, 어느 해에는 유럽연합(EU)에서 수억을 지원받았다고 들었다. 우리는 2011년 5월에 한국에서 처음 Equal Pay Day 캠페인을 시작하였다. Equal Pay Day라고 적힌 빨간 백을 메고 명동과 을지로, 종로에서 행진을 하는 재미있는 행사였다.

정부장학금 외국 유학생 멘토링

한국이 원조를 받는 나라에서 원조를 주는 나라로 바뀌어 국가적 자부심이 높았던 시절, 우리도 이 흐름에 동참하기로 했다. 2011년 2월 한국 정부 장학금을 받고 유학온 외국 유학생을 글로벌 인재로 육성하고 친한파로 이끌기 위한 멘토링 프로그램을 시작한 것이다. 이 프로그램은 한국에서 처음으로 시작한 다국적 유학생 대상의 체계적인 멘토링 프로그램이어서 회원들의 애정과 관심, 적극적 협조는 물론이고 안팎으로 조명을 받아, BPW의 대표 프로그램의 하나로 지속되고 있다.

내가 BPW한국연맹 회장을 했던 2년간은 커리어컨설턴트협회 회장도 겸하고 있어 더욱 바빴다. 지나고 보니 단일 직종이 아닌 다양한 직종의 전문직 여성들이 모인 단체에서 리더로 활동하면서 배운 점이 많다. 국제적인 조직에서 다양한 관점으로 사람을 이해하게 된 것이다. 여성 문제에 대해서도 더 깊은 관심을 가지고 글로벌 시각에서 보고, 젊은 여성들을 글로벌 인재로 육성하는 데 더욱 관심을 가지게 되었다.

나는 평소 직장인들에게 NGO 활동을 적극 권한다. 능력으로 평가받는 조직인 직장 안에서의 활동만으로는 자신의 숨겨진 재능을 발견하기 어렵다. NGO에서 헌신하면 자신의 숨겨진 재능을 발견할 수 있고 대인관계에 있어서도 쉽게 드러나지 않는 '속사람'을 알 수 있다. 나도 NGO 활동을 하면서 생각의 크기도 자라고 좋은 친구를 많이 만났다. 최고의 멘토도 만났다.

헤드헌터에서
커리어 컨설팅 전문가의 길로

　　돌이켜보니, 내가 거리이 컨설턴트의 길로 들어선 건 우연이 아니다. 나의 경력을 가장 잘 활용할 수 있는 분야, 사람을 변화시키고 성공시킴으로써 보람을 느끼는 동시에 사회에 공헌할 수 있는 분야, 오랫동안 경제활동을 할 수 있는 미래 유망 직업이기 때문이다. 세계적인 커리어 전문가인 리처드 볼스 박사는 커리어 컨설턴트란 고객에게 정보와 지식, 그리고 지혜를 주는 사람들이라고 했다. 늘 새로운 정보와 지식을 탐구하고 폭넓은 경험을 쌓아야 하는 이 직업이 나를 활기차게 한다.

　　나는 1995년 11월 이화여대 학생들을 대상으로 모의 면접을 시작한 후 오랜 기간 전문 면접관으로 활동했다. 2003년 해양수산부 면접 심사를 시작으로 여러 정부 부처의 채용 면접 심사를 하였다. 2006년엔 공무원들의 인사를 책임졌던 중앙인사위원회의 자체평가위원과 노동부 정책평가위원을 역임하면서 정부 정책에 대해 관심을 가지게 되었다. 평소 일을 하면서 나는 '일의 의미'를 중요시해왔다. 수많은 직장인들과의 만남을 통해 진로를 잘 선택하고 커리어 개발과 관리를 잘하는 것이 얼마나 중요한지 뼈저리게 느꼈다. 소속된 기업이나 조직의 일원들이 어떤 사람들인가에 따라 직원 개개인의 가치관과 삶의 방식이 바뀌어가는 것이 보인다.

　　개인의 행복을 위해 커리어의 성공을 돕는 전문적인 커리어 컨설팅을 하기로 했다. 나의 성향이 헤드헌팅보다는 커리어 컨설팅에 맞다는 것을 잘 알기 때문이기도 하다. 그동안 쌓은 경험을 기반으로 2009년 말, 쉼없이 계속해온 헤드헌팅 사업을 중단하고 커리어 컨설팅과 전략적 커리어 개발 전문 기업으로 사업을 전환하였다.

한 사람의 생애를 설계하는 커리어 컨설팅

헤드헌팅은 기업 고객에게는 원하는 적임자를 발굴해주고 후보자에게는 후보자가 이직하려는 이유를 가장 만족시켜주는 기업에 채용되도록 하는 일이다. 특별한 경우를 제외하고는 고객은 항상 필요한 사람을 급하게 찾는다. 매칭을 통해 채용을 성사시키는 데 목적이 있으니 후보자의 인생 전체를 깊이 들여다볼 수가 없다.

그러나 커리어 컨설팅은 '행복한 삶'을 위해 '일'의 관점에서 전 생애를 들여다본다. 자기에 대한 이해를 통해 전 생애를 아우르는 커리어를 설계한다. 그리고 커리어 목표에 도달하도록 커리어 전략을 세우고 취업과 커리어 개발을 돕는다. 100세 시대를 맞아 커리어 개발은 전 생애를 통해 지속적으로 노력해야 하는 여정으로, 온전히 개인이 책임져야 할 몫이다.

'커리어'란 일반적으로 보수를 받는 직업과 관련하여 경력, 직업, 진로의 의미로 해석된다. 오늘날엔 그 개념이 확장되어 전 생애를 통해 자원봉사, 가사, 지역 활동, 취미 활동 등 일과 관련된 모든 경험이 커리어에 포함된다.

커리어 컨설턴트는 '커리어'라는 큰 틀 속에서 대상 고객에 따라 청소년 진로 지도부터 직업 상담, 취업 상담과 취업 알선, 은퇴 설계, 전직 지원 등 조금씩 다른 분야에서 종사하고 있다. 한국에서 커리어 컨설턴트로 불리는 직종명만 해도 커리어 컨설턴트, 커리어 코치, 직업상담사, 전직 지원 컨설턴트, 청소년 커리어 코치 등 20여 개가 넘는다.

나는 '고용' 문제에 있어서 전문화된 커리어 컨설턴트를 육성하는 것이 매우 중요하다고 생각한다. 한국에서 커리어 컨설팅이 산업으로 자리잡아 보다 질 높은 고용 서비스를 받을 수 있는 여건이 하루 속히 마련되기를 희망한다. 불확실한 미래에 평균 40~50년 동안 지구촌을 무대로 일거리 전쟁이 일어날 텐데, 커리어에 어려움이 있을 때마다 성공적인 삶을 도와줄 전문 컨설턴트들이 있다면 얼마나 든든한가?

어떤 사람이든 타고난 재능이 있다. 일률적인 기준으로 재단하면 평범한 잡초에 불과한 사람이라도, 다른 관점과 시각에서 보면 놀라운 약초가 될 수 있다. 한 사람 한 사람의 능력과 가치를 살려서 잡초를 약초로 변화시키는 작업, 그것이 커리어 컨설팅이라고 나는 생각한다.

커리어컨설턴트협회 창설

내가 2009년 커리어컨설턴트협회(Career Consultant Forum : CCF)를 설립한 것도 참 잘한 일이라고 자부한다. 커리어를 중심으로 조금씩 다른 일을 하는 인적 자원 전문가, 채용 전문가, 커리어 컨설턴트, 코치, 경영인, 교사, 교수들로 구성한 협회는 은퇴 후에도 함께 활동하며 친구이자 전문가로서 함께 봉사하는 단체가 되기를 기대하면서 만든 비영리법인이다. 고용노동부에 등록된 사단법인으로 한국의 유일한 미국경력개발협회(NCDA)의 자매 단체이다. 100년 역사를 가진 NCDA는 세계적으로 커리어 개발 분야를 이끌고 있는 미국의 커리어 개발 협회이다.

협회는 매월 학습을 통한 각 분야별 전문 커리어 컨설턴트 육성과 역량 강화, 미국의 NCDA를 비롯한 국제 단체들과의 교류, 프로그램 개발, 정책 제안과 봉사에 중점을 두고 있다. 언론기관의 요청에 의해 '10년 후 유망 직업'을 리서치하는 일도 하고, 2013년 4월에 개최된 아시아 태평양 지역 국제 컨퍼런스, 커리어 개발 사각지대를 찾아 '은퇴 육상 경기인 커리어 개발 프로그램' 같은 것도 진행한다. 기업에게는 직원 개개인 커리어 개발의 중요성을 강조하고 개인에게는 커리어 개발은 개인이 책임져야 한다는 것을 알리기 위해, 2014년엔 인적 자원 개발(Human Resources Development : HRD) 컨퍼런스에서 불확실한 미래 사회의 직업 세계와 기업이 직원의 커리어 개발을 돕는 우수 사례들을 발표하였다. 해야 할 일이 도처에 정말 많다.

씨앗을 뿌리는 마음으로

나는 한국이 정말 좋다. 크고 작은 사건이 많지만 그래서인지 사는 데 지루하지 않다. 땅이 넓지 않아 보고 싶은 사람이 있으면 웬만하면 한두 시간 내에 달려가 만날 수 있다. 아름다운 강과 바다, 산에 쉽게 접근할 수 있어 참 감사하다. 이 좁은 나라에 재능이 뛰어난 사람이 왜 그리 많은지! 전 세계적으로 명성을 떨치는 한국인들을 보면 정말로 한국인임이 자랑스럽다. 어릴 때부터 남들과 비교하지 않고 자신만의 독특한 개성과 재능을 발견하여 진로를 찾는 교육 환경, 글로벌 시민이 되기 위한 기초교육을 강화하고 원칙이 지켜지는 사회가 된다면 더욱 많은 인재가 쏟아져 나올 것이다. 이런 사회를 꿈꾸며 내 분야에서 한몫을 하고 싶다.

우리 세대는 한국 경제의 압축 성장으로 인해 조금만 노력하면 기회가 많았다. 그럼에도 나는 커리어를 바꿀 때나 프로젝트를 할 때 남들보다 5~10년 앞을 보고 시도하면서, 재미있기도 했지만 외로웠다. 직업인, 사회인, 엄마, 아내, 며느리, 딸로서의 어느 역할도 잘못되면 안 된다는 생각에 늘 개인적 욕심과 일 욕심을 조정하면서 숨 가쁘게 달려왔다. 나에게 무한 지원을 해준 분들—내가 행복해하는 일을 적극적으로 돕고 늘 격려해주는 사랑하는 남편, 20년 이상 손자 손녀를 돌보아주신 친정어머니와 살림을 도와주신 유모 같은 분, 의젓하게 자라 아름다운 배우자를 만나 가정을 꾸린 아들과 딸, 6남매의 맏며느리로 부족한 사람을 늘 칭찬해주시는 시어머님과 시댁 가족들, 함께 모일 때면 늘 내가 준비할 몫을 줄여주는 언니와 여동생이 없었으면 나의 커리어 쌓기는 주저앉았을 것이다.

살아온 날들보다 앞으로 살 날이 적으니 의미 있고 가치 있는 일에 시간을 쓰고 싶다. 사회를 위해서 꼭 필요하지만 남들이 힘들고 돈 안 벌리는 일이라고 피하는 일이라도 씨를 뿌리는 것이 의미 있다면 도전하려고 한다. 나는 내가 세상에 태어난 흔적을 남기고 싶고, 조그만 것이라도 사회가 좋은 방향으로 변화하도록 씨앗을 계속 뿌리고 싶다.

누군가 씨앗을 뿌리면 꽃이 필 날이 오지 않을까?

제4부

과학계의 여성 파워

과학수사와 함께하다 **정희선** 생명의 존엄과 건강한 사회를 생각하는 의사 **최원주** 세상을 바꾸는 창의적 아이디어 **한미영**

과학수사와
함께하다

정 희 선

충남대학교 분석과학기술대학원 원장

■■□

숙명여자대학교 약학대학을 졸업하고 같은 대학원에서 석사·박사 학위를 받은 후 영국 런던대학교 킹스칼리지에서 박사후 과정을 마쳤다. 국립과학수사연구소 소장과 국립과학수사연구원 원장, 국제법과학회장을 역임했다. 저서로 『보이지 않는 진실을 보는 사람들』 등이 있다. 여성과학자상(2007), 비추미 별리상(2010)을 수상했고, 홍조근정훈장(2012), 대영제국 지휘관훈장(2014)을 받았다. 현재 국제법독성학회장, 충남대학교 분석과학기술대학원 원장이다.

국과수와의 인연

국립과학수사연구원 원장 시절 나를 처음 만난 많은 분들이 의아해하며 묻곤 했다. "국과수 원장님이 여성이세요?" "그렇게 무서운 곳에 여성이 다니세요?" 수사를 지원하고 시신 부검도 하는, 남성적인 이미지가 강한 국과수에서 여성이 각종 강력 사건을 처리한다는 사실만으로도 놀라운데, 원장직까지 맡고 있다는 것이 신기하게 느껴졌나 보다.

연구원에 34년을 근무했다고 하면 또 한결같이 묻는다. 어떻게 그렇게 오랫동안 한곳에서 일할 수 있었느냐며 이 직장에 무슨 매력이 있느냐는 것이다.

내가 국과수를 알게 된 것은 대학 3학년 때였다. 국립과학수사연구소 전임 소장님께서 대학에 오셔서 범죄 사건을 해결하는 국과수의 역할에 대해 흥미진진하게 강연을 해주신 것이다. 그 후 시간이 흘러 졸업할 때 진로에 대해 고민하던 중 학장님께서 국과수에 자리가 있다고 말씀하셔서 망설임 없이 응시하게 되었다. 내가 입사한 1978년의 사회 분위기는 공직뿐 아니라 일반 회사에서도 여성이 결혼하면 당연히 퇴직해야 하는 것이었다. 여성이 직장에 다니는 건 길어야 2년 정도, 여성이 오랜 시간 동안 직장 생활을 하는 것이 아주 드문 시절이었다. 연구소에 응시했을 때 면접관을 맡은 과장님께서 3년은 다닐 수 있겠느냐고 물으셨다. 나는 잠시 생각을 하다 원하던 직장인 데다가 공부도 하고 싶으니 3

년은 있을 수 있겠다 싶어 그러겠다고 다짐했다.

처음 연구소 생활은 생각보다 힘겨웠다. 학교에서 개방적으로 지내다가 조직의 일원으로 생활한다는 것이 어려웠고, 신참이면서도 그때 소장님이 말씀하셨던 것처럼 아주 중요한 일을 맡을 수 있으리라 기대하며 의기양양하게 근무를 시작했는데 입사 후 8개월이 지나도록 아주 사소한 일만 하게 되어 실망이 이만저만이 아니었다. 비커 닦는 일, 위 내용물이나 혈액 중에서 약독물 검출하는 일의 보조 등 단순 작업만 하다 보니 회의를 느낀 것이다. 하지만 실망만 하고 있지 않았다. 어디서 그런 용기가 생겼는지 모르지만 용감하게 상사를 찾아가 나도 중요한 일을 하고 싶다고 말씀드렸다. 그랬더니 다행스럽게도 가짜 꿀 판별 실험법을 확립하는 팀에 합류시켜주셨다. 마침 우리나라에서 처음으로 벌꿀 진위 여부를 판별하는 실험법을 개발하고 있었던 때여서 정말 열심히 일하여 가짜 꿀을 구별할 수 있는 실험법을 확립했다. 이 방법에 따라 백화점 등에서 유통되는 대량의 꿀을 실험하여 진위 여부를 판정하게 되었을 때는 정말 보람을 느꼈다. 특히 경찰청에서 의뢰한 7억 원대 가짜 꿀 사건에서 가짜 꿀과 진짜 꿀 판별 문제를 해결한 덕분에 처음 텔레비전에도 나오는 영광을 누렸다. 텔레비전 인터뷰를 한 후 신입 직원이었지만 소장님 표창을 받으면서 연구소에 매력을 느끼고 내가 하는 일의 중요성을 인식하게 되었다.

그 당시 불량식품이 범람하여 사회의 골칫거리였는데, 식품의 진위 판별법이 없어 불량식품 단속에 어려움이 많았다. 꿀을 대상으로 실험법을 확립한 다음 가짜로 인해 문제가 되고 있던 참기름 실험법 확립도 시도하였다. 이때 확립한 실험법에 따라 식물유에 포함되어 있는 소량의 성분을 분석하여 콩기름과 참기름을 구별할 수 있게 되었고, 특히 참기름의 특이 성분을 확인하여 진위 판별이 가능해졌다.

마약 전문가가 되다

식품 관련 업무를 하던 1980년대 초, 연구소에서 미국 연수를 보내주는 기회를 갖게 되었다. 당시만 해도 외국을 간다는 자체가 쉽지 않은 일이었는데, 더욱이 결혼도 하지 않은 여성 과학자를 미국에 연수 보내는 문제를 놓고 논란이 많았다. 그러나 소장님의 결심에 힘입어 미국 연방수사국(FBI) 실험실과 로스앤젤레스 경찰국(Los Angeles Police Department : LAPD)를 방문할 수 있게 되었다. 출발 전날까지 비자가 나오지 않아 외사과를 통해 퇴근 시간에 간신히 받아 그 다음 날 아침에 미국행 비행기에 올랐다. 출입국관리소에서 받을 질문에 대한 답변을 미리 공부하며 비행기를 타고 가는 내내 가슴이 두근거렸다.

미국 FBI와 LAPD를 방문하면서 아직 우리나라에서는 잠잠한 상태인 마약류가 장차 큰 사회문제가 되리라는 것을 직감하였다. 이후 다시 미국에 갈 수 있는 기회가 생겨 세계적으로 유명한 Dr. Sunshine 실험실에서 훈련을 받았다. 이때 소변이나 혈액에서 마약류를 검출하는 실험법을 배우며, 우리나라도 미래 마약 남용을 대비하여 실험법을 확립하는 것이 필요하다는 것을 절감하였다. 그 당시 우리나라에서는 마약 실험이라고 하면 불법으로 제조되어 유통되는 마약 분말에 대해서만 실시하고 있었고, 마약 남용자를 증명하기 위한 소변 등 생체 시료에 대한 실험은 하지 않고 있었다. 그러므로 우리나라에서도 마약 중독자들을 판정할 수 있는 실험법을 확립해야 할 거라고 생각하며 열심히 배웠다.

귀국 후 상사들과 상의하여, 우리나라에서 가장 많이 남용되는 필로폰(methamphetamine)을 택해 마약 검출법 획립을 시도했다. 흰 쥐에 필로폰을 경구 투여하거나 복강에 주사하고 일정 시간이 지난 후 소변을 채취하여 배설되는 성분을 확인하는 과정을 수십 번 반복하는 등 다양한 실험을 거쳤다.

1986년 어느 날 용산경찰서로부터 이태원에서 필로폰 복용 용의자 열 명을 검거했는데 마약 복용 여부를 판정할 수 있느냐는 의뢰가 들어왔다. 드디어 우리가 확립한 실험법에 따라 마약 검사를 실시한 것이다. 마약 확인 실험을 국과수에서 한다는 소식이 전해지자 그 당시 필로폰 남용이 가장 심각했던 부산에서는 남용 용의자의 소변을 밤새 채취하여 새벽 첫 비행기를 타고 와서 의뢰하였다. 그러면 우리는 열심히 소변 실험을 하여 결과를 통보했다. 소변 중에서 필로폰을 검출할 수 있는 실험법을 적시에 확립하여 마약 남용에 적절하게 대응할 수 있었으니 얼마나 신이 났는지 모른다. 나의 미국 연수가 마약 수사에 하나의 전기를 마련하였고, 개인적으로는 마약 전문가로 인정을 받았다.

이후 마약을 복용하고 오랜 기간이 경과했더라도 복용 여부를 판정할 수 있는 방법을 찾던 중, 모발에서 마약을 검출하는 방법을 개발해야 할 필요성을 인지한 직원의 힘으로 모발 분석법을 확립하게 되었다. 모발에서는 나노그램 단위의 극미량을 검출하는데 이는 아주 숙련된 기술이 요구되는 실험법이다. 모발 분석법은 마약 수사를 진전시키는 데 큰 기여를 하게 된다. 왜냐하면 모발 중에 축적된 마약은 머리가 자라는 정도에 따라 이동하기 때문에 마약이 검출되는 위치에 따라 마약 복용 시기를 추정할 수 있기 때문이다. 모발 실험법의 중요성이 가장 크게 인식된 것은 모 여배우의 마약 남용 사건 때였다. 소변을 이용한 1차 마약 검사에서는 음성으로 판정되었으나, 모발 검사에서 양성 반응이 나온 것이다. 이 사건을 통해 모발 분석이 각광을 받게 되었다.

이렇게 직원들과 함께 마약 검출법을 개발하면서 국과수의 마약 분석 기술을 세계에 알리게 되었다. 마약 분석 기술을 인정받아 UN ODC(UN의 마약 및 범죄국, 그 당시 명칭 UNDCP)에서 주최하는 자문회의에 참석한 것은 물론 UNDCP로부터 기준 실험실로 지정을 받아 마약 검출 능력을 객관적으로 인정받게 되면서 세계적인 실험실로서 위상을 갖추게 되었다.

영국에서 공부하다

1989년 소변 필로폰 검출법 등을 확립한 후 외국에서 마약 분석에 대해 더 깊게 공부하고 싶다는 생각을 하게 되었다. 당시엔 공무원이 해외 유학을 떠나기가 쉽지 않았다. 비용 문제도 큰 걸림돌이었다. 유학 얘기를 꺼내기도 힘든데 비용까지 대달라는 건 불가능했다. 이때 마침 영국 외무성에서 장학생을 모집하고 있었다. 마감날 가까스로 접수하고 난 후 2개월쯤 지나 면접을 보러 오라는 연락이 왔다. 영국대사관에 갔더니 면접관으로 워릭 모리스 영국대사관 1등서기관과 영국문화원 원장이 기다리고 있었다. 내가 국과수에서 마약 분석을 하고 있다고 소개했더니 두 분 모두 우리나라 과학수사 분야에서 일하고 있는 사람을 처음 만났다며, 게다가 여성이 이 분야에서 일한다는 것을 아주 신기해하며 놀라셨다. 특히 1등서기관은 더 관심을 갖고 여러 가지를 상세하게 질문하였다. 나는 정말 공부하고 싶다는 진심을 담아 최선을 다해 답했다. 다행스럽게 외무성 장학금 수혜자로 선발되어 런던대학 킹스칼리지에서 박사후 과정 연구자(postdoctoral researcher)로 연구 생활을 하게 되었다. 영국 유학은 내 생애에 정말 중요한 전환점이었다.

영국 외무성에서 생활비로 지급해주는 것은 매달 500파운드 정도였다. 그걸 가지고 정말 절약하는 생활을 해야 했다. 영국 사람들은 미국과는 달리 실험실에서도 물건을 얼마나 아껴 쓰는지 실험실의 휴지는 물론 재료까지 절약하는 분위기가 아주 인상적이었다. 실험실의 연구자들은 영국, 웨일스, 아일랜드, 뉴질랜드, 미국, 알제리 등등 여러 나라에서 온 사람들이라 영어를 알아듣는 데 어려움을 겪었지만 한편으로는 다양한 문화를 접하고 이해할 수 있었다.

영국에서의 유학 생활은 넓은 세상을 보고 외국 학문을 습득하는 기회였을 뿐만 아니라 영국의 법과학 분야와 영국문화원, 영국대사관과의 네트워크를 형성하는 계기가 되었다. 무엇보다 귀한 인연은 면접할 때 만났던 모리스 1등서기관과의 인연이었다. 모리스 서기관은 내가 귀국하자마자 한국을 떠났지만 그 뒤로도 지속적으로 연락을 하며 지냈다. 그는 한국을 떠난 후 계속 승진하여 2004년에 주한영국대사로서 부임해 왔고, 한국에 부임하자마자 내가 근무하는 곳에 가보고 싶다며 국과수를 방문했다. 장학금 수혜자가 성장한 모습에 아주 자부심이 크다고 했다. 이 후에도 모리스 대사님과의 우정은 계속되어 내가 영국을 가거나 모리스 대사님이 한국을 방문할 때마다 만나 그동안의 회포를 풀곤 한다.

영국에서 1년간 공부를 마치고 돌아와보니, 한 사람이 외국에 나가 공부하는 것보다 더 중요한 것은 두 나라가 상호 교류하는 것이라는 생각이 들었다. 우리가 일방적으로 영국을 배우기보다 영국 측에서 우리나라를 방문하여 우리 시스템을 보는 게 중요하다고 판단했다. 그래서 영국문화원과 협약을 맺어 매년 한국과 영국에서 한영법과학심포지엄을 개최하게 되었다. 2000년에 시작하여 2007년까지 한 해는 영국 법과학자들이 한국을 방문하고, 다음 해에는 한국 법과학자들이 영국을 방문하면서 진정한 교류의 장을 탄생시켰다.

한영법과학심포지엄 추진으로 양국 법과학 분야 발전에 기여한 것과, 영국 외무성 장학금 수혜 학자 동문회 회장으로 회원들의 친목과 협력을 위해 작으나마 노력한 것이 인정받았는지, 영광스럽게 2014년 7월 9일 영국 여왕이 수여하는 훈장인 대영제국 지휘관 훈장(Honorary Commander of Most Excellent Order of the British Empire : CBE)을 서울 정동 영국대사관에서 여왕을 대신한 스콧 와이트먼 대사로부터 전수받았다.

여성 최초로 국과수 소장이 되다

연구관으로의 승진이 너무 늦어서 실망도 하였지만, 과장이 되는 기회는 빨리 주어졌다. 연구관이 된 지 4년 만에 약독물과장으로 승진하고, 다시 2년 후에는 마약분석과장으로 보직을 이동하며 그 과정에서 관리자로서 역량을 키웠다. 2개 부서의 과장을 거쳐 2002년에는 국과수 역사 처음으로 여성 법과학부장으로 임명되었다. 마약을 전문 분야로 하여 승진하였기 때문에 『조선일보』에 "대학 시절 호기심 덕에 마약박사 됐어요"라는 타이틀로 기사가 실리기도 했지만, 부장이 되면서 좀 더 다양한 경험을 하게 되었다. 법과학부장은 마약, 약독물, 화학뿐 아니라 내게는 생소한 분야였던 화재를 포함하는 물리 분야, 교통사고의 원인 규명을 하는 교통공학 분야까지를 총괄해야 하는 자리로, 법과학의 전반적인 발전을 생각할 수 있는 기회가 되었다.

법과학부장이 되면서 국과수의 실력을 객관화하여 감정 결과의 신뢰성을 확보할 수 있는 ISO17025(실험연구실 국제표준)라는 국제 인증을 받는 작업을 지속적으로 추진하였다. 건축된 지 25년이 넘은 건물에 습도, 온도 등 국제 규격에 맞는 설비를 갖추는 일은 쉽지 않았다. 실험실에 필수불가결한 응급 샤워 시설 등을 완비하느라 어려움이 많았지만 모든 직원들과 한마음이 되어 노력한 결과 2004년 유전자·마약 분야가 인증을 받았고, 다른 분야도 이어 인증을 받는 성과를 거두었다.

또한 직원들과 함께 감정 업무와 더불어 연구에도 정진하여 국내외 학술지에 5년간 40여 편의 논문을 게재하고, 특허도 출원했다. 그 덕분에 과학수사 발전에 기여하는 공이 크다고 인정받아 2007년에 과학기술부(현재 교육과학기술부)가 주관하는 '올해의 여성 과학기술자상'을 받았다. 30년 동안 한우물만 파던 성과를 거뒀다는 사실과 더불어 과학수사 분야가 과학계에서 인정을 받았다는 사실에 얼마나 기뻤는지 모른다.

국립과학수사연구소 최초 여성 소장으로 임명된 것은 2008년 7월 11일이었다. KBS 9시 뉴스에도 나오고, 『조선일보』에서는 "3년은 다니겠지 했는데… 30년이 지났네요"라는 기사가 보도되는 등 정말 많은 언론에서 국과수 최초 여성 소장 탄생을 조명하였다. 면접 때 3년은 있을 수 있다고 했는데, 그 열 배의 기간인 30년이 지나 소장이 되니 정말 감회가 새로웠다.

소장에 취임하면서 직원들에게 약속한 것은 모두가 행복하고 편하게 일할 수 있는 환경을 만들어주겠다는 것이었다. 그리고 국과수가 세계적 수준의 연구소가 되고, 우리 연구원들 각자가 세계 어디를 가더라도 인정받는 과학자가 되는 두 가지의 큰 목표를 향해 노력하겠다고 했다. 그런데 취임식을 마치고 점심을 먹고 난 후 몇 시간 지나지 않아 금강산 여행객이 피격을 당했다는 소식이 전해왔다. 시신을 수습하여 속초를 거쳐 서울로 올 것이기 때문에 늦게라도 부검을 하기로 결정되었다. 취임 첫날 이렇게 중요한 사건이 발생하다니 정말 소장 업무가 얼마나 막중한지 절감할 수 있었다. 그날 부검은 새벽 1시가 넘어서 끝났다는 연락을 받았다.

재임 시절 정말 많은 중요 사건 사고와 함께했다. 강호순 사건, 김길태 사건, 천안함 사건, 부산 사격장 화재 사건, 소말리아 해적 사건 등 많은 사안이 발생했지만 직원들의 열정과 정성으로 잘 처리할 수 있었다.

소장으로 재임하면서 특히 영광스럽고 기뻤던 일은 연구소가 연구원으로 승격한 일이다. 55년 동안 못 이루었던 소에서 원으로의 승격은 진정 소원 성취를 이룬 일이었다. 원이 되면서 다시 초대 원장으로 근무하며, 연구원의 평가도 잘 받아 2년 연속 책임 운영 기관 최우수 표창을 받은 것도 무척 기억에 남는다.

　　1955년 탄생한 국립과학수사연구소는 그동안 참으로 큰 변화를 겪어왔다. 처음에는 법의학과와 이화학과 두 개의 감정 분야 과로 출발했는데 지금은 조직도 규모도 크게 성장하였다. 범죄를 해결하는 데 과학적인 지원을 하는 국과수의 역할도 시대에 따라 많이 변화했다. 국과수는 처음부터 부검을 근간으로 하여 수사를 지원하고 있는데, 60년대 초에는 총기사고 사례가 많았고, 1970년대에는 부정식품에 대한 검사가 많았으며, 1980년대가 되면서 마약 사건이 급증하는 경향을 보였다. 내가 입사한 1978년 즈음에는 혈액형 판정, 간단한 마약 확인 등이 실시되고 있었으며, 유전자에 의한 개인 식별이나, 생체 시료에서 마약을 검출하는 등에 대한 감정법은 확립되지 않은 상태였다. 2000년대에 들어오면서 유전자 기술의 개발로 유전자에 대한 요구가 급격히 증가되고 있다. 유전자 기술의 발달은 초동수사를 위한 가장 강력한 과학수사 분야가 되었는데 1995년 범죄 현장의 혈흔에서 확인된 유전자와 범인의 유전자가 일치할 확률이 100만 분의 1이었다면 지금은 일치될 확률이 60억 분의 1로 세계 인구 중에 한 명과 일치되는 정도의 정확성을 갖고 있다. 최근에는 CCTV의 설치가 일반화되면서 영상 분석에 대한 요구 또한 증대되고 있다. 이와 더불어 컴퓨터 범죄에 대한 기술력 역시 높아져 가고 있고, 교통사고의 경우에도 3D 스캐너를 이용하여 현장을 재구성하거나, 시뮬레이션 프로그램을 활용하여 사고를 재현하는 등 기술력이 크게 발달했다.

이러한 기술력의 발전은 국민참여재판의 실시, 형사소송법의 개정 등 외부적인 변화와 더불어 국과수의 역할을 증대시키고, 업무의 변화를 유도하고 있다. 국과수 여성 전문가의 비율도 늘어났다. 내가 입사했을 때는 여성이 세 명뿐이었으나 2012년 국과수를 떠날 때는 여성 연구원 인력이 전체의 20~25퍼센트 정도를 차지하였다. 화재 원인이나 교통사고 원인을 규명하는 팀 같은 곳에서는 아직 여성의 역할이 미약하지만 마약 분야, 약독물 분야에서는 여성이 남성보다 많고, 부검 분야에도 여성 부검의가 다섯 명 근무하고 있으며, 유전자 분석 분야에도 여성의 비율이 급증하고 있다.

국과수의 매력

내가 국과수에 느낀 가장 큰 매력은 사건과 관련된 증거물을 분석해서 범죄 해결에 기여하며 국민의 안전을 지킨다는 사명감과 더불어 사회 정의를 위해 일한다는 자부심이었다. 무엇보다도 다양하고 예측 불가능한 사건을 항상 접하면서 과학자로서 미지의 물질이 무엇인지를 끝까지 밝혀 사건을 해결해가는 집념이 요구되는 도전적인 일이라는 것이 큰 매력이었다. 새로운 증거물을 보았을 때 처음에는 막막하지만 문제를 해결하겠다는 집념을 갖고 끈기 있게 도전하여 그 정체를 확인하였을 때의 기쁨은 다른 어느 것과도 비교할 수 없다. 어려운 사건을 해결했을 때 얻어지는 보람이 국과수인의 자부심이었고, 그것이 이 자리를 떠날 수 없는 원동력이 되었다.

집념, 끈기라는 단어와 연계해서 가장 기억에 남는 사건은 가수 '듀스' 멤버 김성재 사망 사건이다. 당시 나는 약독물과장으로 근무했다. 의뢰를 받고는 마약과 관련된 사건으로 추정되어 부검 후 위 내용물, 혈액과 소변을 분석하면서 마약이라면 쉽게 해결할 수 있을 것이라고 생각했다. 마약의 종류는 300여 종밖에 되지 않기 때문이기도 하지만 마약검사팀의 경험과 능력이 최고임을 믿어 의심치 않았기 때문이었다. 그런데 실험 과정에서는 혈액과 소변에서 무언지 알 수 없는 미지의 물질이 검출되었는데 어떻게 해도 그 성분을 확인할 수가 없었다. 열흘 가까이 3만, 7만, 10만 종류의 화합물이 있는 데이터베이스에서 이 성분을 찾으려고 정말 눈에 불을 켜고 뒤졌지만 찾지 못해 별별 생각을 다하게 되었다. 꿈속에서까지 왜 못 찾을까 고민하다 잠을 설치고 출근하기도 했다. 함께 일하는 직원에게 꿈속에서까지 고민하느라 잠도 못 잤다고 하니, 그 역시 내가 꿈에 나타나 왜 못 찾느냐고 다그치는 바람에 잠을 제대로 못 잤다는 것이다. 그렇게 고민하면서 수많은 실험을 한 끝에 드디어 동물용 마취약인 물질을 찾게 되었는데 그 성분을 확인하는 순간의 감동은 아직도 생생할 정도다. 이렇게 미지의 물질을 찾아 사건을 해결하는 데 도움을 준다는 것은 정말 국과수의 가장 큰 매력이라고 확신한다.

두 개의 국제학회 회장이 되다

국제학회 활동은 1990년 국제법독성학회(범죄와 관련된 마약, 약독물 분야) 회장의 우리나라 방문이 계기가 되었다. 그때 나는 영국에 있었지만 회장이 내한했다는 소식을 듣고 회원으로 가입하고 1990년 덴마크 코펜하겐에서 열린 학회부터 참석했다. 매년 참석할 수는 없었지만 연가를 내고 자비로라도 참석하려고 노력했다. 그리하여 2002년 미국의 매릴린 휴스티스(Marilyn Huestis)가 최초의 여성 회장이 되었을 때 나는 아시아를 대표하는 집행위원(board member)으로 선정되었다. 아시아에는 그때까지 집행위원이 없었는데 회원이 많은 일본도 아닌 한국에서 내가 집행위원으로 선임됐기 때문에 정말 자랑스러웠다. 집행위원은 유럽 네 명, 북미 두 명, 아시아와 오세아니아 각 한 명으로 모두 여덟 명이 학회 전반적인 운영을 결정하고 있다. 6년 동안 집행위원으로 일한 뒤인 2008년 사무총장을 맡지 않겠느냐는 제의를 받고 다시 한 번 학회의 핵심 요직에 도전하였다. 쉽지 않은 자리였지만 그 당시 회장이었던 올라프 드루머(Olaf Drummer)의 전폭적인 지원에 힘입어 사무총장으로 선출되었다. 3년간의 임기를 마치고 2011년 드디어 차기 회장으로 선출되었고, 2014년 제51차 아르헨티나 부에노스아이레스 연차대회에서 13대 회장으로 취임하였다.

국제법독성학회(The International Association of Forensic Toxicologists)는 마약, 약독물을 분석하는 전 세계 전문가들이 모이는 학회로 FBI와 같은 정부 기관, 연구소, 대학 등에 소속된 100개국 2000여 명의 회원들이 활동하는 학회이다. 2005년에는 아시아에서 두 번째로 제43차 회의를 서울에서 개최하여 500명 이상의 회원이 참가한 가운데 마무리하였다.

국제학회와 관련해서 정말 영광스러운 것은 세계 과학수사와 관련하여 양대 산맥이라고 할 수 있는 두 곳에서 회장을 맡았다는 것이다. 국제법독성학회에서는 2014년부터 3년 임기로 회장직을 수행 중이고, 국제법과학회(세계 최대 과학수사학회)에서는 2011년부터 2014년까지 회장직을 수행하였다. 2011년 포르투갈에서 열린 제19차 국제법과학회(Internatonal Association of Forensic Sciences)는 109개국에서 1,900명이 참석한 매머드 학회였다. 2014년 학회 유치를 위해 브라질, 호주, 이집트, 우리나라 4개국이 경쟁을 벌였는데, 그중에서 우리가 유치에 성공하였다. 이때 프리젠테이션도 중요했지만 한국관광공사, 서울시 컨벤션 뷰로 등의 전폭적인 지원이 큰 보탬이 되었다. 유치에 성공하면서 대규모 학회의 유치는 어떤 기관의 능력만으로는 부족하고, 국가의 힘이 있어야 가능하다는 것을 실감하였다.

유치 경쟁에서 유리했던 점은 차기 학회 개최지를 결정하는 전임 회장단들이 모두 남성이었다는 것이었다. 남성만으로 구성된 전임 회장단에게 이제는 여성이 함께해야 한다고 강조하며 발표한 것이 주효했던 것 같다.

3년간의 준비를 거쳐 2014년 10월 코엑스에서 제20차 국제법과학회(IAFS)가 개최되었는데 80개국에서 1,500명이 참석하여 성황을 이뤘다. 우리나라 과학수사의 위상을 세계에 보여주었고 또한 회장 자격으로 차기 학회 유치를 희망하는 터키, 덴마크, 캐나다, 브라질을 실사하면서 다른 나라의 과학수사 시스템을 살펴보는 기회도 가졌다는 것도 아주 유익한 경험이었다. 60년 역사의 국제법과학회는 3년마다 유럽, 미국, 아시아에서 돌아가며 열린다. 법의학과 법과학 전반에 걸쳐 과학수사에서부터 현장 감식에 이르기까지 다양한 분야의 전 세계 전문가들이 함께하는 학회로 세계 최고의 권위를 지니고 있다. 60년 역사 최초의 여성 회장이라는 것은 여성으로서, 한국인으로서 정말 자랑스러운 일이었다.

국과수를 떠나
새로운 인생

2012년 34년을 함께한 국과수를 떠났다. 많은 추억과 행복했던 기억을 뒤로하고 떠나는 날의 서운함을 무엇이라 말할 수 있을까.

국과수를 떠나고 1년 동안은 재직 기간 중에 하고 싶었지만 미뤄 두었던 일들을 했다. 영어 공부도 하고, 오카리나도 배우고, 여행도 다녔다. 그러다가 충남대학교 분석과학기술대학원에 원장으로 오게 되었다. 줄곧 마약과 약독물 분석을 해왔기 때문에 분석과학기술대학원에 대해서는 전부터 알고 있었고, 과학수사에 필수적인 학문을 교육하는 곳이라는 명성을 알고 있어 아주 기쁘게 근무를 시작하였다. 2009년 설립된 이 대학원은 국내에 유입되는 수많은 고가의 분석 장비를 최고의 수준으로 활용할 수 있는 전문가를 양성해서 학계, 연구계, 산업계 등에 투입하여 전 과학 분야에서 중추 역할을 할 수 있도록 하는 것을 목표로 하고 있다. 매년 30명씩 모집하는 석사·박사 과정 신입생들은 모두 전액 장학금을 받고 있는 우수한 인재들이어서 이들과 함께 하는 대학 생활이 정말 기쁘고 행복하다.

미래를 준비하는
후배들에게

　　미래를 위해 어떤 깃을 준비해야 성공적인 여성으로 자리매김할 수 있을까? 여러 가지 많은 준비가 필요하겠지만 우선 기업이 필요로 하는 인재상부터 살펴보면 준비하는 데 도움을 받을 수 있다. 많은 기업들이 말하는 최고의 인재란 상황을 반전시킨 사람들, 문제를 해결한 사람들, 즉 전문성과 도전 정신과 글로벌 역량을 갖춘 사람들이다. 이 요소들은 어느 기업이나 공공기관이나 여성, 남성 모두에게 똑같이 요구하는 항목이다.

　　그렇다면 어떻게 해야 전문성을 확보할 수 있을까? 이를 위해 가장 필요한 것은 열정이라고 생각한다. 뭔가를 꼭 끝까지 하겠다는 근성 같은 것 말이다. 전문가가 되기 위한 노력은 다양한 각도에서 시도되어야 하는데 전문가 정신과 더불어 전문성을 갖추기 위한 끊임없는 노력, 새로운 것을 배우려는 열의, 도움이 되는 모든 자료를 수집ㆍ정리하는 습관이 필요하다. 특히 전문 지식과 경험을 바탕으로 다른 분야와의 융합을 시도하려는 태도가 미래 인재에게는 꼭 필요하다. 예를 들면 화학과 같은 기초학문을 전공하고 거기에 경영학을 접목하면 경쟁력 우위를 확보할 수 있을 것이다. 한 분야에서 쌓은 오랜 지식과 경험을 바탕으로 다른 분야와의 융합을 시도하여 특정 분야 전문가의 위치를 확보하게 되면 그것이 자신만의 경쟁력이 될 뿐 아니라 소속된 기관에서 숲 전체를 볼 수 있는 안목을 갖춘 전문가로 도약하게 될 것이다. 기회가 왔을 때 놓치지 않고 잡을 수 있도록 전문성을 확실히 확보해두는 것이 가장 필요한 일이다. 무엇보다도 본인의 분야에서 최고가 되어 경쟁력을 가질 수 있도록 자신의 일을 사랑하는 마음이 필요하다.

다음은 도전 정신이 되겠다. 위기와 실패를 겪더라도 그것을 새로운 기회라고 생각하고 대응하는 것이 진정한 도전 정신이다. 실패를 두려워하지 않는 자세, 실패를 할 수 있는 용기를 가져야 한다. 실패를 통해 경험을 쌓고 다음 기회를 향해 질주할 수 있는 발판을 마련하고, 같은 실패를 반복하지 않도록 실패를 통해 얻은 교훈을 조직이 공유할 수 있도록 기록을 남기는 것 역시 필요하겠다. 빌 게이츠는 "실패한 기업에 몸담은 경력이 있는 간부를 의도적으로 채용하고 있다. 실패할 때는 창조성이 자극되기 마련이다. 밤낮없이 생각에 생각을 거듭할 수밖에 없다 앞으로 마이크로소프트도 반드시 실패를 겪을 테지만 난국을 타개할 능력이 있는 사람은 어려운 상황일수록 빛을 발할 것이다"라고 했다. 삼성은 실패의 자산학을 천명하면서 "실패를 벌하지 않는다. 단지 같은 실패를 반복하지 않도록 실패의 원인을 파악하고 기록을 남기면 된다"라고 하며 실패를 두려워하지 않는 도전 정신을 강조하고 있다.

글로벌 역량의 강화를 위해서는 외국어 커뮤니케이션 능력과 더불어 국제적 감각을 익힐 수 있는 글로벌 환경에서 일하는 기회를 잡는 것이 필요하다. 무엇보다 여성들이 언어 능력, 다문화 수용성 등의 글로벌 역량에서 상대적으로 강한 면모를 보이고 있다는 점을 활용하는 것이 좋겠다.

마지막으로 여성에게 가장 부족한 부분은 아무래도 인적 네트워크의 형성이지 않을까 싶다. 일과 가정을 양립해야 할 여성의 입장에서 보면 인적 네트워크에 많은 시간을 투자할 수 없게 되기 때문이다. 따라서 인맥 관리의 달인이라고 하는 이채욱 인천국제공항공사 전 사장의 비밀을 참고해보는 것도 좋겠다. 이 사장은 "진심으로 대하라(heart to heart)", "공동의 관심사로 대화하라(common subject)", "조크를 활용하라(joke)"라고 권한다. 인맥 관리에서 꼭 염두에 두어야 할 것은 지금 바로 이해득실을 따지는 대신 상대에게 먼저 베풀면서 인간관계를 유지하며 정성을 다해야 한다는 것이다. 더욱이 인맥은 형성보다도 관리가 중요하여 노력하지 않으면 눈 녹듯이 사라진다. 나무를 키우는 것처럼 끊임없는 노력이 수반되는 일이라 매우 어렵지만, 순간순간 최선을 다해 사람을 대하는 것이 해답이 되겠다.

마지막으로 내가 가장 좋아하는 톨스토이의 글을 적어본다 "가장 중요한 사람은 지금 내 앞에 있는 사람이며, 가장 중요한 일은 지금 내가 하고 있는 일이며, 가장 소중한 시간은 바로 지금 이 순간이다." 과거는 역사이고, 미래는 예측하기 어려울 뿐 아니라 지금 걱정한 것이 실제로 일어날 확률은 2퍼센트도 안 된다. 그러므로 지금 현재 이 자리에서 최선을 다하는 것이 무엇보다도 중요하다.

생명의 존엄과
건강한 사회를
생각하는 의사

최 원 주

최원주여성의원 원장

■■□

이화여자대학교 의과대학을 졸업하고 의학박사 학위를 받았다(전문의). 중앙의대 산부인과 외래교수와 이화여대 의대 동창회 상임이사를 역임했다. 현재 최원주여성의원 원장이며 대한산부인과의사회 부회장, 경기여성정책포럼 공동대표, 새누리당 경기도당 의사네트워킹위원회 위원장, 전국주부교실 경기도지부 자문위원, 대한노인회 경기도지부 자문위원을 맡고 있다.

산부인과 전문의로서의
보람과 기쁨

갓 태어난 아기는 얼마나 신비로운가? 산통을 겪으면서 죽음의 고비를 넘나들던 산모는 새 생명이 태어나는 순간 모든 것을 잊고 환희에 휩싸인다. 산부인과 의사도 마찬가지다. 마침내 무사히 한 생명으로 하여금 세상의 빛을 보게 했다는 성취감에 온갖 고난과 공포를 잊어버리고 보람을 느끼게 된다.

나는 서울시 종로구에서 2남 5녀 중 셋째로 태어났으며, 성바오로 수녀회에서 운영하는 가톨릭계 여중고를 졸업하였다. 그리스도의 사랑, 봉사와 헌신, 희생을 교훈으로 하는 고교 시절은 내 인생에 많은 영향을 끼쳤다.

슈바이처와 허준 같은 분들의 위인전을 읽으면서 의사가 되겠다는 꿈을 가졌으며, 노력 끝에 의과대학에 진학하였다. 예과, 본과를 거치면서 인간 생명의 존엄성을 교육받고, 탄생의 기쁨을 주는 산부인과를 동경하게 되었다. 1987년 의학박사 학위를 취득하였으며, 중앙대학교 의과대학 산부인과 외래 임상교수로서 수련의 지도와 교육에 힘을 기울였다. 1983년도에 남편이 수원비행장에 군의관으로 임용되면서 서울을 떠나 수원시에서 병원을 개업하게 되었고, 이때부터 수원시에서 살기 시작하여 수원에서 33년 동안 산부인과를 운영하고 있다.

지금까지 산부인과 의사로서 느낀 보람과 고충, 현장에서 실감하는 의료계의 문제를 얘기하고 싶다. 산부인과를 지망하는 후배들, 그리고 무엇보다도 저출산 문제에 직면한 대한민국 현실에서 돌파구를 찾는다는 심정에서 말이다.

나는 평소에 아이를 좋아했다. 새 생명의 탄생을 지켜보는 즐거움에 산부인과를 택해야겠다고 결심하였다. 그리하여 열심히 분만 시중을 들고 산모를 돌보면서 레지던트 1년차를 보냈다. 그러나 레지던트 2년차가 되어 드디어 분만을 직접 맡아보라는 교수님의 지시를 받아 분만 의자에 앉고 나서야 "내가 왜 산부인과 의사가 되었을까" 몹시 후회했다. 분만 의자에 앉아보니, 산부인과 전문의가 짊어진 무거운 책임이 절실히 다가왔기 때문이었다. 한마디로 분만이란 아기를 받는 것이 전부가 아니었다. 아기가 탄생한 이후의 모든 후처치에 관한 책임이 나에게 달려 있었다.

1983년 수원에 병원을 연 다음부터 하루도 잠을 제대로 자본 적이 없을 정도다. 산부인과 의사란 밤에도 쉬지 못하는 특수직이다. 분만이 이루어질 때까지 전 과정을 지켜보아야 하며, 정상 분만이 이루어지지 않으면 즉각 수술을 해야 하고, 분만 후에도 언제 산후 출혈이 일어날지 몰라 언제나 대기 상태로 있어야만 했다.

그럼에도 불구하고 탄생의 순간을 산모와 함께한다는 감동과 보람은 그 무엇과도 바꿀 수 없다. 산부인과의 척박한 현실 앞에서는 문득문득 허탈해진다 해도 말이다.

의료계, 특히 산부인과의
어려운 현실

낮은 분만 수가와 포괄수가제

2000년대 당시 분만 한 건당 수가는 15만 원이었다(15년이 지난 지금은 50만 원). 여기에는 분만비, 마취의사비, 인건비, 신생아 우윳값, 산모 식비, 입원료, 퇴원 후 세탁비까지 포함된다. 그런데 아이를 낳고 퇴원했다가 다시 찾아온 산모가 30만 원 상당의 보약을 들고 와서 이것 먹어도 되느냐고 묻는다. 그럴 때면 기가 막혀 말이 안 나왔다. 새 생명을 탄생시키기 위해 가슴 졸이며 온갖 궂은일을 도맡았던 병원이 받는 수가와, 한의원에서 지어온 비싼 보약 값. 그 차이는 산부인과 의사에게 황당함과 모멸감마저 주곤 했다. 이것이야말로 "재주는 곰이 부리고 돈은 왕서방이 가져간다"는 격 아닌가.

산부인과가 처한 환경이 이렇게나 열악하므로, 2015년 현재 전국 232개 시군구에서 산부인과가 없는 곳이 네 곳 중 한 곳이나 된다. 산부인과가 있어도 분만 시설이 없는 곳이 55곳이다. 산부인과 한 곳이 문을 열면 두 곳이 문을 닫는다. 타산이 맞지 않기 때문이다.

문제는 모성 사망률(분만 과정에서 산모가 사망하는 비율)이 높은 곳은 대부분 분만 의료기관 취약지와 일치한다는 점이다. 또한 모성 사망률이 높은 지역은 보통 중증 환자를 처치할 종합병원이 적은 지역과도 일치한다. 이는 국가적인 문제이다.

그런데도 최근 정부는 동네 의료기관까지 병원급 수술 규제와 무정전 공급 장치(순간 정전과 장시간 정전 상태에서도 안정된 전원을 공급하는 장치) 구비 등을 요구하고 "당직 의사 증원, 비의료인 당직 근무자 증원, 수술방 시설 구비, 소방 시설 구비"를 강조하면서도 해당 비용만큼의 수가 보전은 해주지 않고 있다.

게다가 현행 포괄수가제는 "김밥이 너무 비싸므로 전국 모든 김밥 가격을 1000원으로 통일!"하는 것과 같은 얘기이다. 환자에게 쓰이는 치료제에 따라서 금액이 정해지는 기존의 행위별 수가제와는 달리 포괄수가제는 약제 사용이나 처치 방법의 차이에 관계없이 일률적으로 정해지는 것이다. 만약 맹장 수술 만 원이라고 포괄수가가 정해진다면, 어떤 방법의 수술을 했든 치료제가 얼마만큼 들어갔든 상관없이 병원이 받을 수 있는 것은 만 원이다.

분만의 경우, 포괄수가제로 인한 문제점이 다른 진료 과목보다 더 심각하다. 두 사람의 생명(산모와 신생아)를 담당하는 분만에 다른 수술과 똑같이 수가를 적용할 수는 없다. 개인의 상황에 따라 다양한 형태의 분만이 발생하기 때문이다.

포괄수가제가 시행되면 진료비는 저렴해진다. 그러나 정부가 쥐어짜면 의사들도 쥐어짜야 한다. 의사들은 항생제나 마취제 등을 싼 걸로 바꿨다느니, 컴퓨터 단층 촬영(CT) 검사가 필요해도 안 찍고 퇴원시킨다느니, 포괄수가제 때문에 의료 서비스의 질을 낮출 수밖에 없다고 고백한다. 환자들도 아우성친다. 과연 누구를 위한 포괄수가제일까.

전문 의료 인력 양성의 위기

전공의의 열악한 수련 환경도 의료계의 문제점 중 하나로 지적되고 있다. 원가에도 못 미치는 진료 수가 때문에 병원이 많은 환자를 받는 것에만 몰두하다 보니, 전공의 교육에 신경 쓸 시간이 없는 것이다. 전공의들이 제대로 교육받지 못한 채 전문의가 되고, 환자는 억울하게 희생되고 있다.

게다가 산부인과 전공의 지원율은 2006년 이후 계속 떨어지고 있다. 수련 기간 중에도 중도 포기자가 많다. 산부인과는 흉부외과나 비뇨기과 등과 함께 의대생들의 기피 진료과로 분류되는데, 이들 기피과의 공통점은 낮은 수가로 인하여 개원해서 살아남기 힘들다는 것이다.

산부인과학회와 산부인과의사회의 꾸준한 문제 제기로 최근 정부의 정책적 지원이 이루어지면시 회생의 조짐이 보이고 있다. 하지만 이것만으론 부족하다. 지금까지 의료 인력의 수급은 시장의 경쟁 기능에 맡겨져 있었다. 흉부외과나 산부인과가 급격히 몰락하면서 조금씩 변화가 생기고 있다. 정부는 인력 정책을 보건의료 정책의 핵심 사업 중 하나로 인식해야 할 것이다.

의료사고에 대한 편견

분만 현장에서 의료사고라도 벌어지면 의사는 형편없는 돌팔이, 환자의 아픔을 돌보지 않는 무정한 자, 손해보상을 제대로 해주지 않는 돈만 아는 수전노, 심지어는 극악무도한 살인자로 낙인찍힌다. 동료 의사가 온갖 욕설과 비방과 손가락질을 당하는 모습을 볼 때마다 내가 당한 일인 양 한없이 허탈감이 밀려든다.

애기 낳는 것은 자연의 섭리대로 하여야 한다는 생각은 전혀 없고 사기 마음대로 길일을 잡아 낳을 수 있다고 조급하게 덤벼드는 철없는 젊은 엄마들, 아들 낳아야 한다고 호들갑 떠는 시어머니들, 한치라도 뜻대로 안 되면 의사를 인신공격하고 난도질하는 글을 인터넷에 올려대는 환자들을 볼 때마다 사명감은 사라지고 후회가 되는 것이 솔직한 심정이다.

의대생들이 산부인과를 선호하지 않는 데에는 잦은 의료 분쟁도 중요한 이유 중 하나로 꼽힌다. 진료에 따른 위험부담이 큰 분야가 산부인과인 것이다.

내가 산부인과 의사로서 개인적으로 하고 싶은 일 중 하나가, 무과실 의료 사고에 대비한 재원 마련 운동이다. 그리고 무엇보다도 먼저 의료분쟁조정법에서 분만 의사의 '불가항력 분만 사고 보상 재원 분담' 문제를 해결하여, 분만 의사들의 자긍심을 심어주고 안심 분만의 분위기를 조성해주었으면 하는 것이 내 희망이다.

사회 구석구석,
내 관심이 필요한 곳마다

산부인과 의사로서 지난 33년간 신생아와 산모들을 접하면서 생명 탄생의 기쁨과 보람으로 가슴 벅찬 일도 많았지만, 한편으로는 사회의 어두운 면도 자주 보았다.

그리하여 사회취약 계층의 어려움, 저출산·고령화 문제, 미혼모·청소년·비혼 가정, 산후조리원 등 아동·여성 복지와 관련된 문제, 산부인과 처우 개선 문제 등 여러 가지 사회문제의 심각함을 피부로 느끼게 되었다.

무엇보다 산부인과 의사로서 피부에 와 닿는 것은 저출산 문제였다. 최근 우리나라 출산율은 경제협력개발기구(OECD) 회원국 중 최하위를 기록했다. 여성의 사회 진출이 증가하면서 여성이 직장 생활과 육아를 병행해야 하는 어려움 때문에 2000년부터 출산율이 떨어지기 시작했고, 그동안 저출산을 극복하기 위해 이런저런 정책이 실시되었지만 별 소용이 없었다. 나는 수원시 여의사회 회장과 경기여성정책포럼 공동대표 등을 맡으면서 저출산 극복 방법으로 취학 전 아동 교육 보육을 국가가 부담하자는 정책을 각계 단체와 기관에 건의했다. 보다 적극적으로 문제 해결에 나서기 위해서는 정치 참여가 필요하다 판단하고 2007년 정당에 가입했다. 그 후 새누리당 경기도당 의사네트워킹위원회 위원장이 되어, 의료와 복지 분야 전문가로서 자문 역할을 하면서 5세 이하 취학 전 아동에 대한 교육과 보육을 국가 부담할 것을 적극 건의하여 오늘날의 국가 부담 보육을 이끌어냈다.

앞으로도 힘이 닿는다면 정부에 '출산 전담 부서(가칭 '출산청')'를 출범시켜 출산 장려 정책에 산부인과 의사의 참여를 유도하면서 정부와 산부인과 전문가의 대화와 소통을 통하여 저출산 문제를 극복하는 데 동참하고자 한다.

그 외에 지역사회 활동으로 노인회 경기도연합회 자문위원 등의 직책을 맡았다. 노인회 일에 관여하다 보니 노인들의 생활상을 잘 알게 되면서 안타까운 사연들을 많이 접했다. 우리나라 자살률은 OECD 34개국 중 10년 연속 1위라는 불명예스러운 기록을 올리고 있다. 자살률은 전 연령에 걸쳐 높지만 노년층이 특히 더 높다. 노르웨이나 뉴질랜드 등 노인 복지가 잘되어 있는 나라에서는 청년 자살률이 높은 반면, 우리나라에서는 노후 준비가 안 되어 있는 빈곤층 노인들의 자살률이 높다는 것이 특징이다.

게다가 노인 학대 문제도 대책 마련이 시급하다. 나는 노인 학대 문제를 개인이나 가정의 문제가 아닌 사회문제로 인식하고 정책을 세워야 한다고 생각한다. 즉 노인 학대를 예방하는 한편 노인 학대 사례에 신속하게 개입, 대처하는 법적 제도 장치를 만들어야 한다. 노인 학대로 인한 신체적·정신적 증상을 현장에서 가장 먼저 접할 수 있는 건 동네 병의원 의사들이다. 그들의 신고를 촉진하기 위한 제도적으로 뒷받침이 필요하다. 그리고 노인의 건강 상태를 살펴서 학대로 인한 것인지 판단할 수 있도록 학대 진료에 관한 표준화된 가이드라인을 개발해 의료인에게 보급하고 의료인들의 신고를 의무화하는 법적 장치가 마련되어야 할 것이다.

2003년부터 몇 년 동안 건강의료보험 심사평가원 비상근위원(현재 심평원 자율심사위원)으로 일한 적이 있다. 국민 공동 자산인 의료보험 재정이 정직하게 사용되고 있는지, 각계 각층의 국민에게 공평한 의료 혜택이 주어지고 있는지 감독한 것이다. 앞으로도 건강보험 재정이 오남용되는 것을 감시하고 불합리한 법을 개정하는 데 계속해서 작은 힘이나마 보태고 싶다.

후배에게 남기고 싶은 말

지금까지 아내로서, 어머니로서, 산부인과 의사로서 열심히 살아왔다. 그리고 전문직 여성의 한 사람으로서 많은 경험을 축적했다고 생각한다. 그러한 경험을 바탕으로, 후배들에게 몇 가지 당부하고 싶다.

첫째, 밝은 세상을 만드는 데 일조하라. 자신이 가장 좋아하고 잘하는 일을 발판으로 밝은 세상을 만드는 데 일조하라. 맑고 밝은 세상을 만들자는 개개인의 힘이 모일 때 부정과 부패, 반칙과 비리가 사라질 것이다.

둘째, 평소 가족에게 애정 표현, 작은 배려, 예의를 저축하라. 가족은 가장 가까운 주변인이면서 가장 홀대하는 주변인이기도 하다. 부부간의 애정도 돈을 저축하는 것과 같아서 평소에 조금씩 저축해놓아야 유사시 써먹을 수 있다. 사람이고 보면 배우자와 다툼이 없을 수 없게 된다. 배우자와 불화가 생겼을 때 가장 먼저 떠오르는 것이 "평소 배우자가 나를 얼마나 배려해주었는가"이다. 애정 저축을 많이 하다 보면 큰 갈등도 무난히 극복할 수 있다.

셋째, 돈을 버는 일을 최고 목표로 삼지 말고 자신과 주위 사람들을 행복하게 하는 일을 하라. 주위의 가난하고 소외되고 병들고 문제 있고 고난당하는 이웃에게 행복을 나눠라. 타인에게 사회에 그리고 세상에 봉사하라. 베푸는 삶이야말로 진정 행복한 삶이다.

넷째, 규칙적인 생활로 건강을 유지하라. 운동과 취미 생활로 건강을 유지해야만 자신도 행복해지고 주위를 행복하게 할 수 있다. 나는 나이가 들어서도 자신의 생각을 표현하고 기억하고 신문을 읽을 수 있는 능력을 유지하기를 원한다. 가능하면 다른 사람에게 폐를 끼치지 않고 여기저기 다닐 수 있고 혼자서 옷을 갈아입고 식사도 자기 손으로 하며 화장실에도 혼자 다닐 수 있었으면 한다. 또한 만성 질환으로 고통받지 않기를 소망하며 내가 사랑하는 사람들, 그리고 나를 사랑하는 사람들과 더불어 살 수 있기를 원한다.

다섯째, 목표를 향하여 최선을 다하되 그 과정을 무시해서는 안 된다. 최선을 다해 산 인생은 더 이상 여한이 없는 법이다. 나도 그렇게 살고 싶다. 과거를 후회하면서 다시 살고 싶은 생각은 결코 없다. 불광불급(不狂不及)이란 말이 있다. 미친 듯이 열정을 쏟지 않으면 큰일을 성취할 수 없다는 뜻일 게다. 그러나 성취보다 더 중요한 것은 그 과정이 올바르게 진행되어야 한다는 점이다. 성공과 성취는 모두가 부러워하는 것이다. 하지만 그런 성취가 모든 것을 대신할 수 있는 것은 아니다. 부당함마저 합리화하며 오직 자신의 이익을 쫓는다면 그 성취는 진정한 성취가 아니다.

세상을 바꾸는
창의적 아이디어

한 미 영

(사)한국여성발명협회 명예회장,
(재)세계여성발명기업인협회 회장

■■□

이화여자대학교를 졸업하고, 연세대학교 법무대학원과 서울대학교 공과대학 최고산업과정, 서울과학종합대학원 최고경영자과정을 수료했다. (사)한국어성발명협회 회장, 대통령 직속 국가과학기술자문회의 자문위원, 대통령 직속 국가지식재산위원회 민간위원 등을 역임했다. 현재 (사)한국여성발명협회 명예회장, (재)세계여성발명기업인협회 회장, (사)한국청소년발명영재단 총재, 태양금속(주) 부회장이다.

언제나 39세인
여성 발명의 대모(?)

1953년에 태어났지만, 현재 내 나이는 39세다. 언제나 39세라고 우긴다. 이제는 매년 한 살씩 젊어져볼까 싶기도 하다.

나는 지금 이집트 카이로에서 행사 참가 중이다. 요즘 다들 무섭게만 생각하는 아랍연맹 총본부에서 컨퍼런스를 하고 있다. 연사로 참석한 덕분에 꼼짝없이 이틀째 테이블에 묶여 있다. 아랍연방 회의라서 온통 아랍 사람들로 가득하다.

아랍연맹 회의는 나도 처음이라서 어색하기도 하고, 약간 긴장되기도 한다. 어느 대표가 말하기를, 이런 세미나 장소가 발명 생각을 하기에는 최적의 장소라고 한다. 관심 밖의 얘기들을 듣다 보면 어느 틈엔가 나만의 세계로 가 있기 때문이다. 발명 아이디어는 그럴 때 떠오른다.

왜 여기 있느냐고? 난 언젠가부터 지식재산계의 전문가가 되어 있다. 나도 잘 모르는 상태에서 사회봉사 활동이라고 시작한 것이 발명 단체 일이었다. 지난 십수 년간 열심히 여성과 일반인들에게 창의적 사고 개발, 발명을 홍보하고 진흥했더니 어느새 여성 발명의 대모라는 별칭이 붙었다. 국가로부터 발명 문화를 확산시킨 공로를 인정받아 동탑 훈장도 받았다.

나도 처음부터 열심히 한 것은 아니었다. 맨 처음 나에게 한국여성발명협회 회장을 맡으라고 했을 땐 무슨 황당한 말씀이시냐며 부드럽게 거절하고 도망갈 생각만 했다.

회장 맡기 2년 전 우연히 한국여성발명협회가 있다는 것을 알게되었다. 도움 요청을 받고 그냥 돕게 된 것이 인연이 되었다. 처음엔 이곳이 여성 과학자, 발명가, 이공학자 등등 고학력의 약간 딱딱한 분들이계시는 곳인 줄 알았다. 그리고 협회 운영이 어렵다기에 발명가는 경제적으로 어렵겠지, 하는 통념에 따라 멋진 여성들을 돕는다는 마음에 나와보지도 않고 지원 활동을 한 거였다. 왜 이 일을 맡게 되었냐고 하면 할말이 없다. 그 당시 발명은 나에게는 저 먼 나라의 얘기였기 때문이다.

아무것도 모르는
발명협회 회장

나는 위로 오빠가 넷이나 되는, 어머니가 고대하시던 막내딸로 태어났다. 다행히 좋은 부모님과 형제들 밑에서 큰 어려움 없이 좋은 학교를 다니며 교육을 받았다. 늘 감사하는 대목 중 하나다. 나와 같은 세대여성들이 다 그렇듯 대학교 졸업하고 좋은 남자 만나서 결혼하고 아이들잘 키우고 집안일 잘 다스리면 되는 걸로 알고 살았다.

발명협회 일을 하니 전공이 이공계냐고 묻는 분들이 많다. 아니다. 나는 그림을 전공한 미술학도였다. 그런 내가 지금 발명계의 한 중심에 있다. 지금도 가끔 나를 돌이켜보면 인생이란 참 신기한 것이라는 생각이 든다. 옛날의 나를 아는 분들을 오랜만에 만나면 완전히 뜻밖의 분야에서 활동하고 있는 내 모습이 도저히 상상되지 않는다고 하신다. 나도 가끔은 그렇다.

내가 하는 일은 발명하도록 돕는 것과 발명을 진흥하는 일이다. 여성, 아동, 일반인, 장애우들에게 창의적인 생각을 할 수 있도록 창의 교육을 하는 일을 하고 있다. 물론 발명도 독려한다. 아이디어를 만들어 내고 그 아이디어로 지식재산권을 만들어주고 그 지식재산권으로 경제력을 가질 수 있도록 하는 일을 해왔고 지금도 하고 있다. 현재는 세계여성발명기업인협회 이사장 겸 회장을 맡고 있다.

2003년, 한국여성발명협회 회장을 맡았을 때 여기저기서 인터뷰가 들어왔다. 그때마다 발명한 것이 뭐냐는 질문을 받았다. 없다고 했다. 나도 웃고 묻는 사람도 웃었다. 발명에 대해 아무것도 모르고 이 자리를 맡은 것이다. 추천하시는 분이 그저 내가 잘할 거라고 밀어붙이고 1주일에 한 번만 나오면 된다고 하기에 안 한다고 안 한다고 한사코 사양하다가 결국은 고집을 꺾었다. 그저 좋은 생각과 좋은 마음으로 운영을 잘하면 될 거라고 생각했다. 좋은 쪽으로 발전시켜 더 좋은 세상으로 만들어 나가야겠다고 말이다.

처음 회장을 맡고는 '지식재산 갖기 설명회'라는 두 시간짜리 프로그램 강의를 대여섯 번 들었다. 아, 저런 거면 나도 발명을 할 수 있겠구나. 나의 아이디어를 변리사에게 상담했고 변리사님의 도움으로 특허 두 개, 실용 네 개를 갖게 되었다. 그래서 나는 자신 있게 여러 사람에게 권한다. 나 같은 사람도 했으니 당신도 충분히 발명할 수 있다고.

내가 회장을 맡을 당시 여성발명협회 회원은 100여 명을 조금 넘었다. 10년 뒤인 2013년 회장 자리에서 물러날 때쯤은 회원이 4,500여

명으로 불어났다. 우리나라 지식재산(특허, 실용, 디자인, 상표) 출원율이 2001년부터 2012년까지 27.6퍼센트 성장했다. 같은 기간 여성의 출원율은 127.8퍼센트의 성장률을 보였다. 열심히 노력한 결과라 생각한다.

어떤 분들은 적당히 일하라고, 왜 이렇게 열심히 하느냐고 묻기도 하신다. 그러나 나는 이것이 정말 좋은 일이라는 확신이 있기 때문에 다른 사람에게 권하기도 하고 도와주기도 한다. 10여 년 지나고 보니 참 보람도 있고 일도 재미있다. 발명(지식재산)이란 단어가 나의 인생 후반을 완벽하게 바꿔놓았다. 내 삶이 달라졌다.

발명으로 달라진 인생

나는 발명하는 마인드, 즉 창의적인 생각이 얼마나 중요하고 그것이 한 사람의 인생을 얼마나 바꿔놓는지를 많이 봤다. 특히 우리나라같이 고학력(고등학교 졸업 이상) 여성들이 많은 나라에서, 숱한 여성들이 결혼, 취업, 출산으로 취직, 재취업을 못 하고 자의 반 타의 반으로 집안일만 하는 현실이 너무 안타깝고 아깝다.

그 인력들이 가사와 육아를 하면서 경제력을 가질 수 있도록 하는 것이 이 발명이라고 나는 확신한다. 많은 분들이 그렇게 하고 있다. 많은 여성들이 발명을 통해 자신감을 찾고 자식에게서 남편에게서 다시 인정받았다며, 이제 자신의 존재감을 찾았다고 행복해한다. 덕분에 고맙다는 말씀을 많이 들었다.

미리 계획을 세우고 하나씩 준비하며 살아가는 인생길이 있는가

하면, 나처럼 어느 한순간의 선택으로 완전히 다른 인생을 살아가는 경우도 있다. 그래서 인생은 재미있는 것이다.

나의 꿈은 반 이상은 이루어졌다. 어릴 때부터 이다음에 크면 많은 사람을 돕고 싶다는 막연한 꿈을 가지고 있었기 때문이다. 이 일을 시작하면서 사람들에게 희망과 자기 발견의 기회와 더불어 경제력도 만들어낼 수 있는 힘을 주고 싶었다. 특히 마이너리티인 여성, 장애인, 우리 미래의 희망인 학생들에게는 더욱 큰 힘을 주고 싶었다.

세계로 향하는
발명의 꿈

한국여성발명협회도 완벽하게 자리 잡았고 그 발전 과정에서 세계 곳곳으로 회의를 다니다 보니 우리나라가 여성 발명으로는 세계의 중심이 될 수 있다 싶어 세계여성발명기업인협회를 만들었다. 그 협회를 만들기 위해 대한민국세계여성발명대회(Kiwie)를 2008년 개최하여 현재까지 매년 개최하고 있다. 16개국으로 시작하여 현재 참가국이 30개국에 이르는, 전 세계 유일한 대규모 여성 발명대회이다.

세계 협회를 만들기 위한 첫 총회에서 본부를 한국에 두는 조건으로 세계여성발명기업인협회를 탄생시켰다. 또한 세계여성발명포럼, 세계여성발명워크숍, 세계여성 IT Leader's Summit, 또한 유엔 기관인 세계지식재산기구(WIPO)와도 협력하여 여러 가지 사업을 해왔다. 현재는 시드 프로젝트(SEED Project)와 호프 프로젝트(Hope Project)를 2013년부터

WIPO와 함께 하고 있다.

　시드 프로젝트란 개발도상국에게 그동안 내가 계속 해온 많은 창의 발명 교육 프로그램을 재정비하여 그 나라(개발도상국) 정책으로 만들기 위한 교육 프로그램이다(지도자 training for trainers). 개발도상국을 돕기 위한 프로젝트로 WIPO와 여러 나라로부터 호평을 받고 있다.

　호프 프로젝트란 시드 프로젝트에 대한 프리젠테이션 스타일로서 현지를 방문하여 3박 4일 오피니언 리더들과 교육자들을 대상으로 실시하는 교육 프로그램이다.

발명은
모두에게 평등하다

　일반적으로 발명이라고 하면 어려운 것이라고만 생각한다. 우리가 보고 배운 발명의 사례는 너무 위대한 발명뿐이기 때문이다. 그러나 발명은 소소한 것에서부터 시작된다.

　이 일을 맡고 나서 회원들 이력을 보고 깜짝 놀랐다. 독학(무학)부터 박사 학력 소지자까지 다양했다. 학력은 제각각이라도 그 모든 분들이 발명한 성과는 똑같이 가치 있는 것이다. 과학적인 이론을 기본으로 한 기술적인 발명도 있고, 세기를 바꿀 수 있는 놀라운 발명도 있지만, 우리의 생활을 편하게 만들 수 있는 발명은 일반 사람들이 많이 한다. 나는 그러한 발명에 '생활 발명'이라는 이름을 붙였다. 과학 전문가들이 만든 발명과 차별화해야 했다.

우리 여성이나 일반인들이 발명한 것을 보면, 많이 배우고 똑똑하신 분들이 이게 무슨 발명이냐고 시비를 걸지도 모르겠다. 그러나 새로 만들어진 것 중에서 조금이라도 진보성이 있는 것에는 세계 모든 나라에서 특허, 실용, 디자인, 상표에 대한 지식재산권을 준다. 그것이 곧 발명이다.

처음엔 나도 편견을 가지고 있었다. 저학력자가 발명을 하다니 어불성설이라고 생각했다. 그러나 많은 분들이 너무나 좋은 발명으로 내 편견을 깨뜨려주셨다.

나는 10여 년 동안 여성발명협회에서 일하면서 여성과 장애인에게 특히 관심을 가졌다. 몸이 불편한 분들도 좋은 아이디어를 많이 만들 수 있다. 그 사람들의 재능을 개발하고 기회를 제공하여 그들의 아이디어로 경제력을 갖도록 하는 것이 내가 일하는 목표이자 보람이었다.

자질과 재능이 훌륭한 여성들이 그 능력을 제대로 발휘하지 못하고 집 안에서 한숨만 쉬는 현실이 안타까워, 그 사람들이 바깥에서 일하는 직업을 가지지는 못하더라도 집안일을 하면서 조금씩 경제활동을 할 수 있도록 도울 방법을 생각했다. 여성이 창의적인 사고를 하고, 남들이 간과하는 중요한 점을 파악할 수 있는 눈을 뜨면, 그 자녀도 창의적인 인재로 키울 수 있다고 생각했다. 이 두 가지 모두 궁극적으로는 가정, 사회, 국가를 발전시키며 더 나은 미래를 만들 수 있는 중요한 원동력이다. 엄마의 사고가 변하면 가정이 변하고 가정이 변하면 사회가 바뀌고 사회가 변하면 국가가 변할 수 있다. 발명은 학력과 비례하지도 않고, 나이와 성별에도 평등하다.

10년 전만 해도 지식재산이란 용어조차 낯설었고, 창의 교육이니 산업 재산권이니 하는 말은 마치 다른 세상에서나 쓰는 말 같았다. 일반인 대상으로 얘기할 때는 그런 용어를 쓰기도 어려웠다. 회장을 맡은 나조차도 그저 그때는 발명 창의 교육이 어싱의 짐재력을 개발하여 경제력을 창출할 수 있는 참으로 좋은 것이라고만 생각하고 진행했다. 그러나 앞으로 더욱 필요하게 될 것이라는 예감은 있었다. 내가 하는 일이 시대적으로도 잘 맞았던 것이다. 인류의 역사는 발명을 통해 발전해왔다. 발명은 언제나 필요한 것이다.

앞으로의 꿈은 그동안 국내에서 해왔던 일을 개발도상국을 포함 다른 나라들에게 널리 전파하여 작게는 개개인 한 사람 한 사람을 발전시키고, 크게는 국가를 발전시키는 원동력으로 삼고, 궁극적으로는 모든 나라 모든 사람들이 즐겁고 편안하게 사는 평화로운 세상을 만드는 데 일조하는 것이다. 그 과정에서 나 스스로 이 일로부터 의미를 찾고 보람을 느낀다면 금상첨화일 것이다.

젊은이들이 자기 자신을 위해 노력하면서 한편으로는 삶의 보람을 느낄 수 있는 일을 꼭 한 가지는 하기를 바란다. 지난 10여 년을 돌이켜보니 힘든 때도 있었지만 보람도 컸고 일도 재미있게 했다. 그리고 그런 기회가 나에게 왔다는 것을 감사하게 생각한다. 앞으로도 힘이 닿는 한 열심히 즐겁게 계속하고자 한다.

도전,
열정 그리고
동행

초판 인쇄 · 2015년 11월 12일
초판 발행 · 2015년 11월 20일

지은이 · 이배용 외
펴낸이 · 한봉숙
펴낸곳 · 푸른사상사

주간 · 맹문재 | 편집 · 지순이, 김선도 | 교정 · 김수란
등록 · 1999년 7월 8일 제2-2876호
주소 · 서울시 중구 충무로 29(초동) 아시아미디어타워 502호
대표전화 · 02) 2268-8706(7) | 팩시밀리 · 02) 2268-8708
이메일 · prun21c@hanmail.net / prunsasang@naver.com
홈페이지 · http://www.prun21c.com

ISBN 979-11-308-0572-6 03810
값 15,000원

도전,
　열정